散り椿

葉室 麟

目次

序

夕刻になって冷え込みが増した。

一月の空は凍《い》てついたように灰色をしている。井戸端で洗い物をしていた男は、空を見上げて顔をしかめた。

（雪が降るのではないか）

そう思うと男の胸は痛んだ。冷え込むと、妻は咳《せ》き込む。一度出ると、しばらくやまず、こんこん、というかすかな咳《せき》が途切れることがない。

背中をさすり、白湯《さゆ》を飲ませると、半刻《はんとき》（約一時間）ほどして、ようやく咳はおさまる。その間に、ひどく消耗して、顔がやつれ、痩《や》せてしまったようにさえ見える。

このまま逝ってしまうのではないか。ふとそんな思いに捉《とら》えられてたまらなくなる。

男はあわてて洗い物を終え、庫裡《くり》にある部屋に戻った。

（火鉢の火を熾《おこ》して温めねば）

廊下を通って襖《ふすま》を開け、部屋に入ると縁側の障子が少し開いて庭がのぞいている。

妻は床に起き上がり、綿入れを肩にかけて庭を眺めていた。

「どうしたのだ。寒かろうに」

あわてて障子を閉めようとすると、妻は頭《かぶり》を振った。肌の色が透き通るように白いのが痛々しかった。

「大丈夫です。ひさかたぶりに庭を見たくなりました」

「枯れた庭など見ても、面白くもあるまい」

妻は微笑んだ。

「もう春は近うございます。それに、お世話になっているお寺様の庭をさように申されては心苦しゅうございます。どの季節にも風情はございますよ」

「そんなものかな」

男は黙ったが、妻が日頃になく元気そうなのが嬉《うれ》しかった。庭からの淡い日差しが映えて、妻の顔色が心なしか良く見えた。

「春になれば椿の花が楽しみでございます」

「散り椿か」

男はため息をついた。

ふたりがいる京の一条通り西大路東入ル、地蔵院の本堂脇にある椿は花が落ちず、花弁が一片《ひとひら》ずつ散っていく。このため、

——散り椿

と呼ばれていた。

地蔵院は神亀《じんき》三年（七二六）、行基《ぎょうき》が摂津《せっつ》に創建し、天正《てんしょう》年間、豊臣秀吉《とよとみひでよし》の命によって京に移された。境内には秀吉が寄進した〈五色八重散椿《ごしきやえちりつばき》〉がある。秀吉が朝鮮へ出兵した際に加藤清正《かとうきよまさ》が持ち帰ったものだという。普通、椿は花ごとぽとりと落ちることから、首が落ちる様を思わせるとして武家に嫌われる。地蔵院の散り椿は、一木に白から紅までさまざま咲き分け、あでやかである。

散り椿は花びらが一片一片散っていく。

ふたりが地蔵院の庫裡に住むようになって三年になる。妻は毎年、散り椿が咲くのを楽しみにしてきた。しかし、男は近頃、椿の名の「散る」という音が気になっていた。ひっそりと咲き散っていく椿には寂しさがある。はなやかに咲き誇る桜の方が、妻には似合うと男は思っていた。

「もう一度、故郷《くに》の散り椿が見てみたい」

妻がつぶやいた。

「そうか」

男はうなずいた。妻の生家にも散り椿があった。ゆっくりと散っていく椿を眺めていた若き日の妻の姿を思い出す。

かつて、はつらつとして光の中に佇《たたず》んでいた妻が、いま病床に臥《ふ》していることが男には信じられない。

あの日々はどこにいったのだろうか、と思う。妻がまた咳き込んだ。

男はあわてて妻の背をなでた。

「苦しいのか」

「いえ、もう、楽になりました」

男に心配させたくないのだろう。妻は懸命に呼吸をととのえている。

妻が微笑を浮かべた。男を安心させたいがための笑顔だ。

「あなたにお願いしたいことがございます」

「おお、珍しいことだな。何か欲しいものでもあるのか」

男は膝《ひざ》を乗り出した。

「いえ、していただきたいことがあるのです」

男はたじろいだ。自分にできることなどあるのだろうか。

「わしがしてやれることか？」

「はい、あなた様なら、おできになります」

妻は澄んだ笑みを浮かべた。

「わしにできることなら何でもするぞ」

男は勢い込んで言った。妻はやわらかくうなずいた。

ふたりがともに過ごして十八年になる。その年月を経てなお、男は妻に光を感じてしまう。妻を大切に思っているのだ。

「故郷にお戻りくださいますようお頼みいたしたいのでございます」

「そ、それは——」

「ご無理でございましょうか」

「そなたが故郷に戻りたいのはわかるが、わしらが戻れば争いになろう」

「わたくしは戻りはいたしませぬ」

妻は哀しげな笑みを含んで言った。

「なぜだ。なぜ、わしだけに戻って欲しいのだ」

「わたくしが身罷《みまか》りましてから、あなたに戻っていただきたいのでございます。それまではわたくしの傍《そば》にいてくださいませ」

男はぶるっと震えた。

「そのようなことは聞きたくない」

耳を覆いたかった。妻のいない日々など思うだけでも辛《つら》くて考えたくない。

「ひとは必ず死ぬものでございます。その日が来たらの話でございます。どうかお聞きとどけくださいませ」

男はうなだれていたが、やがて思い直したようにゆっくりと顔をあげた。

「もし、さような日が来るとして、わしは故郷に戻って何をすればよいのだ」

「それを、これから申し上げます」

妻は庭を眺めながら語り始めた。永年、胸に秘めてきた想いを話しつつ、妻の頬はかすかに紅潮した。

長い話を聞き終わった男は、障子を閉めに立った。日が陰っている。

「そうであったか。わしは何も知らなかった」

「申し訳ございませぬ」

「いや、よいのだ。それよりもひとつだけ訊《き》いておきたいことがあるのだが」

「なんでございましょう」

「わしはそなたに苦労ばかりさせて、一度もよい思いをさせたことがなかった。そなたの頼みを果たせたら、褒めてくれるか」

「お褒めいたしますとも」

妻の目には、いつ知れず涙が滲《にじ》んでいた。

帰郷

半年後——。扇野《おうぎの》藩六万五千石の国境にある峠の茶店に、ふたりの武士がいた。ひとりは、三十過ぎで小太り、背が低く眉《まゆ》が太い達磨《だるま》のような顔をした男だ。宇野十蔵《うのじゆうぞう》という。もうひとりは、ととのった顔立ちの背が高い坂下藤吾《さかしたとうご》という若侍だ。

うだるような暑い日だった。蟬の鳴き声が喧《かまびす》しい。道を行く旅人の姿もなく、茶店の老婆の孫らしい五つぐらいの男の子が土遊びをしているだけである。

十蔵は手拭《てぬぐ》いで額の汗をぬぐいつつ、

「やれやれ、このような暑さの中を山廻《やままわ》りとはかなわぬのう」

くたびれた表情で愚痴を言った。

「まことにさようでございますな」

藤吾は愛想よく相づちを打ったが、目は手許《てもと》の帳面に注がれている。時おり、筆で熱心に書き込みを入れている。

「お主《ぬし》、先ほどから何をしておるのだ」

十蔵は顔をしかめて帳面をのぞき込んだ。

「先月の大雨による山崩れで、いかほど田畑がつぶれたかを記しております」

藤吾は澄ました顔で言った。

「さようなことなら、郡方《こおりかた》が調べておるであろう。わしら殖産方《しょくさんかた》は、櫨《はぜ》の育成がうまくいっておるかを調べればよいのだ」

十蔵はあからさまに不機嫌な顔になった。どうも、この坂下藤吾という男は少しばかり仕事ができるのを鼻にかけ、先走るところがある。いつもひとに先んじようとするのが気に食わない。

「郡方は、つぶれ地が出たら放っておくでしょうが、つぶれた田畑に櫨を植えることができるやもしれませんので」

藤吾の方は平気な顔だ。

「百姓はつぶれ地をそのままにしてはおかん。いずれ田畑に戻すはずだ」

「ですが、それには手間がかかります。大水が出たからといって、年貢が減免となるわけではない以上、どう乗り越えるかは百姓も考えるところがありましょう」

藤吾が笑って答えると、十蔵は皮肉な口調になった。

「なるほど真面目なものだな。さすがに親父殿の二の舞はしたくないというわけか」

十蔵の言葉に藤吾は表情を変えなかった。

藤吾の父源之進《げんのしん》は、一年前、突如自害してこの世を去った。

勘定方《かんじょうかた》だった源之進は、家老の石田玄蕃《いしだげんば》の屋敷で玄蕃から使途不明金を糾問され、あくまで無実だと反論したが、突然、別室に退いて腹を切った。

藩では、坂下家を百八十石から九十石に減らしたものの、源之進が責任を取って切腹したものと見なし、それ以上は咎《とが》めなかった。使途不明金は六百両にものぼっていたから、寛大な処理だと言えた。

それだけに、家督を継いで出仕してから、父のことを当てこすられ、皮肉を浴びせられることに藤吾は慣れていた。

話柄《わへい》を換えたくて峠道に目をそらした。白く乾いた峠道をひとりの男が上《のぼ》ってくるのが目に入った。

男は竹笠《たけがさ》をかぶり、旅商人《たびあきんど》のように大きな荷を背負っている。両刀を差しているから武士であろうか。

身につけた着物や袴《はかま》は色が褪《あ》せ、埃《ほこり》にまみれて汗で黒っぽくしお垂れている。目鼻は竹笠に隠れているが、無精鬚《ぶしょうひげ》の生えたあごが見えた。衿《えり》がだらしなくはだけ、日に焼けた胸板がのぞいている。

背丈が高く、筋骨はたくましそうだが、物腰から中年であると見て取れる。

「怪しげな浪人です。ちと、問い質《ただ》しましょうか」

藤吾が脇に置いていた刀を取って立ち上がると、十蔵は迷惑そうに頭《かぶり》を振った。

「よせ。無頼の者が城下に入れば、町奉行所が取り締まる。わしらの仕事ではないぞ」

「いいえ、そうは参りません」

藤吾は急いで、男の前に走り出た。十蔵の話をさえぎることができて助かったと思っていた。

「待たれい。そこもとは扇野藩の者ではないな。いずこから来ていずこへ参る」

いきなり高飛車に声をかけた。男は何も言わず、竹笠をあげて藤吾の顔に目を遣《や》った。竹笠の下から精悍《せいかん》な面構えがのぞいた。眉が太く鼻の高い、あごがはった顔だ。落ち着いた表情で藤吾を見つめ、

「扇野藩の方か？」

低く訊《き》いた。腹に響く声だ。

この男は油断できないと藤吾は思った。気を引き締め、あらためて訊いた。

「いかにも。それがしは殖産方の坂下藤吾である。山廻りの途中だが、その方、不審があるによって、ご身分を伺いたい」

「一介の浪人だ。見ればわかるであろう」

男はさりげなく応じる。

「名は何と申す」

「名か――」

男は、茶店にいる十蔵をちらりと見た。

十蔵は武士の顔を見て、手にしていた茶碗《ちゃわん》を取り落とした。地面に落ちた茶碗が音をたてて割れた。口をあんぐりと開けて男を見つめている。幽霊でも見たようにおびえた

表情だ。振り向いた藤吾は、十蔵の様子を見て眉をひそめた。

「わしの名は、彼《か》のひとが知っておられよう」

男は親しみのある目をして言った。

日焼けした顔は無頼の徒に見えるが、不思議な落ち着きを感じさせる。

「宇野殿をご存じであるか」

藤吾が訊くと、男は白い歯を見せて笑った。

「あの男は宇野というのか。知らぬな」

「宇野殿は、そこもとを知っておられるように思われますが」

「わしが扇野藩を離れたのは十八年も前のことだ。三十過ぎの者でもそのころは子供だ。見知らぬのも当然だ」

「わが藩におられたのか」

男は黙って答えない。

「十八年前と言えば、それがしも、生まれて間もないころになります」

「坂下藤吾殿と言われたな。いかにもそうであろう」

男はじっと藤吾の顔に目を当てたままだ。なぜか親しげな眼差《まなざ》しだ。

(この男はわたしを知っているのだろうか)

藤吾は嫌な気がした。

「卒爾《そつじ》ながら、名を伺おう」

「致仕《ちし》した身だ。深くは訊いてくださるな」

藤吾は刀の鯉口《こいぐち》に指をかけた。致仕と言っているが、十歳の驚きようを見ると、ひょっとしたら脱藩者かもしれない。

男は苦笑を浮かべ、そろりと後退《あとずさ》って間合いをとった。

その時、峠道に馬の蹄《ひづめ》の音が響いた。

藤吾ははっとして音がする方に目を移した。馬がこちらに向かって疾駆してくる。

その後ろから馬方《うまかた》が、

「誰か、押さえてくれ。わしの馬が急に暴れ出したんだ」

と大声で叫びながら追いかけてくる。

(暴れ馬だ——)

藤吾は身を避《よ》けようとした。道で男の子が遊んでいたことを思い出して目を遣ると、馬におびえて立ちすくんでいる。

「危ないっ」

藤吾はとっさに男の子を抱いて道端へ跳んだ。鼻先をひとが横切ったことで、馬は興奮して嘶《いなな》きながら棹立《さおだ》ちになった。

馬は鼻息も荒く、口から泡を噴いている。前脚を浮かせて、藤吾を蹄にかけようとした。

藤吾が男の子をかばって抱きかかえた時、黒い影が馬に向かい、ひらりと跳んだ。

男が馬に飛び乗り、手綱を取っていた。

「どう、どう――」

棹立ちになる馬の背から振り落とされそうになりながら、巧みに手綱をさばいている。

馬はなおも暴れようとするが、男は手綱を引き絞って、

「どうした。落ち着け、落ち着け」

と声をかけた。馬はぐるぐるとあたりを回りつつ、しだいに落ち着きを取り戻してきた。

「よしよし、いい子だ」

男は馬の平首を叩《たた》いた。馬の脚が止まった。

「すまないことでございます」

馬方が額から汗を滴らせて頭を下げた。男は馬から下りると手綱を渡しながら言った。

「わしはいいから、あの若侍と子供に謝っておいた方がよいな」

男はそのまま背を向けたが、ふと藤吾を振り向いた。

「とっさによく体が動いたな。このような時にひとの本性が出るものだ」

男は笑うと、すたすたと立ち去った。藤吾は男の名を問い質す気も失《う》せていた。

(本性が出るだと。浪人の分際で偉そうに言いおって)

十蔵が男の後ろ姿を見ながら近づいてきた。

「やはり、間違いない。あのひとだ」

十蔵はため息をついた。

「あの男は、わが藩におったと申しておりましたが、宇野殿はご存じなのですな」

藤吾がうんざりした顔で訊いた。

「年は取ったが、顔や体つきは昔と変わらぬ」

「何者なのですか」

十蔵は唇をなめながら言った。

「瓜生新兵衛《うりゅうしんべえ》だ。わしが子供のころ通っていた一刀流平山《ひらやま》道場で代稽古《だいげいこ》をしておった」

平山道場は、名人上手と評判をとった剣士を輩出したことで名高い。代稽古を務めた者は、藩の剣術指南役になるのが慣例だった。

「そのころ白峰神社《しらみねじんじゃ》では、町道場の代表が集まっての奉納試合が行われていたが、瓜生新兵衛は道場を代表して出場し毎年五人抜きをやってのけ、負けたことがなかった。荒稽古でも知られ、わしらは鬼の新兵衛などと呼んでいたものだ」

「鬼の新兵衛ですか」

藤吾はうなずきはしたが、感心したわけではない。剣術自慢の乱暴者だと思っただけである。

「お主、瓜生新兵衛の名を聞いたことはないのか」

十蔵は訝《いぶか》しそうな顔で藤吾を見た。

当然、藤吾が瓜生新兵衛を知っているはずだ、と十蔵は思っているようだ。

「まったく初めて聞く名です」

「そうか。それならばよい」

十蔵はほっとした表情になった。

「なぜそのようなことを訊かれるのです。そう言えば、あの男、藩を致仕したと申しておりましたが、よもや脱藩者ではないでしょうな」

「いや、違うが、致仕とも言えぬ。放逐《ほうちく》されたのだからな」

「放逐された?」

「まあ、放り出されたのだ。もっとも本人が致仕を願い出たというのは本当らしいが」

十蔵は感慨深げに言った。

「何があったのですか」

藤吾が訊くと、十蔵はにわかに言葉を詰まらせた。

「わしの口からは言えぬ」

「どうしてですか」

十蔵は額に汗を浮かべている。調子に乗って、しゃべり過ぎたと後悔している顔だ。

「いずれにしてもお主にはすぐにわかることだ」

十蔵は話に切りをつけるように言った。

茶代はここに置くぞ、と十蔵は茶店の婆さんに声をかけ、いくばくかの銭を財布から出した。無論、自分の茶代だけだ。藤吾の分を出すつもりはないらしい。

「何をしておる。次の村を急いでまわらねば、城下に戻るまでに日が暮れるぞ」

十蔵はことさらに藤吾を急《せ》きたてた。

藤吾はあわてて自分の茶代を置き、十蔵について行った。この日は予定にはなかった武居村《たけいむら》、高坂村《たかさかむら》という二つの村を余分にまわった。そのため藤吾が城下に戻ったのは、十蔵の言葉通り夜になった。

藤吾は、月に照らされた夜道を歩いて家に戻った。家は軽格侍が多く住む青柳町《あおやぎちょう》の一角にある。城下を流れる筒川《つつがわ》にかけられた柳橋を渡ってほどないところだ。

家は古びているが、九十石の割にはやや部屋数が多い。玄関で藤吾が、

「ただいま戻りました」

と声をかけると、母親の里美《さとみ》が奥から出てきて膝《ひざ》をついて出迎えた。里美は三十八になるが若々しい。

「お帰りなさい。きょうもお勤めに変わりはありませんでしたか」

里美は気遣うように訊いた。源之進が自害してから、里美はことさら藤吾の身を心配するようになった。

藤吾は着物を着替えて夕餉《ゆうげ》の膳《ぜん》についた。

「そう言えばたいしたことではありませんが、山廻《やままわ》りの途中の峠で妙な浪人者に会いました」

里美は首をかしげた。その仕草が若い娘のようだ。

「一緒に山廻りをしている宇野殿が、その浪人を見知っているようなのです。昔、わが藩から追放されたらしいのですが、母上は瓜生新兵衛という名を聞かれたことはおありですか」

里美の顔色が見る見る変わっていくのに藤吾は驚いた。

「まさか、そのようなことが……」

里美は言いかけて、あとは口ごもった。

「母上、いかがされました」

「とうとう新兵衛殿が戻ってこられたのですね」

里美の声は震えていた。

里美は瓜生新兵衛を知っているらしい。宇野十蔵から新兵衛の名を聞いたことはないのか、と言われたのを思い出した。

「母上、瓜生新兵衛とは何者ですか。わが家と関わりがあるひとですか」

藤吾が訊《き》くと、里美はうつむいた。

「姉上の夫ですから、あなたには伯父《おじ》にあたります」

「伯母《おば》上の――」

篠《しの》という姉が、里美にいることは藤吾も聞いていた。しかし、篠は藤吾が生まれて間もないころに他国へ出て音信は途絶え、坂下家では誰もその名を口に出さなかった。

里美はため息をついて言った。

「姉上のことは、いずれあなたにも話さなければならないと思っていましたが」

「伯母上は、どのような方だったのですか」

「美しくて聡明《そうめい》なひとです。あれほどのひとは他に知りません。ですが、姉上は思いがけない不運に見舞われたのです」

藤吾は十蔵の言葉を思い出した。瓜生新兵衛は追放になったという。伯母の篠は、新兵衛とともに国を出たのだろう。

「新兵衛殿は勘定方におられましたが、上役が商人《あきんど》から賄賂《まいない》を受け取っていた不正が許せず、藩の重役に訴え出られたのです」

「なんですと」

藤吾は目を瞠《みは》った。

「ところが、上役は重役方に取り入っていたひとでした。新兵衛殿の方があらぬことを訴えたとかえってお咎《とが》めを受けてしまいました。新兵衛殿は、その後も訴えを繰り返し、とうとう追放ということになったのです」

「それでは、いまさら国許《くにもと》に戻るなどすれば咎めを受けましょう」

「いえ、新兵衛殿が追放になって三年後、その上役の不正は明らかになり、間もなく亡くなられたのです。病ということになっていますが、実は何者かに斬られたらしいのです。おそらく藩の派閥争いにからんでのことでしょう。新兵衛殿には呼び戻しの使者が遣わされました」

「それでも戻らなかったのですか」

「そうです。姉上は新兵衛殿とともに国を出て、ひどく苦労をした、と聞いています」

里美の目に涙が滲《にじ》んだ。

里美は新兵衛のことについて、それ以上、話そうとはしなかったが、

「新兵衛殿が藩を出られてからご実家を継ぐ方がおられず屋敷も無くなっています。ここに訪ねてこられるかもしれませんね」

と言い添えた。里美の言葉に藤吾は顔をしかめた。追放になった親戚《しんせき》に訪ねてきてもらっては、迷惑だ。

父源之進が自害した後、家督を継いだ藤吾はひたすら出世を望んでいた。失った家禄《かろく》を取り戻すには出世の階段を上るしかない。そんな時に厄介な男が戻ってきたものだ。

藤吾はそう思いながら、遅い夕餉をすませ書見をした。昼間の疲れが出てうとうとしながら、明日の朝、登城前に馬廻役《うままわりやく》の篠原三右衛門《しのはらさんえもん》を訪ねてみようと思った。

(篠原様なら瓜生新兵衛のことをご存じではないだろうか)

新兵衛に何が起きたのか知っておきたいと思ったのだ。

三右衛門は源之進の旧友で、父を失った藤吾になにくれとなく目をかけてくれている。去年十二月には、三右衛門の三女で十六歳になる美鈴《みすず》と藤吾の縁談がまとまっていた。

美鈴は目鼻立ちがすっきりとして、えくぼがかわいらしく、性格も素直で明るかった。

三右衛門の妻が正月に亡くなったばかりのため婚礼は来年に延ばされたが、藤吾は美

鈴を妻にする日を待ち遠しく思っていた。

篠原家を訪ねれば美鈴の顔を見ることができるかもしれない。翌朝を楽しみに藤吾は床についた。

翌朝――。

朝餉をすませて登城の支度をしていると、玄関で訪《おとな》いを告げる男の声がした。五十過ぎた家僕《かぼく》の弥助《やすけ》が応対しているようだが、男の声に聞き覚えがある。

(やはり、来たか――)

藤吾は素早く玄関に向かった。瓜生新兵衛が玄関に立ち、白い歯を見せてにこりと笑った。

「昨日は失礼したな。そなたのことはすぐにわかったのだが、名のれば迷惑するであろうと思って黙っておった」

ならば、訪ねるのも遠慮してもらいたかった、と藤吾は胸の中でつぶやいた。

新兵衛は汗染みた着物のままだ。昨夜は野宿でもしたのだろうか。

(貧乏浪人を家に入れるなど、とんでもないことだ)

なんとか追い返せないものかと藤吾が思案をめぐらせていると、

「新兵衛殿――」

奥から出てきた里美が声をかけた。

「おお、里美殿か。変わられぬのう」

新兵衛は笑顔で言った。

「早う、お上がりくださいませ」

里美は懐かしげに言う。新兵衛はうなずいて、気軽に式台に上がった。

「母上、わたしは登城の前に篠原様のお屋敷に伺わねばなりません」

藤吾は迷惑そうな顔をして言った。藤吾が出かけると言えば遠慮するかと思ったが、新兵衛は平気な顔だ。

「さようか。それでは挨拶《あいさつ》は下城されてからゆっくりいたすことにして、それまで里美殿と昔話などさせていただこうか」

里美もすぐに応じる。

「そうなさいませ。積もる話もございます」

藤吾は、えへん、と咳払《せきばら》いした。

「瓜生殿には十八年ぶりに戻られてお懐かしいことではござろうが、母より、昔の話もいささか聞いております。早々に藩を立ち去られる方がよろしいのではございませんか」

里美が穏やかな声で言った。

「さような失礼を申してはなりません」

「されど母上、わが家は父上が亡くなられて後、家中では何かとあらぬ噂を立てられてきました。用心が肝要なのです」

藤吾のあからさまな言葉にも、新兵衛は、

「苦労したのだな。お父上のことは、わしも聞いておる」

と言いながら、さっさと奥へ向かった。里美はちらりと藤吾に目を向けて、

「下城されたら、あらためて新兵衛殿にご挨拶をしていただきます」

と言い置いて新兵衛の後に続いた。藤吾を見送るつもりはなさそうだ。

「なんということだ」

藤吾は憤然として玄関を後にした。弥助が気の毒そうに藤吾を見送った。

四天王

篠原三右衛門の屋敷は、大身《たいしん》の屋敷が建ち並んでいる馬場町《ばばちょう》の一角にあった。

柳橋を渡って筒川沿いに北に行き、さらに寺町《てらまち》を抜けなければならない。

藤吾は三右衛門の屋敷へ向かう途中、寺町にある側用人榊原采女《さかきばらうねめ》の屋敷の前を通った。長い築地塀《ついじべい》が続き、瓦葺《かわらぶき》の大きな門がある。

采女は小身《しょうしん》からの出頭人《しゅっとうにん》で、いずれ家老にまで昇り詰めるのは間違いないとみられている。

藤吾がひそかに憧《あこが》れている人物だった。

門の前を通り過ぎようとした時、中から挟箱《はさみばこ》をかついだ中間《ちゅうげん》が出てきた。藤吾は足を止めた。采女が登城するのではないか、と思い路上に控えて待った。案の定、麻裃《あさがみしも》姿の采女が出てきた。

年は新兵衛と同じくらいの四十二、三。引き締まった体つきで背筋が伸びている。眉《まゆ》が秀で、鼻筋のとおった顔に威厳があった。隣の藩に使者に立つ時など、必ず丁重に扱われるという。

藤吾は以前、御用部屋で采女が重役たちと議論しているのを聞いたことがある。沈着な発言にはほかの重役を圧する重みがあった。

(同じ年配の瓜生新兵衛とは随分と違うものだな)

そんなことを思いながら藤吾が控えていると、采女はちらりと視線を送っただけで通り過ぎた。

仕事に精励している重役ほど登城の時刻が早いと聞いていたが、その通りなのだ。道筋の屋敷はいずれも門が閉まったままでひと通りもない。

(やはり、ああでなければいかん)

悠然と登城する采女の後ろ姿を見送りつつ、藤吾はため息をついた。

采女について、情に欠けるとか傲慢《ごうまん》だなどと、謗《そし》る声も藩内にはある。しかし、出世する者はそれだけの才能があるうえに、努力をし、実績を積み重ねてきているのだ。生半可なことでできることではないと、藤吾は采女の勤勉ぶりを尊敬していた。

藤吾は先を急いだ。やがて三右衛門の屋敷が見えた。普段と変わらず中間が門前を竹《たけ》箒《ぼうき》で掃いている。掃き清められて塵《ちり》ひとつない道に朝日が差して気持が爽《さわ》やかになった。

「篠原様にお取り次ぎを願います」

藤吾は中間に声をかけた。

顔なじみになった中間は、にこやかに応じて、奥に報《しら》せに行った。中間も藤吾が美鈴の許婚者《いいなずけ》であることを知っていた。そのことが、藤吾をくすぐったいような誇らしい思いにさせる。

しばらくして玄関に出てきたのは美鈴だった。いきなり美鈴に会えるとは思っていなかっただけに、藤吾は戸惑った。

「父は出仕前でございますが、どうぞお上がりくださいとのことです」

美鈴は式台に膝《ひざ》をつくと、澄んだ声で言った。

「さようですか。朝早くに参り、申し訳ござらん」

藤吾は四角張った物言いをした。声が少しかすれている。

美鈴は少し驚いたような顔をして藤吾を見上げたが、すぐに白いうなじがほんのり染まり、やがて顔に笑みが浮かんだ。

「どうぞ、こちらへ」

美鈴は先に立って藤吾を案内した。三右衛門の部屋に続く廊下を歩きながら、藤吾は美鈴の着物からかすかに匂い立つ香りに陶然とする心持ちになった。

（このひとが自分の妻になってくれるのだ）

出世のための努力をひとから皮肉られることが多い。若い割に世間ずれしているなどとも誇られる。しかし、ひややかな視線を浴びる苦痛など何ほどのこともない。自分は恵まれているのだ、と満ち足りた思いが湧いてくる。

部屋に入ると、三右衛門は裃姿で茶を飲んでいた。いつもと変わらぬ温容である。

「ご登城前にお伺いしての失礼の段、お許しください」

藤吾は頭を低く下げた。三右衛門は機嫌のいい声で言った。

「なに、登城の刻限までには、まだ間がある。今朝はそなたが参るであろうと思うていたのだ」

藤吾は顔をあげた。自分が来ることを三右衛門はなぜ察したのだろうか。

「瓜生新兵衛が参ったのであろう」

三右衛門は藤吾の顔を覗《のぞ》き込んだ。目が鋭かった。

「ご存じでしたか――」

藤吾は息を呑《の》んだ。

新兵衛のことは、すでに三右衛門の耳に入っているのだ。藤吾は驚いたが、同時に早朝から三右衛門を訪ねてよかった、と思った。報せるのが遅れていれば、どう思われるかわからない。

三右衛門は、あわてた様子の藤吾をじろりと見て言った。

「昨日、瓜生新兵衛が舞い戻ったと宇野十蔵が重役方に報せて参ったのだ。十蔵はそのことが得意であったのか、わしらにもその話を触れてまわりおった」

「宇野殿が――」

藤吾は絶句した。十蔵は昨日の山廻《やままわ》りの途中、行かなければならないところがあると言ってあわただしく藤吾と別れた。あの後、すぐに城に駆け戻って、新兵衛の帰国を重役に報せたのだ。

（やられたな。油断も隙もあったものではない。出し抜かれてしまった）

藤吾は舌打ちする思いだった。

「なんでも、峠で暴れ馬にあって、そなたが蹴《け》られそうになったところを新兵衛が助けたそうな。やはり縁があるのだな、と十蔵は言っておった」

「さようなことまで――」

藤吾は呆《あき》れ返った。馬に蹴られそうになったのは、子供を助けたためだ。その時、十蔵はのんびり茶店に座っていて何もしなかった。

十蔵は藤吾が子供を助けたことなど話してはいないだろう。十蔵には藤吾への悪意が感じられる。

三右衛門はなだめるように笑った。

「新兵衛が国を出たころ、そなたは生まれたばかりのはずだ。そなたと新兵衛が関わりないことなど皆、知っておる。十蔵の言うことなど気にするにはおよばん」

藤吾がほっと胸を撫《な》で下ろした時、美鈴が茶を持ってきた。藤吾は背筋を伸ばして言った。

「実はそのことで伺いました。瓜生新兵衛が、十八年前、上役の不正を重役方に訴えたあげく追放になったというのは、まことのことでしょうか」

三右衛門の顔が強張《こわば》った。

「新兵衛からその話を聞いたのか」

「いえ、母から聞いただけでございます」

三右衛門はううむ、とうなって、

「そのこと、他言無用ぞ。そなたの身のためにならぬゆえな」

と諭すように言った。

「身のためにならぬとはどういうことなのでしょうか」

藤吾は困惑した。新兵衛が追放された一件は、それほどの重大事なのだろうか。

ふたりの話が深刻になりそうなのを察して、美鈴は会釈して部屋から出ていった。

三右衛門が苦い顔で言う。

「新兵衛が訴えた上役は榊原平蔵《へいぞう》という。側用人榊原采女の父親だ。新兵衛が追放になった後、平蔵の不正は明らかになったのだが、何者かに斬られて亡くなった。榊原家は二百石から八十石にまで家禄《かろく》を減らされた。新兵衛がひそかに故郷《くに》に戻り平蔵を斬ったのではないかという者もおる」

「それでは、瓜生新兵衛は榊原様の恨みを買っていると言われますか」

藤吾は思わず訊《き》いた。背筋に冷たい汗が流れた。采女に憎まれている男が縁戚《えんせき》とはとんでもない災難だと思った。

三右衛門の眉間《みけん》にしわが寄った。

「新兵衛が平蔵殿を斬ったとは思えぬ。あの男はいつも正々堂々としておった。暗殺などいたしはせぬ。それに采女が新兵衛を憎んでおるかどうか、わしにはわからぬ。ふたりは幼いころよりの良き友であったゆえな」

「それはまことでございますか」

藤吾が膝を進めると、三右衛門は深くため息をついた。

「話せば長くなるが、わしと新兵衛、源之進、それに采女の四人は、若いころ一刀流平山道場に通っていたのだ。剣の腕前では新兵衛と采女が図抜けておって、平山道場の龍《りゅう》虎《こ》と呼ばれていたが、わしと源之進もそこそこ腕はあったから、合わせて四天王と言われたこともある」

三右衛門は若いころを懐かしむかのような口調で語り始めた。

藤吾は意外だった。父の源之進はほっそりとした穏やかなひとで、藤吾にも声を荒らげることがなかった。

藤吾が剣術道場をやめて学問塾にのみ通いたいと言い出した時も反対しなかった。むしろ喜んでいた気配すらあったのだ。

四天王のひとりと呼ばれていたなど、父にはおよそ似つかわしくないことだ、と藤吾には思えた。

三右衛門は話を続けた。

「そなたの祖父勘《かん》右《え》衛門《もん》殿は爾《じ》斎《さい》と号されて、和歌、漢籍の素養が深い方で、わしらは道場から帰る道すがら、話を伺いに坂下家へ集まったものだ。四人は道場だけの付き合いではなかった」

これは困ったことになった、話が長引くと登城の刻限に遅れてしまう、と藤吾は焦って腰を浮かせかけたが、三右衛門は、

「坂下家にわしらがよく通ったのは、何も和歌の話を聞きたかったからではない。篠殿、里美殿という美しいおふたりがおられたからなのだ」

と続けた。母の名が出て、藤吾は座り直した。

「わしの見たところ、篠殿と似合いなのは、榊原采女だった。わしや新兵衛は無骨者であったゆえ、爾斎先生にお気に召してはいただけなかったが、采女と源之進は学問も秀でて目をかけられていた。いずれ采女は篠殿と、源之進は里美殿と夫婦《めおと》になるのだろうと、わしは思っておった。ところが、篠殿が婿に選んだのは、なんと新兵衛だ。篠殿が嫁がれた日に、わしら三人は城下の小料理屋で痛飲したものだ」

日頃酒を嗜《たしな》まない采女までひどく酔って、青い顔で黙りこくっていたという。

「まったく知りませんでした」

藤吾はため息をついた。父源之進と榊原采女が道場仲間だったとは、初めて聞く話だ。

「昔のことだからな。それに采女は、いまや飛ぶ鳥落とす勢いの側用人だ。若いころは友達であったなどと言うのもあさましく聞こえるであろう」

「それゆえ、父も黙っていたのでしょうか」

三右衛門は首をひねった。

「いや、少し違う気がするな。なぜかはわからぬが、ある時から源之進は采女をひどく

恐れるようになったのだ」

「何かあったのでしょうか」

「知らぬが、新兵衛が追放されて三年後に采女の父は不正を追及され、しかも暗殺された。そのころからだ。源之進は采女の話が出るとおびえるようになり、何も話さなくなった」

三右衛門は膝《ひざ》を正した。

「であるがゆえ、新兵衛には迂闊《うかつ》に関わらぬ方がよい」

藤吾はうなずいた。

三右衛門の屋敷を辞した藤吾は、急ぎ足で登城した。三右衛門の長話のおかげで刻限に遅れそうになったのだ。

城門をくぐった時には、額に汗が浮いていた。懐紙で汗をぬぐいながら殖産方《しょくさんかた》の大部屋に入ると、宇野十蔵が組頭《くみがしら》の佐藤権助《さとうごんすけ》となにやらひそひそ話をしていて、ちらりと横目で藤吾を見た。権助は、五十を過ぎた小太りの体をしており顔に薄い痘痕《あばた》が残っている。大部屋にはほかに四人の殖産方がいたが、それぞれ机に向かって書き物をしている。

「遅れまして」

藤吾は少し頭を下げて誰に言うともなく口にした後、急いで机に向かい文書の整理を始めた。

昨日まわった武居村と高坂村では、近頃水争いが起きている。これを無くすため、新たに水路を造り、荒れ地で櫨《はぜ》を育成したいという願い書がそれぞれの村の庄屋《しょうや》から出されていた。

水路の建設について、人手と金がかかることから郡奉行所《こおりぶぎょうしょ》が着工を渋っているため、殖産方から働きかけて欲しいというのだ。

昨日、早々に帰ってしまった宇野十蔵の知らないことだけに、うまく水路造りを進めれば藤吾の手柄になる。

熱心に願い書の写しを作っていると、机の前にいきなり十蔵が座った。

「何か、御用ですか」

藤吾は素早く文書を隠しながら訊いた。十蔵は藤吾の顔をじろじろと眺める。

「昨日の男、お主《ぬし》の屋敷に来たであろう」

「はて、何のことを言われているのかわかりませぬが」

「とぼけるな。峠で会った瓜生新兵衛だ。今朝方、お主の屋敷近くで歩いているのを見かけた者がいるのだ」

家にやって来る前、あの男は誰かに見られていたのかと腹が立ったが、素知らぬ振りをした。

「今朝は馬廻役《うままわりやく》の篠原三右衛門様をお訪ねする所用がございまして、早めに屋敷を出ましたゆえ、さようなことは知りませぬが」

十蔵は疑《うたぐ》り深い顔をして何やら考えていたが、

「そうか、知らんのか」

と藤吾を軽んじたように言い、また権助のそばに行って小声で話を始めた。他の者たちも、文書に目を遣《や》りながら藤吾の様子を窺《うかが》っている。

昼過ぎになって藤吾は願い書の写しと、自分の意見書を書き上げた。

権助に見せると、渋い顔になった。

「水路造りに殖産方が口を出すと、郡奉行の山路内膳《やまじないぜん》様がお怒りになるのではないか」

「いえ、実は山路様はかねて水路造りの腹案をお持ちだったそうです。ところが水路造りの仕事を面倒がる郡方《こおりかた》が、百姓が反対しておると申し上げて、話をつぶしておったのです」

「ほう、そうなのか」

「さようです。殖産方から申し上げれば、山路様はかえって喜ばれると思います」

藤吾はそう断言して、郡奉行に文書を提出することを権助に認めてもらった。権助の気の変わらぬうちに、と藤吾はそそくさと文書をまとめ、大部屋を出た。城外の馬場横にある郡奉行所に文書を持っていくつもりだ。

大廊下で前方から榊原采女がこちらに向かってくるのが見えた。ゆったりとした落ち着いた足取りだ。

藤吾は緊張した。今朝、三右衛門から新兵衛と采女の関わりを聞いたばかりだ。

大廊下の端に控えて、手をつかえた。通り過ぎようとした采女は、ふと藤吾の前で足を止めた。

「そなたは坂下藤吾だな」

底響きのする声だった。采女が自分を知っていることに藤吾は驚いた。

「さ、さようでございます」

つかえながら、答えた。

「瓜生新兵衛が戻ったそうだな」

采女に嘘をつく度胸は、藤吾にはない。

「今朝方、屋敷を訪ねて参りました」

采女は微笑した。

「そうか。近いうちにわが屋敷に参るよう新兵衛に伝えてくれ。新兵衛もひさしぶりの故郷ゆえ懐かしかろう」

新兵衛をなぜ屋敷に招くのだろう。よくわからないながらも藤吾は頭を下げた。

「必ず、さように申し伝えます」

采女はうむ、と応じて立ち去ろうとしつつ、大廊下からのぞめる中庭に目を遣った。

松の木が夏の日差しに影を濃くしている。

「あのひとにも会いたいものだが……」

采女の横顔に松の緑が照り映えた。

この日の夕刻、藤吾は下城の太鼓が鳴ると同時に城を出た。家に帰って新兵衛がどうしたかを確かめねばならない。

まだ居座っていても困るが、榊原采女から屋敷に来るよう伝言を頼まれた以上、所在がわからなくなるのも面倒だ。采女は去り際に、

「そなたも新兵衛とともにわが屋敷に参るがよい」

と言ってくれたのである。この後、藩の執政に昇り詰めることは間違いのない采女に取り入る絶好の機会だ。新兵衛と同道してのこととはいえ、見逃すわけにはいかない。

藤吾が、早足で屋敷に帰りつくと、弥助が出迎えた。

「あの男はどうした。もう出ていったのか」

弥助はゆっくりと頭《かぶり》を振った。

「まだ、おられます。なんでもしばらくいなさると言っておられますが」

「なんだと、居候になると言うのか」

藤吾は雪駄《せった》を脱ぎ捨て、屋敷に上がった。いつもなら里美が出迎えるのに、きょうに限って出てこないのも気になった。奥座敷に行くと、庭に面した障子が開けられている。

里美と新兵衛は並んで縁側にいた。

新兵衛の側には酒器がのった膳《ぜん》が置かれている。

(わたしがいない間に不謹慎な)

藤吾は、ただいま戻りました、と挨拶《あいさつ》してふたりの傍らに座った。

「お帰りなさい」

と言った里美の顔を見てぎょっとした。里美はついさっきまで泣いていたかのように目を赤くしている。

「母上、どうなさいましたか」

思わず訊《き》くと、里美はうつむいた。

「姉上が亡くなられたそうです」

「伯母《おば》上が——」

藤吾は目を瞠《みは》った。

「今年の一月であった。篠は京の地蔵院という寺で息を引き取った」

新兵衛は寂しげな顔をしてつぶやいた。里美は袂《たもと》で目頭を押さえた。

「姉上はさぞ故郷に戻りたいと思われていたことでしょう」

「それゆえ、わしが戻って参ったのだ」

肩を落とした新兵衛に藤吾は何も言えなかった。

篠という伯母は、会ったこともないひとだけに亡くなったという実感が藤吾には湧かない。それより、伯母の夫である新兵衛が家に入り込んだことの方が気になる。

「されば、伯母上が亡くなられたことを告げに戻られたのですか」

藤吾は窺うように新兵衛を見た。

「口にはしなかったが、篠は故郷に戻りたいと思っていたはずだ。それで、篠の代わりにわしが寺町の屋敷に行ってみた」

「寺町の屋敷と言いますと？」

藤吾が首をひねると、里美が微笑んだ。

「そなたが生まれたころ、わが家は寺町に屋敷があったのです。姉上とわたくしは、その屋敷で生まれ育ったのです」

「わしの家は隣にあってな。篠と里美殿を子供のころからよく知っておったのだ」

新兵衛は懐かしげに遠くを見る目をした。里美はうなずいた。

「さようでした。ですが、あの屋敷はお下げ渡しになっております」

「そうらしいな。昨日行ってみて、そのことを知った」

新兵衛の声に陰りがあった。

「昔とはすべてがあまりにも変わってしまいました」

里美が考え込むと、藤吾はあわてて口をはさんだ。采女が新兵衛を屋敷に招きたいと言っていたのを思い出した。

「お待ちください。その屋敷とは側用人の榊原采女様のお屋敷のことですか」

「そうです。以前は坂下家と新兵衛殿、榊原様の屋敷は垣根越しに並んでいたのです。そのころ榊原様の先代は勘定方《かんじょうかた》でご出世遊ばしておられましたから、わが家が引っ越した後、榊原様に下げ渡されたのです」

榊原屋敷に以前の坂下家があったとは、藤吾は初めて聞くことだ。

「そうだったのですか」

藤吾は信じられないという顔で新兵衛を見た。

「そうだ。隣屋敷の榊原平蔵殿は勘定方頭取《とうどり》になっておられた。平蔵殿が商人《あきんど》から賄賂《まいない》を受け取ったと重役に訴えたわしは、藩を追われ、わしの屋敷も平蔵殿に下げ渡されたそうだ」

「しかしその後、榊原様の不正は明らかになり、呼び戻しの使者が遣わされたそうではありませんか。なぜ、戻られなかったのです」

藤吾が訊くと、新兵衛は哀しげな笑みを浮かべて、さてな、と言うと首筋を叩《たた》いた。

「新兵衛殿にお考えがあってのことでしょう」

里美が助勢した。

「ですが、そのために伯母上は故郷に戻れずに亡くなられたのではありませんか」

藤吾が厳しい声音で言うと、新兵衛は庭に目を遣った。

「まことにその通りだ」

「藤吾殿、口が過ぎますよ」

里美に叱責《しっせき》されて藤吾は口を閉じたが、新兵衛に対する、身勝手な男だという見方はより強くなった。

新兵衛は苦笑した。

「采女はわしと違って出世したそうな。篠は夫とする相手に恵まれなかったということだ」

藤吾は顔をしかめた。昔、道場仲間だったからといって側用人を采女と呼び捨てにすることは許されぬ。無礼な呼び方をする者がこの家にいると知られたら、藤吾の評判に関わる。そこまで思って、はっとした。

「瓜生殿、先ほど、寺町の屋敷に参られたというお話でしたな」

「昔のままに屋敷があると思っておったからな」

「榊原様が瓜生殿に屋敷に遊びに来るよう仰せでした」

「ほう、そうか。ならば、いずれ参ると伝えてくれ」

「何を言われますか。すぐには行かぬというのですか」

藤吾は目を剝《む》いた。

「うっかりとは行けぬのだ。わしが藩を追われた後、采女の父親は斬られたというではないか。わしを疑っている者もおる。采女はわしを仇敵《きゅうてき》と思っておるのかもしれん」

「榊原様はそのように心の狭い方ではございません。きょうも、あのひとにも会いたい、ともらしておられました。伯母上のことを言っておられるのではありませんか」

「采女があのひとなどと言ったのか」

新兵衛の目がきらりと光った。

藤吾はどきりとした。新兵衛が怒ったのか、と思った。

「新兵衛殿――」

里美がたしなめるように声をかけた。新兵衛は左手で顔をつるりとなでた。

「どうも、いかんな。若いころの気分に戻っているようだ」

「ひさかたぶりに故郷に戻られたからでしょう」

うむ、とうなずいた新兵衛は藤吾に顔を向けた。

「采女には、いずれ訪ねるとだけ伝えてくれ。もっとも、篠が他界したと聞けば、わしと会いたいと思うかわからんが」

「伯母上が亡くなられたことを、わたしからお伝えしてもよろしいですか」

榊原采女に接触できる機会をそうそう逃せない、と藤吾は思った。新兵衛はしばらく藤吾の顔を見つめていたが、ふっと視線を外した。

「そうしてくれ。それでも采女が屋敷に招くとあれば、そのうち行こう。決着をつけねばならぬこともある」

決着をつける、という言葉が不穏に響いた。この男は何を考えているのだろう。藤吾は気味が悪かった。

暮れなずむ空に三日月がかかっていた。

新兵衛は酒を口に含みながら月を見上げた。ふてぶてしいと思えるほど落ち着き払った様子だ。この男に長々と居座られてはたまらない。

「いつまでこの屋敷に留《とど》まるつもりか訊《たず》ねようとした藤吾の言葉を、新兵衛はさえぎった。

「里美殿は承知してくだされた」

「母上――」

咎《とが》める口調で言う藤吾に里美は微笑んだ。

「よいではありませんか。この家の当主はあなたですが、これは親戚《しんせき》付き合いの話です。わたくしが決めさせてもらいます」

いったん決めたことは覆さない芯《しん》の強さが里美にはある。新兵衛を逗留《とうりゅう》させる考えを変えないだろうと察して藤吾はため息をついた。

新兵衛はそんな藤吾の気持を無視するかのように杯《さかずき》を差し出した。

「どうだ一献。伯父《おじ》、甥《おい》の近づきの印だ」

「わたしは不調法です。酒はいただきません」

実際、藤吾は酒を好まない。出仕後、先輩同僚から酒の席に誘われても断ってきた。

「男子たる者、そうも言っておられぬだろう。飲んでみろ」

新兵衛は強引だった。藤吾がなおも断ろうとすると、里美が腰をあげて、

「そろそろ、藤吾殿も御酒を嗜《たしな》まれた方がいいかもしれませんね」

と言うと台所から杯をひとつ持ってきた。母はどういうつもりなのだろうと訝《いぶか》りつつ、やむなく藤吾は酒を受けた。

「一杯だけですぞ」

念を押して杯に口をつけた。それが間違いのもとだった。

「いける口ではないか」

杯を干すと、新兵衛は間を置かず酒を注《つ》ぐ。

注がれるまま藤吾は杯を重ねた。断れば負けるような気がして癪《しゃく》にさわる。

そのうち、目がまわってきた。考えてみれば、家に戻ってから何も食さぬまま空《す》き腹で酒を飲んだのだ。

（いかん、酔ったようだ）

と思った時には、瞼《まぶた》が重くなり、後は覚えがない。気づいたのは、夜もかなり更けたころだった。頭がずきずきして起き上がる気にもならない。体に夜具がかけられていた。里美がかけてくれたのだろう。

ぼんやりしていると、縁側で新兵衛と里美がひそひそと話しているのが聞こえる。

「――姉上がそのようなことを」

里美の声はひそやかだった。

「わしは篠に何もよい思いをさせてやることができなかった。ただひとつの篠の願い事だ。果たさねばならん」

「新兵衛殿には申し訳ないことでございます」

里美が詫《わ》びるように言った。

「なんの、篠に願い事をされて、わしは嬉《うれ》しいのだ。できることは必ずやる」

「それでは、あの方をお斬りになるのですか」

驚くべきことを聞いてしまった。里美には似つかわしくない荒々しい言葉だ。

「里美殿までさように思われるか。鬼の新兵衛の名がいまも祟《たた》っているようだ」

新兵衛は苦笑した。里美は続けて言う。

「十五年前、榊原平蔵様は何者かに斬られました。そして去年はわが夫源之進殿が——

——」

里美の声は陰りを帯びた。

「榊原平蔵殿が斬られたのは、わしが国を出てから三年後のことだ。であるのに、わしが斬ったといまだに思う者がおるらしい」

「新兵衛殿がさようなことはなされぬ方だということを知っておる者も多うございます」

里美は声をひそめた。

「しかし、わしが国を出て三年の間に何かが起きたのだ」

新兵衛はぐいと杯を干した。里美は膝《ひざ》を乗り出した。

「源之進殿が自害されたのも、やはりあの方の企《たくら》みなのでしょうか」

「それは——」

新兵衛が言いかけた時、藤吾は、くしゃみをしてしまった。

里美が縁側を立ち、藤吾の傍《そば》に来て、

「藤吾殿、もうお部屋でお休みなさい」

と声をかけた。

藤吾は不承不承起き上がった。もう少し、ふたりの話を聞くべきだった、と悔やまれた。

榊原平蔵の死と父源之進の自害には関わりがあるのだろうか。

十八年前、何が起きたのだろう。そう考えつつ、藤吾はいつの間にか寝てしまった。


翌朝、藤吾は裂帛《れっぱく》の気合で目を覚まされた。

起き上がって、障子をわずかに開けてみると、庭で新兵衛がもろ肌脱いで木刀を振っている。

庭木を相手に、えいっと気合もろとも打ちかかり、幹にふれる直前でぴたりと止める。早朝からやっているのか、新兵衛の筋骨たくましい上半身は汗まみれだ。

(こんな朝早くからよくやるものだ。よほど力が余っているのだろう)

藤吾がひややかに見ていると、里美が縁側から下りてきた。手拭《てぬぐ》いを持っている。

「新兵衛殿、汗をおふきいたしましょう」

「いや、自分で」

新兵衛は手拭いを受け取ると胸や肩をぬぐった。その様子を里美は好もしげに見つめている。

(どういうことだ。母上は少し慎みが無さ過ぎるのではないか)

藤吾はこっそりのぞきながら不安を感じた。

坂下家は藤吾と里美のほかは、家僕《かぼく》の弥助と下女のとめがいるだけである。その家に壮年の男が住むようになり、しかも後家である里美と親しげに振る舞えば世間で何と言われるかわからない。

ただでさえ坂下家は、源之進の死以来、藩内の好奇の目にさらされているのだ。

(母上にご意見申し上げねば)

と思ったが、里美は藤吾の言うことなど聞きはしないような気がする。

九十石にまで減らされた坂下家を盛り返さねばならない、と藤吾は心に誓っているが、里美は、

「身分が軽い方が格式にとらわれない気楽さがあります」

などと日頃から言っている。里美は源之進が亡くなってから、藩に対してどことなく距離を置いた態度を取るようになっている。源之進の死に不審を感じ、それが明らかにされないことを不満に思っているのだ。

藤吾がお役大事に努め、同僚から抜きんでて上役に気に入られたいと思っているのを、

「藤吾殿は焦り過ぎておられる」

とたしなめることが多い。

里美がどのような思いを抱いているのかわからないが、武家としては不穏当な気がする。

だからこそ自分は出世第一だと言い聞かせるようにしているのだ。

(いたずらに意固地になって家をつぶせば父の二の舞になってしまう)

藤吾はとめの用意した朝餉《あさげ》をそそくさとすませると、里美に挨拶《あいさつ》して家を出た。

新兵衛とは顔を合わせたくなかった。

十八年ぶりに新兵衛が戻ったことで、闇に葬られていた過去が暴き出されるかもしれない。それは藤吾にとって好ましくないことに思える。

(決して城下を出歩かないようあの男に厳しく言わねば。言うことを聞かぬなら、母上が庇《かば》い立てしようが追い出すしかない)

藤吾は城門をくぐりながら、固く心に決めた。

ところがこの日の昼過ぎ、瓜生新兵衛は城下の櫂田町《かいだまち》にある一刀流平山道場を訪ねていた。

一刀流平山道場は新兵衛が若年のころ修行に励んだ場所である。

案内を請うと、出てきた高弟が口をあんぐりと開けて新兵衛を見た。

宇野十蔵だった。この日は非番で道場の若い門人たちに稽古《けいこ》をつけに来ていたのだ。

「おう、お主、たしか峠で会ったな。わしのことは知っているようだな」

十蔵は恐る恐る新兵衛の顔色を窺《うかが》いながら、

「いまの代稽古は馬廻役の小杉十五郎《こすぎじゅうごろう》殿でござる」

と言った。道場に上がると、師範代席には稽古着姿の小柄で目の鋭い三十過ぎの男が座っている。

「永年の浪々暮らしで体がなまっておる。ちと稽古をさせてもらえぬか。立ち合っての稽古が無理と言うなら道場の端で見取りだけでもよいぞ」

新兵衛が言うと、十蔵はあわてて師範代席に取り次いだ。

十五郎は十蔵の話に耳を傾けていたが、やがて新兵衛に目礼した。稽古を許可するということだろう。十蔵が戻ってきて、

「いま道場におる者のうち、席次の上位者五人と立ち合うようにとのことでござる。それがしも、その中のひとりですが」

と胸をそらせて言った。十八年前は鬼の新兵衛と恐れられたであろうが、いまでは落ちぶれた牢人《ろうにん》にしか見えない。腕は落ちているのではないだろうか。十蔵は値踏みするような目で新兵衛を見た。

新兵衛はうなずくと、両刀を道場の刀架に置き、さらに木刀を手にした。

平山道場では頭に鉢巻きをするだけで防具はつけない。稽古をしていた者たちが壁際に控え、十蔵ら五人が並んだ。

新兵衛は道場の中央に歩み出た。

最初に新兵衛の相手になったのは、まだ十七、八の若者だ。

「お願い申す」

頭を下げるなり、だしぬけに新兵衛の脳天に向かって打ちかかってきた。新兵衛はそ

の場を動かず、軽く木刀を前に出した。

鈍い音がした。若者は、突進した勢いで自分の喉《のど》を新兵衛の木刀に当ててしまい、うめいて仰向《あおむ》けに倒れた。一瞬で気を失っていた。

平山道場のかかり稽古は、間断なくかかってくる相手に対さねばならなかった。

二番目の男はさすがに慎重に気合を発していたが、不意に踏み込んで面を打つと見せて胴を狙った。体勢がやや斜めになり、足が開いた。

新兵衛は木刀で受けつつ、足払いをかけた。男は見事にひっくり返り、床に頭を打ちつけた。最初の男同様に気絶したのか動かない。

三番目と四番目の相手は何合か打ち合ったものの、新兵衛が軽くあしらっているのが明らかに見て取れる。ほどなく小手や胴を厳しく打ちすえられて、膝をついてうずくまってしまった。

それを見て、十蔵は青くなった。

（昔と変わらん。やはり、鬼の新兵衛だ）

日頃、若い者を相手に偉そうにしている分、みじめな姿をさらすのは嫌だった。

助けを求めて師範代席に目を遣《や》るが、端座《たんざ》した十五郎は無表情にじっと新兵衛の動きを見たままだ。

十蔵はやむなく新兵衛の前に立った。できるだけ長引かせて勝機を得たい。新兵衛のまわりをぐるぐるまわった。

「やあ、やああっ」

気合の声だけが甲高く響く。

新兵衛はしばらく十蔵の動きに合わせていたが、やがて無造作に木刀を下げた。やる気を無くしたかのような姿に、

(隙あり――)

十蔵が打ちかかった。新兵衛の木刀が跳ね上がって脇腹を打った。十蔵は息がつまって転倒した。

「お見事です。さすがに鬼と言われた瓜生新兵衛殿だ」

十五郎がゆっくりと師範代席から下りてきた。木刀を手にしている。しかし、新兵衛は首を振った。

「お主と稽古するために来たわけではない。訊《き》きたいことがあるのだ」

「どのようなことでござろうか」

「剣についてだ」

新兵衛はぶっきら棒に言った。十五郎は探るような目で新兵衛を見ていたが、不意に表情を緩めた。

「よろしゅうござる。奥で茶など飲まれませぬか」

弟子のひとりに十蔵たちの介抱を命じると、新兵衛を奥へ案内した。五人は床に伸びて苦しげにうめき声をあげている。

道場の座敷に通された新兵衛は庭を懐かしげに眺めた。

「昔は正月になるとここで先生が汁粉を振る舞ってくれたものだ」

平山道場は江戸で一刀流を修行した平山作左衛門《さくざえもん》が開いた。作左衛門は藩の剣術指南役に召し抱えられたが五十を過ぎると致仕《ちし》して、もっぱら道場で藩の子弟に稽古をつけるのを楽しみとした。

新兵衛は作左衛門から直《じか》に仕込まれた世代のひとりである。作左衛門が高齢となって後、道場で稽古をつけるのは高弟が持ち回りで行うようになった。作左衛門に男子はあったが、剣術の道に進まなかった。

このため、道場は高弟が預かる形になっていた。

「いまでも正月の汁粉は続けておりますぞ」

十五郎が言うと、新兵衛は、ほう、そうか、と嬉《うれ》しそうにうなずいた。

弟子が茶を持ってきて下がると、十五郎は茶碗《ちゃわん》を手に取りひと口飲んで訊いた。

「さて、話を伺いましょうか」

「お主の顔を覚えておるぞ。わしが道場に出ておったころは元服前であったな」

「さようでござる。随分と手荒く稽古をつけられました」

「そうか——」

新兵衛は首筋に手をやったが、続けて言った。

「そなたの父、小杉甚兵衛《じんべえ》殿はたしか目付方であったな」

「先年亡くなりましたが」

「では、父上から聞いておらぬか。十五年前、榊原平蔵殿が斬られたおりの斬り口を」

「やはり、さような話でございましたか」

十五郎は苦笑いして茶碗を置いた。

「榊原殿は商人《あきんど》から賄賂《まいない》を受け取った件を城中で糾問された後、屋敷に戻る途中、濠端《ほりばた》の路上で斬られたそうだな」

「わたしもさように聞いております」

平蔵は中間ひとりを供に連れただけだった。そこへ暗闇から走り出た男が一太刀、斬りつけた。平蔵は刀を抜く間もなかったらしく、倒れた時には絶命していたという。

「よほどの手練《てだれ》の仕業だ。斬り口で、どのような技を使ったかわかったのではないか」

新兵衛の目が鋭くなった。

「さて――」

十五郎は腕を組んで目を落とした。

「聞いておらぬのか」

十五郎は頭《かぶり》を振った。

「いえ、聞いております。しかし、瓜生殿はなぜ、そのことをお知りになりたいのですか」

「榊原殿を斬ったのはわしだと疑う者がおる。濡《ぬ》れ衣《ぎぬ》を晴らしたいのだ」

「十五年も前のことでございますぞ。いまさらあの時のことを明らかにされても、榊原采女様は迷惑なされましょう」

十五郎は眉《まゆ》をひそめた。

「わしが納得すればすむことなのだ。公《おおやけ》にしようと思ってはおらぬ。取りあえず訊きたいのは、斬り口が平山道場の者によるものであったかどうかだ」

新兵衛はにらむように十五郎に目を据えた。十五郎は視線をそらせてしばらく考えていたが、

「榊原平蔵殿が斬られたおり、死体を検分いたしたのは父でした。父は斬り口を見て平山道場の者がよく使う技だと言っておりました」

「誰が使う技か言われなかったのか」

十五郎は、厳しい目つきで新兵衛を見返した。

「まことに鮮やかな斬り口で斬られていたそうです。平山道場の四天王のひとりがやったのではないか、と父は申しておりました」

新兵衛は無精鬚《ぶしょうひげ》が生えたあごをなでた。

「そうか、わしが疑われるだけの十分な理由があったのだな」

「さようです。父は瓜生殿ではないかと疑っていたようです」

声に気遣いがあった。

「お主はそうは思わなかったのか」

新兵衛が訊くと、十五郎は視線を和らげた。

「瓜生殿なら、闇討ちなど考えず、白昼堂々と立ち合われるに違いないと思っておりました」

「それでも、四天王のひとりが斬ったとは思っていたのだな」

新兵衛は腕を組んだ。十五郎は不審そうな面持ちで訊いた。

「なぜいまさら、さようなことを詮索《せんさく》されるのですか。何もよいことはありませんぞ」

「しかたあるまい。亡き女房殿の言いつけだ」

新兵衛は苦い顔をした。

「篠様は亡くなられたのですか」

十五郎は驚いて言った。

「わしの妻をお主は知っているのか」

新兵衛は怪訝《けげん》な顔をした。

「坂下家の篠様と言えば、あのころ年少の者でも知っておりました。わたしはお見かけしたことはありませんでしたが、篠様が瓜生殿に輿入《こしい》れされた時、道場でも随分と噂になったものです」

「そうか。鬼の新兵衛にはふさわしくない、などと雑言が多かったであろう」

新兵衛が笑うと、十五郎は微笑を浮かべ、打ち消しはしなかった。

新兵衛は庭に目を遣って、何事か思い出すようだったが、不意に、

「さて、ひさしぶりによい稽古《けいこ》をさせてもらった」

と言って立ち上がった。

「お帰りになりますか」

新兵衛はうむ、とうなずいた。

「門弟の中に宇野十蔵と申す者がおります。瓜生殿を探っておる気配がありますから、お気をつけください」

「あの男か――」

新兵衛は稽古の際、最後に立ち合った十蔵のへっぴり腰を思い出して苦笑した。

十五郎の言った通り、十蔵は道場の玄関脇で新兵衛が出てくるのを見張っていた。往来に出た新兵衛の跡をこっそりつけていく。

新兵衛はいくつかの辻《つじ》を曲がり、やがて大きな屋敷が並ぶ寺町に出た。

榊原采女の屋敷の門前に立つ新兵衛を見て、十蔵は、

(新兵衛め、まさか榊原様を訪ねるつもりではあるまいな)

と、緊張した。新兵衛と采女が、かつて平山道場の龍虎《りゅうこ》、あるいは四天王などと呼ばれていたのを耳にしたことはある。

しかし、新兵衛が藩を追われたのは、采女の父親を告発したためだ、というではないか。ふたりの間柄は険悪なものになっているはずだ。

そう思って見ると、新兵衛は背中に殺気を漂わせているように感じられる。十蔵はごくりと唾《つば》を飲み込んだ。その時、

「何をいたしておる」

男の声がした。十蔵がはっとして振り向くと、榊原采女が立っている。

「いえ、それがしは何も……」

采女に声をかけられた十蔵は、口ごもってちらりと門前を見た。新兵衛の姿はすでにそこにない。あわてて左右を確かめると、足早に去っていく新兵衛の後ろ姿が見えた。

（あの男――）

十蔵は胸の中で舌打ちした。

「あれは、瓜生新兵衛か」

采女がさりげなく訊《き》いた。

「さようでございます。お屋敷を窺《うかが》っておる様子ですので、問い質《ただ》そうとしていたところです」

額に汗を浮かべて十蔵が答えるのに、采女は、平然と言った。

「新兵衛は同じ道場に通った稽古仲間だ。古くからの友だ。ひさかたぶりに故郷に戻って、わしを訪ねてきても不思議はない」

「し、しかし。あの男、なにやら殺伐とした気配を漂わせておりましたが」

采女の目が鋭くなった。

「それはまた、穏やかではないの。みだりにひとを惑わすようなことを言いふらすと、そちのためにならんぞ」

　思いがけない厳しい言葉に、十蔵は震えあがった。

「ご無礼いたしました」

　あわてふためいて、そそくさと立ち去った十蔵には目もくれず、采女は門に向かった。新兵衛の姿は見えなくなっている。

「やはり、わしを訪ねては来ぬつもりか」

　采女は寂しげにつぶやき、門をくぐった。家僕が、

「お帰りです」

　と告げると、若い家士が出てきて式台に手をつかえた。采女は刀を渡しながら訊いた。

「母上のご機嫌はいかがじゃ？」

「お加減が悪いと仰せで、臥《ふ》せっておられます」

　采女は眉をひそめた。

「そうか。ならば、後でご機嫌を伺いに参ろう」

　と言うと、家士はほっとした顔になった。采女の母、滋野《しげの》は気性が激しく、何か気に入らぬことがあると、家士や女中に厳しくあたり、具合が悪いと言って部屋に閉じこもる。

　采女はゆっくりと自分の居室に向かった。屋敷の中は静まり返っている。

部屋で常着に着替えた采女は、渡り廊下を通って滋野の隠居所に向かった。かなかなと蜩《ひぐらし》が鳴いている。

簾戸《すど》越しに声をかけた。

「母上、お具合が悪いと聞きましたが、お加減はいかがですか」

滋野が身じろぎする気配がした。

「お勤めご苦労でした。お入りくだされ。帰るなり、心配をかけて申し訳のないことです」

采女が戸を開けて部屋に入ると、滋野は細い目でじっと窺う。六十を過ぎて髪には白髪が目立ち始めていた。

采女は滋野の傍《そば》に座った。

「何か心にかかるようなことでもおありでしょうか」

「采女殿、そなたはご出世遊ばしたがお子がおられぬ。残念なことです」

采女はうんざりとした顔で言った。

「また、そのお話ですか。いずれ母上の親戚《しんせき》より養子をと考えておりますゆえ、ご案じなさらぬよう申し上げたはずです」

「しかし、そなたがその齢《よわい》まで妻を娶《めと》らぬのは、わたしがあの娘のことを許さなかったからでしょう。すまぬことをしたと悔いております」

「もはや昔のことでございます」

采女は顔をそむけてつぶやいた。

「そうは言うても、そなたはお忘れではないであろう。坂下家の娘を」

采女の顔に翳《かげ》りが浮かんだ。

「いいえ、忘れました。わたしにはもはや関わりのないひとです」

「そうですか。ならば、安心して伝えることができますね。気の毒にあの方は今年一月に亡くなられたそうですよ」

滋野の声は心なしか嬉《うれ》しげだった。采女は一瞬、目を瞠《みは》ったが、辛うじて表情を変えなかった。

「そのことをどなたからお聞きになりました」

「田中屋惣兵衛《そうべえ》です。京の店から報《しら》せて参ったそうですよ」

「さようですか……」

田中屋と聞いて采女は苦い顔をした。田中屋は城下の紙問屋だ。領内で生産される紙を一手に扱っている。采女の父平蔵に賄賂《まいない》を贈ったとされた商人《あきんど》が、田中屋惣兵衛だった。

扇野藩は由岐川《ゆきがわ》、藍川《あいがわ》、矢野川《やのがわ》が流れ、水が豊富で和紙の生産に恵まれた地形をしていた。扇野紙は丈夫なことから紙衣《かみこ》などにも用いられ、京、大坂に販路を広げている。

十八年前には城下に十軒の紙問屋があったが、その中で最も大きい田中屋が名字帯刀を許され、公許紙問屋として扱いを独占した。

そのころ、榊原平蔵が賄賂を受け取ったという噂が流れた。

つぶれた紙問屋からの訴えにより、平蔵と田中屋のつながりが明らかになった。しかし、平蔵が何者かの手で殺された後、その訴えは不問に付され捨て置かれた。

「母上、田中屋をあまりお近づけにならぬ方がよろしいかと思います」

采女が厳しい顔で言うと、滋野は笑った。

「田中屋は平蔵殿の恩を忘れておらぬのであろう。それゆえ、そなたの出世を手伝いたいと申し出ておるのです」

「すべては田中屋が儲《もう》けるためでございましょう」

「さようでしょうが、平蔵殿が亡くなられたことで、田中屋はつぶされずに生き延びることができたのです。わが家は田中屋にたんと貸しがあるのですから、返してもらうのは当たり前のことです」

滋野の細い目が光った。

「さて……」

言葉に迷う采女に向かって、

「そのことはもうよい。瓜生新兵衛が戻ったそうですが、まことですか」

と滋野は鋭く訊いた。

「さように聞いております」

「ならば、なぜすぐにでも討ち果たそうとなされぬのですか。瓜生新兵衛はそなたにとって、父の仇《かたき》ではありませんか」

「これはまた、乱暴なことを仰せになられます。父上が亡くなられたのは、新兵衛が国を出てから三年後のことです。あの男の仕業ではないと存じますが」

「平蔵殿が亡くなられた時、城下で瓜生新兵衛を見かけた者がおるのです。新兵衛はひそかに国許《くにもと》に立ち帰り、平蔵殿を逆恨みして斬ったに違いありません」

「田中屋惣兵衛がそう申しましたか」

采女はうすく笑った。

滋野は不快そうに口をゆがめた。

「そうです。これまで、田中屋が言ってきたことに間違いはありませんでした」

「父上もそう思っておられました。そして、すべての罪を背負い、亡くなられたのです」

采女は吐き捨てるように言うと、頭を下げて立ち上がり、そのまま簾戸を開けて廊下に出た。滋野が言葉をかけてきたが、振り向かなかった。

渡り廊下で立ち止まり、ふと庭の椿の木に目を留めた。しばらくながめていた采女は、不意にうめくようにつぶやいた。

「篠殿は亡くなってしまわれたか――」

采女の顔が哀愁を帯びた。夕暮れ時の日差しに椿の木がくっきりと浮き上がって見えた。

同じころ、藤吾は急ぎ足で家の門をくぐっていた。新兵衛に早く立ち退くよう説得する心積もりだった。ところが、

「瓜生様はまだお戻りにはなりません」

と家僕の弥助から言われて、

「なんだと。どこへ出かけたのだ」

藤吾は舌打ちした。

「なんでも、平山道場で稽古《けいこ》をなさりたいとのことでしたが」

新兵衛が戻ったことは知れ渡っている。城下をうろうろすれば、どんな面倒が起きるかわからない。いらいらと待つが、夕餉《ゆうげ》の時分になっても、新兵衛はまだ帰ってこない。

「母上、瓜生殿は何をなされているのです。いささか遅くはありませんか」

「さて、どなたかご友人でも訪ねておられるのではありませんか」

「あのひとに友達などいるのですか」

夕餉を食しながら、藤吾は疑わしげに訊《き》いた。

「もちろん、おられますよ。道場のお仲間だった、榊原様、篠原様、それにあなたの父上も新兵衛殿とは仲のよいお友達でしたから」

里美はふと箸《はし》を止めた。玄関でひとの気配がしたように感じた。里美が急いで出てみると、新兵衛は式台にぐったりと大の字になっている。ひどく酒臭かった。

「どうされました。新兵衛殿——」

「田中屋惣兵衛に酒を飲ませてもらった」

新兵衛は呂律《ろれつ》が回らぬ口調で言った。

「田中屋に酒を飲まされたですと」

藤吾も出てきて声を荒らげた。

「何だ。いかんか」

新兵衛はとろんと酔った目を藤吾に向けた。

当然です、と言おうと口を開きかけた時、

「新兵衛殿を部屋にお連れせねば」

里美が心配げに言った。しかたなく弥助とともに新兵衛をかつぎあげ、背負って奥の部屋に向かった。大柄な新兵衛は大層重く、藤吾は腰がくだけそうになった。

弥助が急いで行灯《あんどん》を点《とも》し、布団を敷いた。新兵衛を寝かせて弥助が部屋から出ていき、藤吾も続こうとすると、

「待て——」

新兵衛がむくりと起き上がった。

「何ですか」

「水が飲みたい」

「さようなことは」

弥助に頼めと言いかけて面倒臭くなり、渋々自分で台所に行き、甕《かめ》の水を茶碗《ちゃわん》に汲《く》んで持ってきた。

新兵衛は差し出された茶碗を手に取ると、ぐいっと一気に飲んだ。そして、熟柿《じゅくし》臭い息をふうーと吐きながら、

「先ほど、田中屋に酒を飲ませてもらったと言ったら怒ったな。田中屋の評判はそれほど悪いのか」

と訊いた。藤吾は傍に座ると、

「当たり前です。扇野和紙はわが藩の大切な産物ですが、いまでは紙漉《かみす》き職人や上方《かみがた》で売る商人までも田中屋に一手に握られて、少しも藩の利益にはなっていないのですから」

「田中屋を公許問屋にする時、毎年、千両の運上金を藩に納めるという取り決めだったはずだが」

「確かに千両の金は、いったん、藩に入っておりますが、原料になる楮《こうぞ》の仕入れの金や紙漉き職人への手当てなどは藩から出ているのですぞ。実際に藩に入っておる金は二百両ほどでしょう。しかも、どれほどの値で上方に和紙を卸しているのかなど、田中屋は決して明かしません」

藤吾は憤懣《ふんまん》やる方ないという表情で答えた。

「やはりそんなことになっておったか」

新兵衛は目を光らせた。

「なぜ、そのようなことを訊かれるのです」

藤吾は不安になって訊き返した。

「わしが勘定方だったころ、頭取であったのが榊原平蔵殿だ。ちょうど田中屋を公許紙問屋にしようという案が持ち上がっておった。ところが、他の紙問屋が自分の店がつぶれてしまうと恐れて、田中屋がどれほどの金を榊原殿に渡したかを克明に調べ上げたのだ。それでわしは榊原殿を問い質《ただ》した。しかし、榊原殿は言を左右にして逃げ回るばかりだった」

「重役方が榊原様の肩を持たれたと聞きましたが」

「そうだ。榊原殿はご家老石田玄蕃様にかわいがられておった。石田様はそのころ家老になられたばかりで、派閥を作ろうとされておった。榊原殿は石田様の懐《ふところ》刀《がたな》でな。石田様のために金をつくっていたという噂があった」

「まさか――」

藤吾は啞然《あぜん》とした。田中屋を公許問屋にした裏には、そんな意図が本当にあったのだろうか。

「お前が思ったようなことをわしも考えた。それを明らかにしたかったのだが、追放という処分を受けてしまった」

新兵衛は酒臭い息を吐きながら言った。

「では、榊原様が十五年前に殺されたのは、そのことが露見するのを恐れての口封じだと」

思わずあたりを窺《うかが》って、藤吾は訊いた。

「わしはそう思っている。少なくとも、わしは榊原殿に真実を話してもらいたかった。殺してしまってはそれがかなわぬのだから、斬ったのはわしではないとわかるだろう」

「それを探るために田中屋に行かれたのですか」

「まあ、そうだ。田中屋め、わしの顔を見ても嫌な素振りもせず、酒を出しおったが、これから何度も行けば、そうはいかなくなるだろう。そのうち尻尾《しっぽ》を摑《つか》んでやる」

不敵な新兵衛の言葉に藤吾はぞっとした。新兵衛は石田家老の過去の陰謀を暴こうとしているのだ。そんなことをされては、自分も巻き添えをくってしまう。

「さようなことをされては、わたしが困ります」

藤吾は声が裏返りそうになるのを抑えて必死に言った。

「そうは言ってもおられんぞ。そなたの父坂下源之進の死に関わることなのだからな」

新兵衛はため息をついた。

「父上の死とどんな関わりがあると言われるのですか」

と問い質しつつ、藤吾は考えをめぐらせた。十五年前、榊原平蔵が斬られたのは、石田派の資金作りに関わってのことだとするなら、父源之進が使途不明金の責任を取って自害したこととも繫《つな》がっているのか。

そこまで考えて藤吾はあわてて頭《かぶり》を振った。

（いかん。このような男に惑わされて、ご家老への疑いを抱けば身の破滅になる）

藤吾は立ち上がると、

「酔っ払いの戯言《ざれごと》はもう結構でござる」

と言って、部屋を出ていこうとした。新兵衛は笑い声をあげた。

「いかに逃れようとしても、からみつく因縁から逃げられはせんぞ。わしは十八年も遠ざかっておったのに、ついに免れはしなかった」

藤吾は、新兵衛の声に背を向けて自分の部屋に戻った。


城下の大倉町《おおくらちょう》にある海鼠塀《なまこべい》に囲まれた田中屋の座敷で、惣兵衛はひとりの武士と向かい合っていた。ふたりの間には膳《ぜん》が置かれている。

惣兵衛は小柄で、六十過ぎとは思えぬほど肌の色つやがいい。髷《まげ》こそ白髪交じりだが、太い眉毛《まゆげ》は黒々としている。

武士は、屋敷の中でも頭巾《ずきん》をかぶって顔を見せない。

「そうか。瓜生新兵衛が参ったか」

「酒をねだられましたので、たっぷり飲ませて追い返しましたが、あの調子ではこれから何度も参りましょうな」

惣兵衛は帯の間から扇子を抜いて顔を扇《あお》いだ。

「十八年前のことを探るつもりかな、それとも榊原平蔵暗殺の一件か」

「その両方でございましょうが。なぜ、いまさらそのようなことを調べ始めたのか、気がかりでございます」

「新兵衛は妻を亡くしたそうだな」

「さようでございます。京店《きょうだな》の者に、彼《か》の者の動きを報《しら》せるよう申しつけてございましたので、わかりましたしだいです」

「妻を失った手負いの虎だ。いずれ死に場所を与えてやるのが最善の策であろう」

武士は非情な声で言った。

政争

瓜生新兵衛が藤吾の家に転がり込んでひと月あまりが過ぎた。山国の秋は早く来る。木々がぽつぽつと紅葉に彩られ始めた。

この間、さほどことが起きなかったのは藤吾にとって幸いだった。あえて気がかりと言えば、時おり、新兵衛が田中屋に行き、酒を飲んで酔って帰ってくることぐらいである。

(外聞は悪いが、これぐらいで済めば、まあいいだろう)

いまのところ、藤吾は新兵衛の行動を大目に見ていた。

榊原平蔵や藤吾の父源之進の死について、石田家老の陰謀だと新兵衛は推量しているらしいが、それが暴かれると、どんな災厄が自分に降りかかるかわからない。そう思えるだけに、藤吾は新兵衛の動きに目を光らせていた。

そんなある日、藤吾は大部屋で組頭《くみがしら》の佐藤権助から呼ばれた。いつものように、宇野十蔵が権助のところに行ってひそひそ話をした後のことである。

藤吾が前に座ると、権助はしかめ面をしていきなり言った。

「お主《ぬし》、武居村と高坂村の水路造りは郡奉行《こおりぶぎょう》の山路内膳様も乗り気な話だと言っておったが、違うそうではないか」

「いえ、そのようなはずは……」

藤吾は口ごもった。そう言えば、山路内膳が水路造りの腹案を持っているという話は武居村の庄屋《しょうや》から聞いただけのような気がする。強く言わねば意見書を通してもらえないことから、思わず断言してしまったのだが、やりすぎだったかもしれない。

じろりと藤吾の顔を睨《にら》んだ権助は、

「ともかく、郡奉行所から文句が出たのだ。きょう、武居村と高坂村まで行って、もう一度、調べ直して参れ。そのうえで伺い書を出せ」

と言い捨てると、すぐに他の文書に目を通し始めた。

藤吾はやむを得ず机に戻って文書を片付けた。山村へ行くには、いったん家に戻って支度をしなければならない。

あわただしく帰ろうとする藤吾に、十蔵がにやにやと皮肉な目を向けるのが気になった。

城から下がった藤吾は家に戻り、山村に行くための支度をした。

里美は打裂羽織《ぶっさきばおり》を渡しながら、

「また山廻《やままわ》りに行かれるのですか」

と訊《き》いた。

「水路の一件で武居村と高坂村をまわらねばなりません。うまくいっていると思っておりましたが、郡奉行所から苦情が来たようです」

「それは大変ですね」

里美は言いつつ、考えごとをしている風だ。藤吾が裁付袴《たつつけばかま》に着替え終わらぬうち、部屋を出て奥へ行った。

(何かを探しに行かれたのだろうか)

藤吾が式台で草鞋《わらじ》の紐《ひも》を結んでいると、奥から里美に続いて新兵衛が出てきた。いまごろ起きてきたらしく、あくびをしながら声をかけてきた。

「山へ行くそうだな」

つまらなそうに言う。藤吾が山廻りに行くことを告げられ、見送りに出てきたらしい。

「さよう、お役目ですから行かねばなりません。毎日酒を飲んでのんびりしている瓜生殿のようなわけには参りません」

藤吾はずけずけ言うと、竹笠《たけがさ》を手に持ち、里美に会釈して玄関を出た。

「用心して、お役目に励まれよ」

藤吾の背に、新兵衛はからかうような声をかけた。いつものことながら、新兵衛に何か言われると反発するものを感じる。

だが、城下を出て武居村への山道をたどり始めるころには、そんなことはすっかり忘れた。

城中の大部屋で文書と向かい合っているより、村をまわって農民の話を聞いたりするのが藤吾は気に入っていた。

中でも武居村の吉右衛門《きちえもん》という庄屋は、藤吾と同い年で気が合った。農事についてあれこれ教えてくれるし、藩内の事情についても思いがけないほどよく知っている。

まず吉右衛門に会って、水路造りについて、再度訊こうと思っていた。

赤瀬峠《あかせとうげ》を上ると、空が大きく開け、山々の連なりを望むことができた。手拭《てぬぐ》いで汗をぬぐい、ゆっくりと眺めまわしている時、ふと背後に視線を感じた。振り向いたが山道には誰もいない。遠くで畑を耕す農民の姿が見えるばかりだ。

誰かが跡をつけているのだろうか。気にしながらも、藤吾はそのまま赤瀬峠を越えて武居村へ向かった。うねうねと続く山道を過ぎると斜面がなだらかになり、やや開けたあたりに出る。農家が点在し、ひときわ大きい茅葺《かやぶき》屋根の庄屋屋敷が見えた。

藤吾が門をくぐると、吉右衛門は玄関前の広い敷地で藁《わら》を打つ作男《さくおとこ》と何事か話していた。藤吾に気づいて、

「これは、坂下様。お見廻りでございますか」

と笑顔で近づいてきた。色黒で痩《や》せているが、目は理知的に輝いている。

藤吾は拍子抜けする気がした。水路造りの話が中断して吉右衛門も困っているだろうと思って来たのだ。

「いや、水路の件で郡奉行所から文句が出たらしいということでな」

藤吾が言うと、吉右衛門は大きくうなずいて、

「お茶でも差し上げましょう」

と、屋敷に藤吾を案内した。中庭に面した広間で藤吾と向かい合った吉右衛門は、

「水路のことはいささかややこしいことになっておるそうでございますね」

と厳しい表情になった。

「そうなのだ。郡奉行の山路様は水路をお造りになるご意向だと、吉右衛門殿から聞いたが違ったかな?」

「いいえ、山路様のお考えは変わっていらっしゃいません」

吉右衛門は口をつぐんで少し考えていたが、やがて心を定めたのか切り出した。

「これは、先日、郡奉行所に呼び出されて山路様からお話しいただいたことです。口外せぬよう言われたのですが、坂下様ゆえ、お話しいたします。山路様は水路造りを来年春に始めるおつもりなのです」

「なぜだ。冬の間にした方が人手もあるし、水も少ない。何かとやりやすいではないか」

「わたしもそう申し上げたのですが、山路様には別なお考えがおありなのです」

「どういうことだか、わたしにはわからないが」

「来春には、若殿様が江戸より国入りをされ、家督をお継ぎになります。若殿様は、藩主に就かれてすぐにご親政を始めたいとのご意向を持っておられ、水路造りをその手始

めとされたいそうなのです」

吉右衛門は声をひそめて言った。

扇野藩は徳川家康《とくがわいえやす》の小姓《こしょう》を務めた千賀谷正友《ちがやまさとも》に始まる譜代である。関ヶ原の戦いの後、五万石に封じられ、その後、一万五千石を加増された。

現藩主右京大夫親家《うきょうのだいぶちかいえ》まで十二代を数える。親家は五十を過ぎたばかりだが病がちで、今年に入って幕府に隠居願いを出し、許された。

江戸育ちの嫡男左近将監政家《さこんのしょうげんまさいえ》は二十五歳になるが、来年春に初めての国入りをすることになっていた。

これらのことは藩内で公《おおやけ》にされていることだが、政家が親政を考えているとは思いもしなかった。

吉右衛門はあたりを窺《うかが》い膝《ひざ》を進めると、囁《ささや》くように言った。

「若殿様は石田ご家老が永年、藩政を動かしてきたことの弊害が多いと思《おぼ》し召しておられるとのことです。そのため国入りの暁には、山路様はじめ何人かを側近に登用される心積もりでおられると伺っております。山路様はその日に備えて領内の庄屋を手なずけてこられました。もはや、庄屋のほとんどが山路様に付き従う気持になっております」

山路内膳は切れ者だとは聞いていたが、まさか、そこまで周到に手を打っているとは思いも寄らなかった。

「では、次のご家老は、山路様ということか」

藤吾は腕を組んで考え込んだ。石田派に属していれば安泰だと思っていたが、藩内の情勢は思わぬ動き方をしているようだ。しかし、吉右衛門はゆっくりと頭《かぶり》を振った。

「いえ、若殿様は親政をなさる以上、家老は飾り物でよいというお考えのようです。山路様のほか、何人かの側近を要所に配されて藩政を改めるおつもりではないかと」

「山路様のほかに登用される方はどなたであろうか」

誰が政家の側近になるのか知っておかねば、自らの前途が閉ざされてしまう、と藤吾は焦りを覚えた。

「そこまではさすがにわかりかねます。ただ、この方は外れることがないというおひとがおられます。実は水路造りをご親政始めに行うというのも、その方からのお指図らしいのです」

「それはどなただ。頼む。教えてくれ」

藤吾は必死に訊《たず》ねた。吉右衛門はうなずいて低い声で言った。

「お側用人の榊原采女様でございます」

言われてみれば、榊原采女の名が挙がるのは当然だという気がした。山路内膳のような実力のある役人をまとめていく力量があるのは、公平に見て采女だけだろう。

（ということは、榊原様が藩政を動かす日は思ったよりも早くなるということだな）

こうしてはいられない、と藤吾があれこれ考えをめぐらせていると、吉右衛門がごほんと咳払《せきばら》いした。はっとして顔をあげると、吉右衛門は厳しい顔をしている。

「わたしは、坂下様が日頃から農民の身になってお仕事をされるのを見ておりますから、ただいまのお話を明かしました。しかしながら、これは若殿様にそのお考えがあるというだけの話で、この先どうなるかわかりません。うっかり動かれると危ないことになるのをお忘れなきよう願います」

　吉右衛門が何を言おうとしているのか藤吾は察した。

「それは、若殿がご親政を始めようとされても、石田ご家老が黙っておらぬということか」

　落ち着いて考えてみれば、石田玄蕃がすぐに引き下がるとも思えない。

「さようです。石田様は、永年ご家老として藩政を動かしてこられました。その間には表に出せないようなこともあったのではございますまいか。ご親政が始まれば、それらのことが白日の下にさらされてしまいます」

　吉右衛門は仔細《しさい》ありげに言った。さしずめ、榊原平蔵が斬られることになった田中屋からの金の一件があるな、と藤吾は思った。そのほかにも不正が山ほどあることは想像がつく。政家の親政開始とともに、玄蕃は窮地に追い込まれるだろう。そうさせないために、必死になって手を打つはずだ。

　藤吾は吉右衛門に頭を下げた。

「よく教えてくれた。危ういところであった。知らねば、どんな目にあったかわからない」

「ご安心なさるのは、早うございますよ。坂下様は大きな火種を抱えておられます」

火種とは何のことだ。訊《き》きかけて藤吾はあっと声を出した。

「――瓜生新兵衛」

「さようでございます。瓜生様は十八年前の田中屋をめぐる動きの生き証人です」

吉右衛門の言葉が藤吾の耳に響いた。


吉右衛門の屋敷を辞した後、藤吾は高坂村にはまわらず城下に戻ることにした。水路造りについての思惑を知ってしまえば、当面、普請《ふしん》にかかるのは難しい見込みだ、と権助に復命するしかない。少しばかり嫌みを言われるだろうが、新藩主の親政をめぐる動きの中で生き延びるためには、取るに足りないことである。

赤瀬峠の道をたどりながら、藤吾はえらいことになった、と思った。

(藩主が親政をしようとして、重臣の反対にあい失敗するというのもよく聞く話だ。すべて若殿の思い通りにいくとは限るまい)

だとすると、吉右衛門の言う通り、迂闊《うかつ》に動くと危ういことになる。ただ、いずれにしても榊原采女が今後の藩政の中心になってくるのではないか。

(ご親政が始まるかどうかは別にして、榊原様には近づいておくべきだ)

そう考えたが、厄介なのは新兵衛だ。親政派と家老派は新兵衛をどう扱うつもりなのだろう。

（あの男は、もともとこのような動きがあることを知って戻ってきたのではあるまいか）

ひょっとして新兵衛にも何か企《たくら》みがあるのではないかと思い至って、藤吾は寒気がした。自分はいま、千尋の谷の縁《へり》を歩いていて、足を踏み外せば転落してしまうかもしれない。そこまで考えて、額の汗をぬぐった時、

「危ないっ」

という男の声とともに藤吾は突き飛ばされた。

――ずだーん

鉄砲の音が響いた。地面に転がった藤吾をすぐに抱え起こしたのは新兵衛だった。

新兵衛は藤吾をひきずるようにして脇の灌木《かんぼく》の茂みに転がり込んだ。

再び鉄砲の音が響きわたった。茂みの中で四つん這《ば》いになった藤吾は、

「なぜあなたが。何事ですか」

あたりに目を配りながら訊いた。どこから鉄砲を撃っているのか見当もつかない。

「そなたが狙われそうな気がしてつけてきたのだ。鉄砲だけではすまんだろう」

新兵衛も周囲に視線を走らせながら答えた。刀の鯉口《こいぐち》を切っている。

峠の頂に近い林の中から覆面をした三人の武士が出てきて、刀を一斉に抜いた。

「何者だ――」

藤吾は茂みから飛び出すと、刀の柄《つか》に手をかけて叫んだ。しかし、覆面の武士たちは

無言のまま峠を駆け下りてくる。

新兵衛が藤吾の前に出た。

「わしがやる。離れるな」

低い声で言うと、新兵衛は走り出した。あわてて藤吾がついていく。覆面の武士たちとぶつかりそうになった瞬間、新兵衛の腰から白光が走った。藤吾は目を瞠《みは》った。

先頭の武士は右股《みぎもも》を斬られて転倒し、続く武士も脇腹を割かれた。三番目の武士は袈《け》裟《さ》がけに斬られた。いずれも一太刀で、刀を打ち合わせもしなかった。新兵衛は峠を駆け上る足を一瞬も止めることなく、斬り捨てたのである。

斬られた者たちを、藤吾が立ち止まって見ようとすると、

「何をしておる。まだ、鉄砲を撃ちかける者がおるのだぞ。走れ」

新兵衛が叱咤《しった》した。三人の武士たちは倒れてうめいている。藤吾は三人をよけて新兵衛に続いた。いつ鉄砲で撃たれるかと恐れたが、山の静けさは変わらなかった。

峠の頂に上った新兵衛は足を止めた。額に汗は浮いているが、呼吸は乱れていなかった。藤吾は松の根方にがくりと膝をついた。

息が苦しく、汗が滝のように流れた。

山道を見下ろしている新兵衛に藤吾は訊ねた。

「あの者たちの命に別状はないでしょうか」

「ふたりは怪我を負わせただけだが、最後のひとりは助かるかわからぬな。一刻も早く

医者の手当てが受けられるかどうかが境だろう」

新兵衛は冷静な物言いをした。

「しかし、三人とも動けないようでしたが」

「仲間がどこぞに隠れているはずだ。そやつが猟師に鉄砲で狙わせたのだ。その男がなんとかするだろう」

「ならば、よいのですが……」

新兵衛は含み笑いをした。

「何がおかしいのですか」

藤吾はむっとした。

「命を狙った相手の心配をしてやるとは、そなたも随分とひとがよいと思ってな」

新兵衛は面白そうな顔で藤吾を見つめた。

「藩内で人が斬られたのです。気になるのは当たり前でしょう」

藤吾が言うと、新兵衛は笑って背を向けた。城下へ戻るつもりなのだろうか。

藤吾はあわてて立ち上がった。

鉄砲を撃ってきた者が、まだどこかに潜んでいるかもしれない。置き去りにされてはたまらない。

新兵衛の後に続きながら訊いた。

「わたしを襲ってきたのは何者でしょうか」

「わからぬが、わしを狙った者と同じだろうな」

新兵衛は歩みを止めず、平然と言う。

「なんですと。瓜生殿も襲われたのですか」

「田中屋で酒を飲んで帰る途中、いきなり数人に斬りかかられてな。退けはしたが、妙なことに奴らは皆、平山道場の太刀筋だった」

「それはいかなることで……」

「平山道場の師範代をしておる小杉十五郎の話では、榊原平蔵殿が斬られた当時、目付は平山道場の四人を疑ったということだ。あるいは、そのことと関わりがあるかもしれん」

「四天王と言われた方々ですか。瓜生殿と榊原采女様、篠原三右衛門様、それにわたしの父だったと聞いておりますが」

藤吾が窺《うかが》うように言うと、新兵衛はにやりと笑った。

「ほう、知っておったか。昔は仲良く、酒を酌み交わしたものだ」

「その中に榊原様の父上を斬ったひとがまことにおるのでしょうか」

「さてな。まず息子の采女は別にして、疑わしいのはわしを含めて三人ということになる。もっとも、采女にしても平蔵殿の血を引いておらぬから、疑えば疑えるかもしれぬのだがな」

「采女様はご養子であられましたか」

藤吾は驚いた。思いがけない話だった。

「平蔵殿と奥方の間には子ができなんだゆえ、親戚《しんせき》からもらいうけたのだ。ところが平蔵殿と采女は顔がよく似ておった。それで奥方は平蔵殿が隠し子を養子にしたのではないかと邪推して、采女には随分辛《つら》くあたったそうだ」

新兵衛は感慨にふけるように言った。

「さようでございましたか」

榊原采女にも、そのような事情があったのか、と藤吾は同情する気持が湧いた。だが、すぐに篠原三右衛門が言っていたことを思い出した。藤吾の父源之進は、ある時から采女を恐れるようになったという。

（あれは、どういう意味だったのだろうか。まさか――）

源之進が平蔵を斬ったということもありうる、と思い至って、藤吾はあわてて頭《かぶり》を振った。そうだとしたら、自分の前途は閉ざされてしまうではないか。思わず新兵衛に訊《たず》ねた。

「それがしの父は温厚なひとでしたが、榊原様を斬る腕はあったのでしょうか」

新兵衛はちらりと藤吾に視線を向けたが、さりげない顔で言い切った。

「源之進はおとなしい男だったが、なかなか粘り強い剣を使った。稽古《けいこ》では目立たなかったものの、試合になると、しぶとく勝っておった。平蔵殿を斬れる腕前だった」

「さようですか」

顔色が変わった藤吾の肩を新兵衛はどんと叩《たた》いた。

「案ずるな。平蔵殿の遺体は采女もあらためておるはずだ。あの男は、わしらの技を熟知しておる。わしら三人のうちの誰かがやったとすれば、すぐに見当がついたに違いない。もし源之進が平蔵殿を斬ったのなら、ただちに仇《かたき》を討たれておる」

新兵衛は元気づけるように言うが、藤吾には慰めにならなかった。

源之進が采女を恐れたのが本当だとすれば、まさに仇討《あだう》ちを恐れたためにほかならないのではないか。

藤吾の疑念が高まっていくうちに、ふたりは峠を下り、城下への道をたどり始めた。日が傾き、道沿いに建つ家の影が長く伸びている。家並みが続くようになると新兵衛は黙して歩いていたが、ふと、

「これは、やはり行かねばならぬな」

とつぶやいた。藤吾は聞こえない振りをしたが、やはり訊《き》かずにはいられなかった。

「どこへですか」

「決まっておろう。榊原采女の屋敷だ」

新兵衛は期するところがあるかのように言った。

「それは、いかがかと思われますが」

藤吾は首をひねった。新兵衛が榊原采女の屋敷を訪ねては、ろくでもないことになりそうだ。

「何を言うのだ。そなたは、何者かに狙われたのだぞ。それを明らかにするには、一緒に采女を訪ねるのが手っ取り早い」

「わたしも行くのですか」

藤吾は呆気《あっけ》にとられた。新兵衛とともに行くなどご免こうむりたい。

「その通りだ。すぐに訪ねるのがいいな」

藤吾の返事を聞こうともせず、新兵衛は寺町へと道を急いだ。すでに日は落ちかかっている。采女の屋敷に着くころには暗くなってしまうだろう。

藤吾はうろたえながら後を追った。采女の都合も聞かず、しかも夜分に訪ねるなどとんでもない、と思ったが、一方で、昼間、山道で襲われた衝撃もまだ胸にあった。

新兵衛が居合わせなかったら、いまごろ生きていなかったかもしれないのだ。藩内で何が起きているのか確かめるには采女に訊《き》くのが最善の方法だと思った。

（いまいましいが、ここは言うことを聞いた方がよさそうだ）

新兵衛の背を見ながら、藤吾はうなずいた。

采女の屋敷の門前に着いた時には薄暗くなっていた。あたりの屋敷はどこも静まり返っている。

新兵衛が門をどんどんと乱暴に叩くと、家士が迷惑そうな顔をして出てきた。

「瓜生新兵衛と申すが、榊原采女殿にお会いしたい」

新兵衛はぶっきら棒に言った。家士の顔が強張《こわば》った。

新兵衛の噂を耳にしているらしい。急いで家士が取り次ぎ、新兵衛と藤吾は奥座敷に通された。女中が燭台《しょくだい》に火を点《とも》し、茶を持ってくる。しばらくして着流しの采女が座敷に来て座った。

新兵衛としばし無言で顔を見合わせた采女は、不意に、懐かしげな表情を浮かべた。

「ひさかたぶりであった」

采女の声にはしみじみとした響きがあった。

「いかにも」

新兵衛は無造作に答えたが、視線をわずかにそらした。

「訊きたいことがあって参ったのだ」

新兵衛は素っ気なく言った。

「そうか――」

采女はうなずくと、藤吾にちらりと目を遣《や》った。何か聞かれたくない話でもあるかのようだ。

「いや、藤吾にも関わりのある話だ。きょう、藤吾は山で襲われた。鉄砲も使いおったから、本気で殺《あや》めるつもりがあったと思われる。わしも襲われたことがある。いま藩内で何が起きているのか、それが知りたいのだ」

新兵衛の問いに、采女は表情を変えず、落ち着いて茶を喫した。

「確かに、いま藩内にはもめ事がある。お主がおったころにもあったことだ。しかし、藩を去ったお主に話すことがあろうとも思えぬが」

「わしには話せぬと――」

新兵衛の目が鋭くなった。

「聞いてどうしようというのだ。お主にはどうすることもできはせぬ」

采女は穏やかな声で言った。

「わしにはできぬかもしれぬが、藤吾ならできるかもしれぬではないか」

新兵衛の言葉に、藤吾は顔色を変えた。

「瓜生殿、何を言われますか。わたしは藩内のもめ事などに関わりたくはありませんぞ」

「と言ってもな、すでに関わっておるではないか。命を狙われたのを忘れたのか」

「あれは――」

新兵衛が狙われたのだ。そのとばっちりを受けただけではないかと言おうとしたが、采女の冷徹な視線を感じてやめた。

藤吾が黙ると、采女は口を開いた。

「新兵衛、お主も襲われたと言ったが、まことか」

「田中屋からの帰りにな」

新兵衛が平然と答えると、采女は苦笑した。

「聞いておるぞ。お主が田中屋にしばしば押しかけては酒を出させておるとな。たかりのようなことをしている、と悪く言う者もおる」

「承知のうえだ」

「そのような乱暴を振るえば、命を狙われてもしかたあるまい」

「そうか、わしを狙った者の背後には、やはり、田中屋がおったか」

新兵衛は独り言《ご》ちた。

「田中屋が裏で糸を引いておるなどとわしは言うてはおらぬ。藩の情勢は、お主がおったころとさほど変わってはおらんのだ。わしは少しでも変えようと努めておるのだが、そうすると、いろいろなことが起きてくる」

采女は穏やかに言うと、新兵衛に目を向けた。

「わしからも訊ねたいことがある」

「側用人様が一介の浪人者に訊きたいことがあるのか」

新兵衛は身じろぎして、暗くなり始めた庭に目を遣った。

「わかっておろう。篠殿のことだ」

新兵衛は黙ったまま顔をそむけている。采女は構わず話を続けた。

「お主、藩を追放された時、なぜ篠殿を伴って出ていったのだ」

「篠はわしの妻だ。ともに藩を出て何の不都合があるというのだ」

「いや、離縁してお主だけ国を出るという道があったはずだ。お主は、しなくてもよい苦労を篠殿にさせた。そのあげく、篠殿は国にも戻れないまま世を去ったではないか」

采女の口振りには憤りの響きがあった。新兵衛は目を閉じた。心なしか、肩が落ちたように見える。

「篠がそう望んだのだ」

新兵衛はぽつりと言った。

「馬鹿な。自ら望んで故郷《くに》を捨てる者などおるまい」

「いや、篠には国を出たいわけがあった」

「なんだと——」

采女の目が鋭くなった。新兵衛は采女に顔を向けた。ふたりの視線が激しく交差した。傍らで藤吾はどきりとした。新兵衛から一瞬、殺気が漂ったような気がした。なぜ、ふたりの間に緊張した空気が流れるのだろうか。

藤吾が腋《わき》に汗をかきながら息を詰めていると、新兵衛が低い声で言った。

「篠が国を出たいと思ったのは、お主が独り身を通しておったからだ。そのことはわかっておろう」

新兵衛は傍らに置いた刀にゆっくりと手を伸ばした。

「篠殿がお主と国を出たことに、わしが関わっておったとは思いも寄らぬことだな」

采女はひややかに言った。

「そうか——」

新兵衛は笑みを浮かべて、刀をそろりと引き寄せた。その動きを目で追いつつ、采女は眉《まゆ》ひとつ動かさない。日頃、城中で見せるのと少しも変わらぬ沈着冷静な態度だった。

「わしは篠の想いを知っておるのだ」

新兵衛は言いながら、刀の柄《つか》に手をかけた。その時、廊下から女の声がした。

「采女殿、ご来客だそうですね」

襖《ふすま》を開け、滋野が入ってくる。新兵衛が刀から手を放した。

「母上、瓜生新兵衛がひさかたぶりに故郷に戻って参りました」

采女が答えると、その脇に座った滋野はつめたい目を新兵衛に向けた。

「なぜいまさら、おめおめと戻ってきたのです」

新兵衛はぼんの窪《くぼ》に手をやって、

「これは参りましたな」

と笑った。

「わたしは、そなたが平蔵殿の仇《かたき》だと思っております。采女殿に仇を討つように言いましたが、存外に臆病《おくびょう》と見えて討とうとはいたしませぬ。幸いなことに、仇の方から屋敷に乗り込んできたのです。いかに臆病な采女殿でも討てるでありましょう」

滋野は皮肉な口調で言った。采女は黙ってかしこまったままである。その様子を見ながら、新兵衛は、

「お母上様、采女は臆病な男ではございませんぞ」

と言葉を返した。声に采女への同情が込められている。

滋野は膝《ひざ》に置いた手を握り締めた。

「よくもそなたは、この屋敷の敷居をまたげたもの——」

滋野は膝を進めて、新兵衛に詰め寄った。

「それがしは、平蔵殿を斬ってはおりません」

新兵衛は迷惑げに顔をしかめた。

「まだ、言い逃れをするか」

滋野は、新兵衛の頰を打とうとさっと手をあげた。

新兵衛は、目を閉じたまま動かない。滋野が手を振り下ろそうとした時、その手を采女が押さえた。

「母上、落ち着いてくださいませ。坂下藤吾もおりますゆえ。乱暴などいたしては、家中への聞こえも良くはありませぬ」

身動きがとれずに苛立《いらだ》っていた滋野は、藤吾の名を聞いて、不意に手を下ろした。

藤吾に顔を向けて、ひとが変わったように、優しげな声で訊《き》いた。

「そなたは坂下源之進殿のご子息か」

「はい、さようでございます」

藤吾は頭を下げた。滋野は何度もうなずいた。

「坂下家はご不幸続きじゃ。去年は源之進殿が亡くなられ、今年はそなたの伯母《おば》の篠殿が亡くなられた」

「母上、そのことは言われますな」

采女がたしなめるが、滋野は聞こうとはしない。

「篠殿はこの男についていったばかりに哀れなご生涯だったのであろう。まことにお気の毒じゃ」

毒を含んだ滋野の言葉に、新兵衛の顔は強張《こわば》った。采女は滋野をかばうように身を乗り出した。

「新兵衛、きょうのところは帰ってくれ。いずれ、また話す機会もあろう」

新兵衛は采女を睨《にら》み据えた。

「今夜は引き揚げるが、ひとつだけ教えてくれ。お主、平蔵殿の遺体を検分したのであろう。斬ったのは平山道場四天王のひとりだというのはまことか」

采女は黙ってうなずいた。

「ならば、誰なのか言ってくれ。お主なら、斬り口を見ればわかったはずだ」

「それをわしに言わせたいのか」

采女は苦しげな顔をして、藤吾を見た。

（まさか、父上が斬ったというのではあるまいな）

藤吾はぞっとした。

――ご無礼いたした

新兵衛は、ひと言だけ挨拶《あいさつ》して立ち上がった。藤吾も采女に会釈して後に続く。ふたりが廊下に出ると、奥座敷で滋野の怒鳴る声がした。采女がしきりになだめている様子だ。

門を出ると、新兵衛は夜空を見上げて、

「采女め、相変わらず苦労しておるようだ」

とため息をついた。

「母上様は以前からあのように激しいご気性でしたか」

藤吾が訊くと、新兵衛は歩きながら答えた。

「昔からああだ。采女と篠の縁組の話があった時、ぶち壊したのも、あの婆様だ」

「榊原様と伯母上に縁談があったのですか」

「そうだ。采女が篠を妻にと望んだのだ。平蔵殿は、仲人《なこうど》を立てて坂下家に縁談を持ち込んだ。ところが、あの婆様は采女に石田家老の親戚《しんせき》の娘をあてがおうと策しておったゆえ、坂下家に乗り込んで、嫌みをさんざん並べ立てて話を壊した。おかげで、篠との縁談はわしに持ち込まれたというわけだ」

滋野は篠の父勘右衛門に、

「お前様の娘が、わたしどもの息子を誑《たぶら》かしたのです。このような縁組は認められませぬ」

と毒づいたあげく、自分の親戚中に篠をふしだらな娘だと言いふらした。勘右衛門はたまりかねて、篠を隣屋敷の新兵衛に嫁がせることにした。これ以上、娘を傷つけたくなかったのだ。

「そうだったのですか」

「ところが、篠がわしの妻になった後、采女はどのような縁談にも首を縦に振らなかった。篠を忘れられなかったのか、あの婆様に腹を立てて逆らったのか、そのあたりはわしにもわからん」

新兵衛はしんみりとした口調で言った。

「しかし、伯母上が国を出られたのは、榊原様が妻《めと》を娶られなかったからだ、というのはまことのことですか」

藤吾が訊くと、新兵衛はじろりと睨んだ。

「わしらのことよりも、そなたは別の心配をした方がよいのではないか」

平蔵を斬ったのは平山道場の四天王のひとりだ、と采女が言ったのを思い出して、藤吾は思い惑った。

「まさか父上が、とは思うのですが」

藤吾が言うと、新兵衛は困った顔をした。

「しかし、源之進は何か知っていたのではないか」

「父上が知っていたことと申されても」

「わしにもわからんが、そなたが、きょう襲われたことともつながりがあるかもしれんな」

　新兵衛はそれ以上言わずにさっさと前を歩いていった。

　翌日、藤吾は組頭の佐藤権助に報告した。

「どうも、水路造りの話はそれがしの早合点だったようで、まことに申し訳なく存じます」

　藤吾が詫《わ》びると、権助は思ったほど咎《とが》めなかった。

「まあ、これからは気をつけることだ。お主のしくじりは、わしのしくじりということになるのだからな」

　権助は心なしか元気が無い。大部屋を見まわし、藤吾は宇野十蔵が出仕していないことに気づいた。

「宇野殿はいかがされたのでしょうか」

　ふと口にすると、権助はうろたえた。

「何やら、急病らしくてな。きょうは休むと届けが出ておる」

「急な病とは……」

　藤吾は素知らぬ顔で応じたが、

(昨日の刺客の中に十蔵もいたのではないか)

と疑った。どうやら、自分はいつの間にか敵に取り囲まれているらしい。それは、新兵衛が帰ってきたためなのか。いずれにせよ用心しなければ。

しばらくして、権助が機嫌を取るように話しかけた。

「ところで、この水路の一件は沙汰《さた》やみになるにしても、ご家老に報告いたさねばならんぞ。お主もついて参れ」

「わたくしもですか」

藤吾は戸惑った。いままで権助は、自分ひとりで重役への報告を行うのが常だった。配下の者を同席させたことなどなかった。

「そうだ。なにせ、武居村まで行って調べてきたのはお主だからな。詳しいことを訊かれた時に、わしでは答えられないではないか」

権助はもっともらしい顔で言う。藤吾は戸惑いながら権助の後について家老の御用部屋へ向かった。御用部屋には筆頭家老の石田玄蕃のほか次席家老の滝川十郎兵衛《たきがわじゅうろうべえ》、勘定奉行の佐々《さっさ》八右衛門《はちえもん》がいた。

玄蕃は六十二歳になる。若いころから剣術、槍術《そうじゅつ》、馬術の達者として知られ、鍛え上げたたくましい体つきをしている。顔の色つやもよく、髷《まげ》には白いものが混じっているものの、太い眉《まゆ》は黒々としていた。あごが張った四角い顔だ。

十郎兵衛は六十歳。痩《や》せて色黒の馬面だ。八右衛門は五十三歳。小太りでいつも笑顔を絶やさない、愛想のいい男だ。ふたりは石田派の重鎮だった。藤吾たちが来るまで、茶を飲みながら、なごやかに談笑していたようだ。

権助と藤吾は御用部屋の敷居近くで平伏した。すると、八右衛門が声をかけた。

「そこは端近《はしぢか》で、声が聞き取り難《にく》い。もっと近う寄れ」

権助と藤吾が恐る恐る前に進むと、玄蕃がじろりと睨んだ。

権助が、水路造りについては郡方が乗り気ではなく、武居村と高坂村では急いではいない旨を報告すると、

「それは、確かなことであろうな」

玄蕃は疑うような言葉をはさんだ。権助は額に汗を浮かべて、昨日、藤吾が村をまわり聞いてきたので間違いのないことだ、と答えた。どこか、藤吾に責任を押しつける気配があった。玄蕃は藤吾に顔を向けた。

「お前が坂下の息子か」

「さようでございます」

藤吾が手をつかえると、玄蕃は鼻で嗤《わら》った。

「源之進がしでかしたことの後始末をわしがしたのだ。そのことを承知いたしておるか」

父の不始末をあからさまに口にされて、藤吾の胸は痛んだが、顔に出さなかった。

「存じ上げております。何事もご家老様のおかげと肝《きも》に銘じております」

「そうか。ならばよいが。よもや、郡奉行山路内膳の意を受けて、水路普請を遅らせようなどとしてはいないであろうな」

玄蕃はしたたかな顔つきで訊《き》いた。

何もかも知っているぞ、と言わんばかりの玄蕃に睨まれて、藤吾の背に冷や汗が流れる。それでも、辛うじてさりげなく、

「決してさようなことはございません」

と答えることができた。

玄蕃に脅されて、包み隠さずしゃべったりしたら危ないと感じて耐えた。

「まことにそうなのだな」

八右衛門が念を押す。

「大恩あるご家老様に嘘偽りなど申し上げるはずがございませせぬ」

いったん、偽ったからには最後まで言い通さなければならない。

藤吾は平然として笑みを浮かべた。その心底を見極めるかのように目を注いでいた八右衛門が、玄蕃に顔を向けた。

「これは、間違いないようでございますな」

玄蕃は苦い顔でうむ、とうなずいた。十郎兵衛が玄蕃の耳元に口を寄せて、何事か囁《ささや》いた。玄蕃は首をかしげて聞いていたが、やがて、

「そうするか」

と退屈そうに言った。十郎兵衛は八右衛門に目で合図を送る。

玄蕃が権助に告げた。

「その方はもうよいから下がれ。坂下は命じたいことがあるゆえ残っておれ」

権助は恐れ入った様子で、すぐに御用部屋から下がった。部屋を出る時、ちらりと藤吾を見た目が残念そうだったのは、話を最後まで聞けなかったからだろうか。

八右衛門は膝《ひざ》を正すと、藤吾に言った。

「坂下、そなたはきょうから殖産方《しょくさんかた》をはずれ、郡方となるよう申し付ける。実際の役目は隠し目付であるがな」

「わたくしが隠し目付でございますか？」

藤吾は顔をあげた。

扇野藩には藩士の身辺を探る隠し目付の役があると藤吾も知っていた。しかし、誰もその実態を知らなかった。隠し目付の組頭についても、家老ら重役たちのほかに知る者はいない。

正体がつかめない影のような存在だけに、藩士たちは、影ろう組と呼びならわし、いつしか、

——蜻蛉組《かげろうぐみ》
の名がついていた。

「郡奉行所には、明日から出仕いたせ。隠し目付の組頭から、いずれ呼び出しがあろう」

八右衛門はそう言うと、玄蕃に窺《うかが》うような目を向けた。

玄蕃は身を乗り出すと、

「もっと、近くに寄れ」

と言った。藤吾は膝を進めた。

玄蕃は藤吾に顔を近づけた。

「なぜ、そなたを隠し目付といたしたうえで郡方にまわすか、わかるか」

「いえ、わかりませぬ」

藤吾は頭を下げた。先ほどの玄蕃の話から推し測れば、郡奉行の山路内膳を探らせるためだとわかったが、先走ったことを言ってはしくじるだけだ。ここは黙っていた方がいい。

「わからぬか。思ったより勘の悪い男だのう。そなたを郡方にするのは、水路を造らせぬためだ」

玄蕃は低い声で言った。

「それはなぜでございましょうか。いずれ水路が必要になると思われますが」

藤吾は思い切って訊いた。せっかく自分が取りあげた水路造りの話を諦《あきら》めてしまうのは心残りである。

「水路を造りたいと望んでおられるのは江戸の御世子《ごせいし》様だ。来年、家督を継がれてから、ご親政を始める心積もりでおられるが、それでは、われら、いや藩が困るのだ。思うように藩政は動かぬことを御世子様に知っていただかねばならん」

玄蕃が、これほどあからさまに御世子への批判を口にするとは意外だった。

「そなたは、郡奉行所で山路内膳の動きを探れ。そして隠し目付の組頭に報告いたすよう心得よ」

よいな、と玄蕃は藤吾に目を据えて言った。

藤吾は手をつかえて、畏《かしこ》まりました、と答えた。

しかし、郡方に配置替えになったうえに、隠し目付の〈蜻蛉組〉にまで入れられたことに困惑した。このままでは、榊原采女ら御世子派と対立していくことになるではないか。

藤吾の見るところ、それは得策ではなかった。

（いずれ、藩政を意のままに動かすのは榊原様だ。敵側にまわってはまずい）

藤吾は、前途に思わぬ影が差したように感じて気が沈んだ。何とかしなければ、と考えをめぐらせた時、浮かんだのは新兵衛の顔だった。


この日、下城した藤吾は、家に戻るとすぐに新兵衛の部屋に行った。新兵衛はだらしなく肘枕《ひじまくら》をして寝ていた。

「瓜生殿、ご相談がござる」

ごろりと横になったまま、新兵衛は顔を藤吾に向けた。

「血相を変えておるぞ。何かあったのか」

「あったから、話をいたしておるのです。わたしは明日より郡方に出仕いたします」

「そうか、お役目が変わっても精を出すことだな」

　あくびをしながら新兵衛は言った。

「さような呑気《のんき》な話ではないのです。わたしはただの郡方ではなく、隠し目付のお役目も仰せつかりました」

「なに、蜻蛉組にそなたが入るとな」

　新兵衛はむくりと体を起こした。

「さようです。それゆえ、お頼みしたいことがあるのです」

「なんだ。言ってみろ」

　藤吾はあたりを窺ってから、口を開いた。

「いま榊原様、山路内膳様らが御世子様の意を受けて、ご家老の石田様一派とひそかに争われているのです。そのなかで隠し目付は石田派について動いているようです。ですが、わたしの見たところ、いずれ藩政を動かすのは榊原様です。隠し目付などをしていたら、わたしの首はいくつあっても足りません」

　新兵衛はあごをなでながら慎重な口調で言った。

「しかし、いくら御世子の意を受けているとはいえ、采女が勝つとは限らんぞ。家督を継ぐと側近を集めて親政を行いたいと望むのはよくあることだが、老臣に阻まれて成功した例はあまりないと聞いておる」

「ですが、榊原様は違うとわたしは思います」

「なぜだ。理由を言え」

「勘ですが……」

新兵衛は顔をしかめた。

「そんな大事なことを勘で決めるのか」

「いえ、ただの勘ではありません。榊原様のお父上とわたしの父はいずれも非業の死を遂げました。それだけに、わたしには榊原様の執念がよくわかるのです。何としても執政の地位に就き、藩政を動かしたいと思われているはずです。わたしは、その執念に賭《か》けたいのです」

藤吾は常にない真剣な表情で言った。

新兵衛はにやりと笑った。

「執念に賭けるか、それも面白いかもしれぬな。それで、わしに相談とは何だ」

「隠し目付になれば、おそらくほかの隠し目付から常に見張られていると覚悟しなければならないでしょう。しかし、わたしは榊原様にお味方であるとお伝えしたいのです」

「わしに采女とのつなぎ役になれ、というのか。とんでもないことを言う奴だ」

新兵衛は大きな笑い声をあげた。藤吾はあわてて手で制して周囲を見まわした。隠し目付になることを承知した以上、すでに〈蜻蛉組〉に見張られているかもしれないのだ。

新兵衛は口を閉ざすと、あきれたような顔で藤吾を見た。

「昨日、わしと采女の話を聞いてわかっておるであろうが、わしらはいずれ斬り合うことになるかもしれんのだぞ」

「斬り合うのなら、顔を合わせるということです。その折にわたしの言伝《ことづて》をするぐらいできるはずです」

「しかし、わしが采女を斬ってしまえば、何にもなるまい」

「瓜生殿が勝つと決まってはおりません」

藤吾は平然と言い退《の》けた。新兵衛は頭《かぶり》を振って苦笑した。

「なるほど、その通りだ。いずれ采女とは会うことになるだろう。その時はそなたの言伝を頼まれてやってもいいぞ」

その言葉に、藤吾はほっとした表情になった。ところが、新兵衛は、

「しかし、采女が抱いている執念は、そなたとは少し違うものではないのか」

と疑問を呈した。

「なぜ、そう思われるのです」

新兵衛はそっぽを向いてあごをなでた。

「いや、理由があるわけではない。言ってみれば、そなたと同様、わしの勘だな」

あなたの勘など当てにならない、と言おうとして、藤吾はふと黙った。

新兵衛はまたごろりと横になって肘枕をしたが、その横顔には孤独が浮かんでいた。

(このひとは何を背負っているのだろうか)

藤吾は首をかしげた。

黙って頭を下げてから、藤吾は新兵衛の部屋を出た。

着替えて居間に行くと、夕餉《ゆうげ》の膳《ぜん》が用意されていた。里美は飯をよそった。

藤吾は箸《はし》を取りながら、

「昔、伯母《おば》上と榊原様の縁談があったというのは、まことですか」

と訊《き》いた。里美は驚いて飯椀《めしわん》を取り落としそうになった。

「そのようなことを誰から聞いたのですか」

「昨日、榊原様のお屋敷からの帰りに、瓜生殿が話しておられました」

「そうですか、新兵衛殿が……」

里美は感慨深げに言った。

「榊原様が奥方をお迎えになっておられないのは、伯母上のことがあったからなのですか」

「よくは知らないのです。姉上は榊原様に輿入《こしい》れされるものとばかり、わたくしは思っていましたから」

「おふたりは言い交わされた仲だったのでしょうか」

藤吾が思わず訊くと、里美は頭を振った。

「さようなことを姉上がなされるとは思えません。当時、榊原様と姉上はお似合いだと、誰もが思っていたのは確かですが」

「榊原家の奥方様が邪魔をしなければ、そうなっていたと思われますか」

里美は何も言わずにうなずいた。

その方が伯母にとって、幸せだったのではないだろうか。伯母が新兵衛とともに国を出たのも、采女が妻を迎えないのを案じたからかもしれない。伯母の本心はどこにあったのだろう。采女に心を寄せていたのだとすれば、新兵衛が哀れに思える。

藤吾は箸を止めた。

「母上、瓜生殿は伯母上が亡くなられた後になって、なぜ国に戻って来られたのでしょうか」

「姉上に頼まれたことがおありなのだそうです」

「それは何かご存じですか」

「さあ、それは――」

里美は言葉を濁した。

新兵衛が頼まれたことは、采女に関わりがありそうな気がする。そう思いながら再び夕餉に箸をつけた時、不意に哀しみに似たものが藤吾の胸に湧いた。

翌日、藤吾は城下にある郡奉行所に出仕した。門をくぐると、番人が控えている番所があった。

奉行所の玄関を上がると十畳、八畳の座敷があり、渡り廊下が離れの御用部屋へと続いている。

郡奉行所では、奉行を補佐する調役《しらべやく》、手代《てだい》、手付《てつけ》を内役《うちやく》と呼ぶ。このほか、農民から登用される平《ひら》手代、荒子《あらしこ》がいて、年貢の徴収、農作物の出来を見る検見《けみ》、農事指導などを行う。

藤吾は手付役の〈村懸《むらがか》り〉として、各村をまわるのが仕事になる。

詰所に入ると、すぐに上役から、

「お奉行がお召しである」

と告げられた。新任の者が奉行から召し出されるのは珍しいことだ。

「何かお申しつけがございますのでしょうか」

藤吾が訊くと、上役は素っ気なく、

「知らぬな。何かご注意があるのかもしれぬが」

と答えるのみだ。

しかたなく藤吾が廊下を渡って御用部屋につながる控の間に入ると、郡奉行の山路内膳は文書から目をあげた。

榊原采女と同様、軽格から奉行にまで立身した三十過ぎの内膳は、痩《や》せぎすの細面で、背筋がすっきりと伸びて、精悍《せいかん》な印象があった。

「――坂下藤吾か」

内膳は平伏した藤吾に声をかけた。

「さようにございます」

「そこでは話ができぬ。近う参れ」

内膳は気さくに声をかけた。峻厳《しゅんげん》なひとだと聞いていたが、そうでもないのかとほっとしつつ、藤吾は膝《ひざ》を進めて御用部屋に入った。

「なるほどな、坂下源之進殿の面影がある」

藤吾は頭を下げた。母親の里美に似ていると言われることはあっても、父親似だと言われたことはなかった。

内膳は言葉を続けた。

「源之進殿の轍《てつ》を踏むまいぞ」

父が自害したことをこの場で言うのかと思って、藤吾は唇を噛《か》んだ。しかし、内膳は思いがけないことを口にした。

「源之進殿が勘定方の使途不明金に関わりがあったと、わしは思ってはおらぬぞ」

内膳はやさしげな目を藤吾に向けた。

「源之進殿は、誰ぞの罪を背負って自害されたのではないかと思うておる。それゆえ、そなたも用心せよと申しておるのだ」

「いかなることでございましょうか」

藤吾は顔をあげて訊いた。父が石田玄蕃に罪を着せられ、自害させられたと言っているのだろうか。

玄蕃への非難を内膳がこれほどまであからさまに口にするとは意外だった。

内膳は笑みを含んで言った。

「そなたが急に郡方にまわされたわけは想像がつく。ご家老にわしを見張れと命じられたのであろう」

「いえ、決してさようなことは」

藤吾は額に汗が浮くのを感じた。内膳はすでに玄蕃の狙いを見抜いているのだ。

「いかに見張られようとも、わしは何もやましいことをしておらぬゆえ構わぬ。そなたは見たことをそのまま告げればよい。しかし、ご家老に使われた者は、行く末が覚束《おぼつか》ない。それを心しておくことだ」

内膳の声は途中から厳しくなった。藤吾は、一瞬、心が冷えた。

玄蕃に体《てい》よく使われたあげく、詰め腹を切らされると内膳は暗に言っている。

藤吾が戸惑っていると、内膳は話柄《わへい》を変えた。

「水路の件だがな。しばらくの間、手をつけるつもりはないが、先では造ろうと心積もりいたしておる。それゆえ、水路の図面をそなたに引いてもらいたいのだ」

藤吾は呆気《あっけ》にとられた。水路を造らせるなと、玄蕃から命じられていた。

内膳はそのことを察しているはずだが、よりにもよって藤吾に図面を引けとはどういうつもりなのだろう。

「それがしに務まりましょうか」

藤吾が恐る恐る言うと、内膳は笑みを浮かべた。

「水路造りはもともとそなたの建議であったではないか。武居村の庄屋《しょうや》吉右衛門がそなたは必ず役に立つと褒めておった」

水路の図面をどのように引くかで、御世子派と家老派のどちらにつくかを探ろうとでもいうのか、鋭い目で、内膳は藤吾を見つめた。

わたくしは榊原采女様にお味方するつもりです、石田ご家老にはつきません、と言おうとして藤吾は口を開きかけたが、会ったばかりの内膳にそこまで打ち明けてよいものだろうかと、ためらった。

先日、赤瀬峠で得体の知れぬ武士たちに襲われた。自分は何者かに狙われているのかもしれないし、その正体はまだ何もわかっていないのだ。

(ここは、慎重に振る舞う方がよさそうだ)

藤吾は頭を低く下げた。

「仰せ承りましてございます。あらためて検分いたし、そのうえにて図面を引けるかどうか検討いたしたく存じます」

水路造りに努めると明言せず、含みをもたせて答えた。これが答えられる限度だった。

内膳は苦笑した。

「用心深いのう。だが、それでよいのだ。そなたが水路の図面をまかされたと知れば、水路造りは進まぬと思われてご家老は安心されよう。ゆっくりとやることだ。ゆっくりとな」

内膳はなおも心底を探るかのように見つめている。藤吾は頭を下げたままだ。この場をさりげなくやり過ごすのが上策だと思った。

しばらくして、

「もうよい、下がれ」

内膳が素っ気なく言った。藤吾への関心を失った声に聞こえた。

（山路様を失望させたのかもしれない）

藤吾は少し気落ちして、詰所に戻ろうとした。廊下の曲がり角で、不意に出てきた男とぶつかりそうになった。

「これは失礼いたした」

相手は頭を下げて通り過ぎる。小柄などこと言って特徴の無い男だ。

（はて、誰だろう。詰所では見なかった顔だが）

不審に思った。先ほど郡方の者たちとは顔合わせをすませていた。

ふと、懐に何かが入っているのに気づいた。取り出してみると、結び文だ。どきりとして懐に戻し、詰所に行くと文机《ふづくえ》の前に座って結び文を開いた。

――永福寺《えいふくじ》にてお待ちいたし候　蜻蛉
とだけ書かれている。

蜻蛉組

永福寺は城下北の三根山《みつねやま》の麓《ふもと》にある。

杉林の中にひっそりと佇《たたず》む真言宗の古刹《こさつ》で、藩主の菩提寺《ぼだいじ》でもあった。

（蜻蛉組からの呼び出しだ）

玄蕃からは隠し目付の組頭《くみがしら》から呼び出しがあると言われていたが、このような形だとは思っていなかった。先ほど廊下ですれ違った男は蜻蛉組なのだ。

だとすると、蜻蛉組は郡奉行所《こおりぶぎょうしょ》へも誰にも妨げられず出入りできるということか。

（山路様との話も盗み聞きされていたかもしれない）

本音を打ち明けなくてよかった、とほっとした。それにしても、蜻蛉組に組み込まれると、どうなるのだろう。

不安で胸が騒《ざわ》めいた。すると、なぜか新兵衛の顔が思い出された。不思議なことだが、こんな時、頼りに思えるのは新兵衛だけらしい。

（いまいましいが、当分、家にいてもらった方がよさそうだ）

そう思いつつ、藤吾は文書に目を通し始めた。

夕刻になって、藤吾は郡奉行所を出た。屋敷地を抜けて三根山への道をたどる。永福寺まではさほどの道のりではない。一里ほど歩くと、麓の杉林が見えてきた。日が傾き、あたりは暗くなっていた。

山門にいたるまで五十段の石段を上った。少し汗ばみ、杉林からの風が心地よかった。山門をくぐると、木綿の筒袖《つつそで》、伊賀袴《いがばかま》の小者が腰をかがめて藤吾を迎えた。

「本堂でお待ちでございます」

藤吾の名を確かめもせずに小者は言った。郡奉行所を出た時から、蜻蛉組は藤吾を監視していたと思われる。

小者が先導し、藤吾は広い境内を歩いて本堂への階《きざはし》を上がった。妙なことに僧侶《そうりょ》の姿をひとりも見かけない。

薄暗い本堂に入ると須弥壇《しゅみだん》に灯明《とうみょう》が点《とも》っていた。須弥壇を背に、黒縮緬《くろちりめん》の頭巾《ずきん》をかぶって目だけを出した羽織袴姿の武士が座り、さらに脇に、やはり頭巾をかぶった武士が控えていた。藤吾が座るのを待って、脇に控えた武士が、

「坂下藤吾にございます」

と言った。

藤吾は手をつかえた。

須弥壇を背にした武士は無言のままだ。灯明にその姿が浮かび上がっている。脇に控

えた武士が、

「組頭様である」

と告げた。しばらくして、武士は聞き取り難《にく》いかすれた声を発した。

「坂下藤吾。なぜ蜻蛉組に入れられたのか不審に思っているであろうな」

聞いてすぐに、

(作り声だ)

と藤吾は思った。蜻蛉組組頭は、配下の者にもその正体を明かさないのだ。

「正直申しまして、わかりませぬ。それがしが、なぜ隠し目付を仰せつかったのでございましょう」

藤吾が応じると、組頭は頭巾の中でくっくっと笑った。

「そなたの命を守ってやるためだ」

意外な言葉に藤吾は思わず顔をあげた。

「それは、いかなることでございましょうか」

「そなた、赤瀬峠で命を狙われたことがあるであろう」

「はい、ございますが」

藤吾は組頭を窺《うかが》った。頭巾からのぞく目にひややかな光があった。

「そなたを襲うように命じたのは石田玄蕃だ」

「まことでございますか――」

藤吾は愕然《がくぜん》とした。心のどこかで疑ってはいたが、まさか、と打ち消してきた。

「玄蕃は、瓜生新兵衛が舞い戻って田中屋を嗅《か》ぎまわり何事かを暴くのではないかと恐れておるのだ。それだけでなく、そなたが父親の源之進のことで自分を恨んでいるのではないか、と猜疑《さいぎ》いたしておる。それで、そなたを斬って新兵衛を脅そうと考えたのだろうが、あの男らしい非道なやり方だ」

組頭は皮肉な口調で言った。

「なぜ、それがしをお助けくださるのか、まだわかりかねまする」

「われら蜻蛉組は、殿のお指図によって動いておる。殿は十八年前の榊原平蔵の不正について、再度調べよと仰せなのだ」

組頭の目が藤吾を鋭く見据えていた。

藤吾は膝《ひざ》を乗り出した。

「いまさら十八年前の一件をお調べになるのは、いかなるわけでございましょうか」

「そなたも知っておろう。十八年前、藩は田中屋に公許問屋として和紙の扱いを独占させた。そのことにより、販路が京、大坂だけでなく、江戸にまで広がり、藩の懐を潤すという話だった。ところが、実際には藩庫に金は入らず、いずこかへ流れておるのだ」

「それは、ご家老と田中屋が横領いたしておるということでございましょうか」

藤吾が訊《き》くと、組頭は含み笑いをした。

「そうであれば、われらがとうに尻尾《しっぽ》をつかんで玄蕃に腹を切らせておる」

「では、どこに金が流れておるのですか」

「江戸だ――」

藤吾は呆気《あっけ》にとられた。利益が国許《くにもと》に留《とど》まらず、江戸に流れるとは、どういうことなのだろう。

「江戸へ運ばれた金は、幕閣のもとへ行っておる気配がある。それゆえ、われらも永年、手が出せなかった」

無念さの籠《こも》った声だ。

「しかし、どうしてそのような――」

和紙の販売で得た利益を幕閣に賄賂《まいない》として贈ったとすれば、内々のことには違いないが、藩としては当然の支出とも言える。なぜ、すべてを秘密裏に行わなければならなかったのだろう。

「わからぬか。金が江戸へ流れる仕組みをつくったお方がおられるということだ」

藤吾は訝《いぶか》しく思った。

(お方と呼ぶからには、かなり身分の高い人物だろう)

組頭は先ほどから家老の名すら呼び捨てにしている。名を言うのを憚《はばか》らねばならない相手とは誰なのか。

「まさか――」

藤吾は息を呑《の》んだ。

「ようやく、わかったか。玄蕃の背後におるのは鷹ヶ峰《たかがみね》様だ」

鷹ヶ峰様とは、藩主親家の庶兄である刑部家成《ぎょうぶいえなり》のことだ。母親の身分が低かったため家督を継げず、奥平《おくだいら》刑部と称している。屋敷が城下東の鷹ヶ峰にあるため、藩内では、

――鷹ヶ峰様
と呼ばれていた。

奥平刑部が、和紙の利益を江戸に流す仕組みをつくったわけは、藤吾にもおおよそ見当がついた。

刑部の嫡男家久《いえひさ》は、旗本の神保《じんぼ》家に養子に入っていた。神保家は、三河譜代《みかわふだい》の旗本で七千石である。神保弾正少弼《だんじょうしょうひつ》家久は俊秀との評判が高く、いまは作事奉行だが、いずれ勘定奉行に就くと見られている。

刑部は千賀谷家を継げなかっただけに、家久を幕閣で出世させることを夢見ていると言われていた。加増によって万石を超えれば、大名になる。江戸に流れた金はそのための賄賂として使われているのではないか。

扇野藩にとっても、縁戚《えんせき》の神保弾正が幕閣で出世していくのは喜ぶべきことだった。

（それで、誰も金の行方を追及できず、石田様の権勢も揺らがなかったのだ）

いまになって、蜻蛉組が和紙に関する金の流れを調べ出したのは、来年、政家が家督を継ぐために他ならないだろう。

藩主の親家は庶兄である刑部に遠慮もあって、いままで見て見ぬ振りをしてきたので

あろうが、政家が新藩主となる以上、藩内をきれいにしておきたいと思うのは当然だ。

(これもまた、御世子《ごせいし》様が家督を継がれるうえで藩内に起きる軋轢《あつれき》のひとつなのだ)

藤吾は緊張した。

いつの間にか、代替わりに伴う争いに巻き込まれているではないか。

このままでは、怪我をするどころか命まで危ういかもしれない。

藤吾が暗然たる思いでいると、組頭は低い声で言った。

「われらは御世子様に与《くみ》するわけではない。ただ、事の真相を調べて殿に報告するだけのこと。そなたは、そう心得て、見聞きしたことをわしに伝えればよいのだ」

藤吾は首をかしげた。

「しかし、隠し目付となることを知っておられたのに、なぜご家老様がそれがしを郡方《こおりかた》にまわされたのか解《げ》せませぬが」

「玄蕃は、われらが鷹ヶ峰様には手を出せぬと承知しておるのだ。それゆえ、たとえ隠し目付であろうとも、そなたをおのれのために使えると読んだのであろう」

組頭はおもむろに立ち上がった。

藤吾の帰りを待つ間、里美は部屋で衣類の整理をしていた。

新兵衛が持ち帰った篠の遺品だった。姉の死の報《しら》せを聞いて、すぐには手をつける気になれずにいたのだ。

着物や帯の中には、里美が覚えているものもあった。あまり手を通さなかったのか、古びていないのがかえって哀しみを募らせる。

中の一枚を広げた時、袖《そで》に何か書状らしきものが入っているのに気づいた。

取り出すと、三通の書状だった。

開いて読んでみると、篠への想いが達筆で綴《つづ》られている。

「これは――」

うろたえて末尾を見ると、采女の名が記されてあった。

里美は一通ずつ読んでいった。いずれも篠が新兵衛に嫁ぐ前に書かれたものだ。

最も古い文《ふみ》には、采女が篠と親しく言葉を交わすようになってからの想いが記されていた。篠が幼少のころ、坂下家での雛祭《ひなまつ》りを垣根越しに目にして心に残ったこと、それ以降、雛祭りの季節になると、篠を垣間見《かいま》ては、その都度、おとなになっていく姿が心に刻まれたことなどが述べられている。

読み進むにつれ、文を持つ手が震えた。里美は二通目を手に取った。

篠との縁談が持ち上がり嬉《うれ》しく思っていたところ、滋野によって破談にされたことが書かれている。一度、篠に会って話したいが、いまの両家の間にあるわだかまりを思うと、それもできかねると苦しい胸の内を明かしていた。滋野は大身《たいしん》の家から妻を迎えさせようとしているが、自分はそうはしないつもりだ、と率直に述べていた。

三通目には、篠が新兵衛に嫁ぐことが決まったことへの祝意が認《したた》められていた。

将来、新兵衛は必ず扇野藩を背負って立つ男だろう、そして篠を妻にする良縁に恵まれたのは何よりのことだ、と淡々と書いている。

文面から采女は篠を妻にすることを諦《あきら》め、友人との婚儀を心から言祝《ことほ》いでいると読み取れる。

だが、一ヶ所だけ読み過ごせないところがあった。思いがけない文言が記されていた。

願うことなら、もう一度、坂下家の庭に咲く椿の傍らで話がしたい。これから何年でも、花開くころ、あなたをお待ちする、と采女は書いていた。

采女は嫁する篠に何という文を寄せたのだろう、と里美は息苦しくなって胸を押さえた。

ひとの妻となる女人に会いたいというのは、あまりに節度に欠ける。あの沈着冷静な采女が書いたとは、とても信じられないことだった。

しかもなお驚くのは、篠がその文を焼き捨てもせずに持ち続けていた、ということだ。

(姉上はどのようなお心でこの文をお持ちだったのだろうか)

篠もまた、采女への想いを捨てきれぬまま新兵衛に嫁ぎ、文を大切にしまっていたのかもしれない。

篠が采女からの文を読みつつ、物思いにふける光景を思い描いて里美は頭《かぶり》を振った。

(それでは、あまりに新兵衛殿に申し訳が立たない)

新兵衛がどれほど篠を慈しんでいたか、里美はよく知っていた。

新兵衛は篠のためなら、命を投げ出すことも厭《いと》わなかっただろう。それほどの想いを抱かれながら、篠の胸の内に采女がいたとは、とても信じられることではない。

里美はじっと文を見つめた。しばらく考え込んでから、破り捨てようとした。

その手が止まった。

采女の想いがこもっている文である。一存で破ってよいものか迷った。

まさか、新兵衛に見せるわけにはいかない。

思い悩んだ里美の胸に、考えが浮かんだ。

(榊原様にお返しするのがいいかもしれない)

篠が文を持ち続けていたことも采女に伝えるべきだろう。

しかし、そうしてしまえば、新兵衛をないがしろにすることになってしまう。あれこれ考えると決心がつきかねた。

そうこうしているうち、玄関で、

——ただいま、戻った

と声がした。田中屋に行っていた新兵衛が帰ってきたのだ。

里美が迎えに出ていくと、新兵衛はたいそう酔っていた。

「ずいぶんと御酒を召し上がったようでございますね」

「さよう。田中屋めは近頃、勧め上手になりました。早く酔わせて追い返そうという魂胆と見えますな」

新兵衛は笑いつつ居間に入ると、縁側に出て寝そべった。

「夕餉《ゆうげ》の支度はできておりますが」

里美が声をかけると、新兵衛は手を振った。

「いや、腹はへっておりません。ご懸念くださるな」

「それでは水をお持ちいたしましょう」

里美は台所から茶碗《ちゃわん》に水を汲《く》んできた。

新兵衛はむくりと起き上がると、茶碗を受け取って、ぐびっ、とひと息に飲んだ。

「いや、甘露、甘露」

新兵衛はため息をつくように言った。その様子を見て、里美は新兵衛に同情を覚えた。

新兵衛があの文の存在を知っているかどうかはわからないが、篠の胸中にまったく気づかなかったとも思えない。

(夫婦《めおと》として永年連れ添ったのだ。心の内はわかっていたのではないだろうか)

新兵衛なら気づいても知らぬ振りをし続けただろう。

里美は、はっと思い出した。

新兵衛はこの屋敷に来た最初の夜、篠に頼まれたことがあるのだ、と打ち明けたのである。

「庭の椿を自分の代わりに見て欲しいと篠はわしに頼んだのです」

新兵衛は真剣な顔をしてそう言った。

それを聞いた時は、姉がそれほどあの椿を懐かしんでいたのか、と思っただけだった。亡き姉が見たいと言った花を見に、帰り辛《づら》かったであろう国許《くにもと》に戻った新兵衛のやさしさが嬉しかった。

(姉上はどのような気持でそんなことを新兵衛殿に頼んだのだろう)

もう一度、采女に会いたかったのだろうか。それにしても、その想いを新兵衛に託すとは、あまりに酷《ひど》いことではないか。

里美はため息をついて新兵衛を見つめた。

新兵衛は笑った。

「里美殿、それがしの顔に何かついておりますかな」

「いえ、何でもございません」

里美はあわてて庭に視線をそらした。涙が出そうでうろたえた。

文を見たことを新兵衛に気取《けど》られてはならない。だが、どうしても確かめたいことがあった。

「きょう、形身分けにいただいた姉上の着物を箪笥《たんす》にしまいました」

「ほう、さようか」

新兵衛の表情は変わらない。

「姉上はすべてを遺《のこ》したいと思われていたのでしょうか」

「と申されると？」

「いえ、中には遺さずに始末なさりたいものもあったのではないかと……」

里美は言いながらさりげなく新兵衛の顔色を窺《うかが》った。

「さて、どうでござろうか。篠は愛《いと》おしんだものだけを遺したと存ずる。始末したいと思うものなどありますまい」

新兵衛は落ち着いた表情で里美に目を向けた。

「それでは、どのようなものも大切だと――」

「篠が大切にしていたものは、それがしにとっても大事でござる」

新兵衛は微笑んだ。

里美は新兵衛の笑顔を哀しく思った。新兵衛は文のことも含めて、なにもかも知っているのではないか。そのうえで、篠のために大事にしようとしている。

「それで、よいのでしょうか」

里美はつぶやいた。新兵衛はあまりにやさしすぎる。

しばらく言葉が途絶えた。庭先に闇が沈んで、冷え込んできた。

里美は口を開けなかった。姉のことを言えば、新兵衛を傷つけてしまいそうな気がする。

新兵衛は縁側から月を見上げた。

「ひとは大切に思うものに出会えれば、それだけで仕合わせだと思うております」

里美は新兵衛の横顔を見つめた。

時がゆっくりと静かに流れていく。

この夜、藤吾が戻ったのは夜半になってからのことだった。

郡方での藤吾の日々は何事もなく過ぎていった。村廻《むらまわ》りをしている間は、目にする山々の紅葉に心慰められた。

年貢の取り立てが終わった時季で、藤吾はもっぱら武居村に通っては水路造りの図面を引く準備をした。

図面に取りかかることになったと家老の石田玄蕃に報告すると、玄蕃は舌打ちして、

「内膳め、小賢《こざか》しいことをしおって」

と言っただけで、やめろ、とは言わなかった。

このため藤吾は武居村に出かけ、庄屋《しょうや》の吉右衛門とともにあたりの地形を見てまわり、田圃《たんぼ》へ水を引くための方策や各村から水路普請に出せる人数などを検討した。

吉右衛門はかねて調べていたのか、水路造りに必要な費用や人数を藤吾が訊《たず》ねると直ちに答えた。

また、これまで村同士の間に起きた水争いの経緯を話し、どの村が普請を受けてくれるかを説明した。

「すべての村に都合よくというわけには参りません」

「難しいものだな」

藤吾が首をひねると、吉右衛門は笑った。

「孫子《まご》の代になって、初めてその真価がわかるというものです」

「うむ、そういうものかもしれん」

「ですから、憎まれ役を覚悟でまとめて行かねばなりません」

吉右衛門の話は、藤吾にとってためになることが多かった。常に帳面を持ち歩き、吉右衛門の説明を細かに書き取っていった。

地下水の流れが変わり、かつては細い川であったが、いまでは干上がって窪地《くぼち》になった場所や、普請しようにも地盤が弱く安全でない場所などを見てまわった。

水路さえ造れば新しい田が拓《ひら》ける地は思いのほか広域にわたるらしい。

吉右衛門から話を聞いているうち、黄金色の稲穂がたわわに実る田や、彩り豊かな畑が目に浮かんでくる気がした。しかし、ふと現実に戻ると、虚《むな》しい思いが胸をよぎりもする。家老の石田玄蕃は水路を造らせるつもりはないのだ。

「水路造りが沙汰《さた》やみになれば、この図面も無駄になってしまうのだな」

藤吾がもらすと、吉右衛門の目が鋭くなった。

「坂下様は御世子様の側が負けるとお思いですか」

「いや、さようではないが」

吉右衛門に真剣な目で訊《き》かれると、藤吾は返答に困った。

御世子を擁する以上、榊原采女や山路内膳らが勝つに違いないと藤吾も思っていた。

ところが、蜻蛉組の組頭から玄蕃の背後に奥平刑部がいると聞いてから、少し考えが変わった。

刑部の子で旗本神保家を継いだ家久は、今後も幕府で出世すると考えられる。だとすると、たとえ御世子様でも玄蕃を除くのは難しいのではないか。

一方で蜻蛉組が十八年前の不正を調べ始めたということになると、殿がいずれ何らかの処断を下されるのかもしれない。

事態は混沌《こんとん》として行方がわからないのだ。蜻蛉組とは一度、組頭と会っただけで、その後、接触はなかった。

だが、藤吾が武居村に出かける時などに蜻蛉組の目が光っている気配を感じることはあった。先日、そのことを新兵衛に話すと、

「なるほど、恰好《かっこう》の用心棒がついてくれたようなものだな」

と笑った。新兵衛の無責任な言い方にはむっとしたが、実際にはその通りだった。

しかし、いつまでもそんな状態が続くとは思えない。どこかで均衡が崩れるはずだ。それに巻き込まれぬように、城下を離れた武居村で、水路造りの話に没頭しているのだ。

藤吾が答えられずにいるのを見て、吉右衛門は、ためらいがちに口を開いた。

「坂下様、お気をつけなさいませ。年の暮れか正月には、御世子様の側かご家老の側か、どちらかが仕掛けるのではないかとの噂が流れております」

「それはまことか」

「このことについて、山路様は何もおっしゃいませんが、緊張したご様子でおられます。どうも、一気に荒いお仕置きがあるのかもしれません」

「血を見ることがあるかもしれぬのか」

かつて扇野藩でも代替わりや執政の失脚の際、深夜にそれぞれの派閥に属する藩士の屋敷が襲われ、家族ごと殺されるということがあったらしい。

吉右衛門は深刻な顔で首を縦に振った。藤吾はいきなり血の臭いを嗅《か》いだような気がした。

藤吾はこの日も夜遅くなって家に帰った。足を洗い、着替えて居間に入ると、夕餉《ゆうげ》の膳《ぜん》が出ていた。いつもより膳の上の品数が多い。

珍しく新兵衛も箸《はし》をつけずに待っている。藤吾が座ると、里美が銚子《ちょうし》を手にした。

「藤吾殿、一献お上がりください」

見ると膳に杯《さかずき》が置いてある。

「母上、酒は遠慮いたします」

新兵衛に無理強いされて悪酔いしたことを思い出した。里美はにこりとして、

「よいのですよ。お祝いですから」

藤吾は首をひねった。祝い事など見当がつかない。郡方に移ったことがめでたいわけでもないだろう。傍らにいる新兵衛も何となく嬉《うれ》しげにしている。

「何事ですか」

「明日は非番でございますね」

「そうですが」

「篠原様がお見えになるということです」

「それは──」

藤吾が言う前に新兵衛が口を開いた。

「婚儀の日取りを決めに来られるのではないかな」

藤吾は思わず笑みが浮かびそうになるのを我慢して杯を差し出した。里美が藤吾の杯に酒を注ぐと、いつの間にか新兵衛も杯を手にしていた。

新兵衛は杯をあげて、

「まずはめでたい」

と言った。その言葉に応じて藤吾も酒を口に含んだ。以前はまずく感じた酒がうまかった。

ようやく美鈴を妻にできるのだ、と思うと胸の奥深く喜びが湧いてくる。

新兵衛が、めでたい、めでたい、と言いながら、手酌でぐびぐび飲んでいるのを見ても、いつものように口やかましく言う気にはならなかった。

嬉しいことがあると鷹揚《おうよう》な気持になれるのだから不思議なものだ。

「美鈴殿に来ていただければ、藤吾殿の身辺も落ち着きますね」

何気なく言った里美の言葉は妙に説得力があった。藩内はざわついているが、妻を迎えれば、一家の主《あるじ》としてそれらの動きに落ち着いて対処していけそうな気がする。そうに違いない、と藤吾は胸の中でつぶやいた。

翌日、三右衛門は昼前にやってきた。

座敷に座ると、隣の部屋に控えた新兵衛に軽く会釈したが、どこか不機嫌そうな渋い顔だ。藤吾が手をついて、

「本日はわざわざ御足労いただき——」

と挨拶《あいさつ》しかけると、三右衛門は手をあげて制した。

「いや、挨拶は抜きで。きょうはよい話で参ったわけではないゆえな」

顔をしかめて言う。藤吾は戸惑って三右衛門の話を待った。美鈴に何かあったのだろうか。

三右衛門は重い口を開いた。

「実はな、美鈴との縁組を破談にしてもらいたくて参ったのだ」

藤吾は驚きのあまり言葉が出なかった。代わりに里美が訊いた。

「篠原様、突然のお申し出ですが、それはいかなるわけでございましょうか」

三右衛門は、うん、うん、とうなずいた。

「腹が立つであろうな。しかし、勘弁してほしい。藤吾、そなた蜻蛉組に入ったという

噂があるが、まことか」

「いや、答えなくともよい。そなたの顔つきでわかることだ。さようなことがあったとして、なぜ、蜻蛉組はそなたを入れたと思っておる」

「そのことが先ほどのお話に関わりがあるのでございますか」

藤吾は憤慨して言った。蜻蛉組に入れられたから破談にすると言われてはたまらない。

「あるとも。まさか、そなたが蜻蛉組の探索に役立つから入れられたとは思っておるまいな。蜻蛉組が組下に藩士を入れるのは、探索に使うためと、その藩士を監視するための場合があるのだ」

「それでは――」

思い当たることではあった。蜻蛉組に入ったといっても、その後、仕事らしいことは何も命じられていなかった。

三右衛門はちらりと新兵衛の顔に目を遣《や》った。

「蜻蛉組は、十八年前の榊原平蔵殿の不正の一件を調べておる。そのために平蔵殿を斬った者を突きとめようとしているのだ。だから、そなたに目をつけたというわけだ。平蔵殿を斬ったのは源之進だからな」

藤吾は愕然《がくぜん》とした。

榊原平蔵を斬ったのは、父の源之進ではないかという疑念を藤吾は深めていた。だが、父の人柄を思うと信じがたい。

「篠原様のお言葉ではございますが、何か証拠があって、さように申されるのでしょうか」

藤吾は膝《ひざ》を乗り出した。三右衛門は緊張した面持ちで応じた。

「証拠ならある。つまりだな、榊原殿を暗殺せよと石田ご家老から命じられたのは、わしと源之進だったからだ」

石田玄蕃の名を聞いて、新兵衛が身じろぎした。

「三右衛門、それはまことか」

三右衛門はおもむろに新兵衛に顔を向けた。

「作左衛門先生は、致仕《ちし》された後も石田様から隠し扶持《ぶち》をいただいておられたことはお主《ぬし》も知っておろう」

新兵衛は首をかしげた。

「先生のお人柄に好意を寄せて、藩のお偉方が道場を維持するため金を出していると聞いたことはあるが」

「確かにそういうことではあったが、石田様はそれほど甘いおひとではない。榊原殿の不正が明らかになれば、累が及ぶと危ぶんで、ひそかに榊原殿を始末して欲しいと作左衛門先生に頼まれたのだ」

新兵衛は頭《かぶり》を振った。

「何ということだ。暗殺など先生が最も好まれなかったことではないか」

「先生にも依頼を断り難《がた》い事情があったのであろう。それゆえ、わしらに無理強いされたわけではない。断っても構わぬ、と何度も念を押された」

三右衛門はそう言うと藤吾に目を向けた。藤吾は背筋がぞくりとした。

「わしと源之進は先生の頼みを受けることにした。榊原殿を斬れば、石田様はわしらを引き立ててくださる、との約束であったゆえな」

「そのような甘い話を信じたのか」

新兵衛が鋭く問うと、三右衛門は苦しげな顔をしてうつむいた。

「ふたりとも出世がしたかったのだ。それで、気が進まないままやろうと決意した。しかし、結局わしにはできなかった。やったのは源之進だった」

「お主、土壇場になって逃げたのか」

新兵衛は目に怒りの色を浮かべた。

「そうだ。わしと源之進は、榊原殿を襲う日時と場所を決めた。しかし、その日になって、わしは怖気《おじけ》づいて約束の場所に行かなかった。わしが行かねば源之進も止《や》めるであろう、と思った。だが、源之進はやったのだ」

目を閉じて三右衛門は話を続けた。

「翌日、榊原殿が斬られたと聞いて、わしはあわてて源之進に会いに行った。源之進は青い顔をしておった。わしは約束を違《たが》えたことを詫《わ》び、このことは誰にももらさぬ、と誓った。源之進は黙ってわしの顔を見つめるだけで、何も言わなかった」

「父はなぜ、ひとりで榊原様を襲ったのでしょうか」

藤吾は唇を嚙《か》んだ。なにもひとりで暗殺などを引き受けることはなかったのだ。不器用で融通《ゆうずう》が利かなかった父が哀れに思える。

「源之進は真面目な男であったゆえ、追い詰められたのであろう。だがのう、そのおかげで源之進は石田様の信頼を得て、勘定方《かんじょうかた》で出世し、わしは鳴かず飛ばずで来た」

里美は、自嘲《じちょう》する三右衛門にひややかな視線を向けた。

「そう申されましても、源之進は勘定方の不始末を咎《とが》められて自害いたしました。もしかして、石田様が榊原様を暗殺させたことが明るみに出るのを防ぐための、口封じだったのではありませぬか」

三右衛門の額に汗が浮いた。懐紙でぬぐいながら、藤吾に目を向けた。

「そういうことかもしれぬが、いずれにせよ蜻蛉組が動き出した以上、榊原殿の一件は明らかになるだろう。気の毒だが、その咎はそなたにも及ぶかもしれぬ」

「父のしたことで、わたしまでもが咎められるというのですか」

藤吾はうめいた。

「当然であろう。そなたはいまや石田派なのだぞ。榊原殿のことが暴かれれば一蓮托《いちれんたく》生《しょう》だ。それに父を斬られた采女は、そなたを決して許すまい」

藤吾は肩を落とした。

「それゆえ、美鈴との縁談は無かったことにして欲しいのだ」

三右衛門は低頭した。

「篠原様、お手をお上げください。お話はわかりましてございます」

里美は穏やかに言い、言葉を続けた。

「さようなことでしたら、御縁は無かったものと諦《あきら》めるほかいたしかたございません」

「さように思っていただけるか」

三右衛門はほっとした顔になった。

「まことに、あいすまぬ。わしも自分の身を守らねばならぬゆえ」

再度、頭を下げてから立ち上がり、そのまま出ていこうとした。

新兵衛が、三右衛門の背に向かって声をかけた。

「お主、変わったな。昔の三右衛門は、わしがもてあますほどの豪剣を使う男だったではないか」

「変わったのは、お主も同じだ。誰しも若いころのままでいることなどできん」

振り向かずに答えると、三右衛門は座敷から出ていった。里美が見送るため座を立ったが、藤吾は動かなかった。うつむいて何事か考えている。新兵衛はそんな藤吾に向かって、

「まあ、あのような臆病者《おくびようもの》を舅《しゆうと》にしなくてすんだ、と喜ぶべきだな」

と慰めともつかぬことを言う。藤吾はじろりと新兵衛を見た。

「わたしは美鈴殿のことを諦めたわけではありません。言葉を慎んでください」

「ほう、あれほど言われても、まだ道があると思っているのか」

「父がしたことはともかく、榊原采女様はわたしに声をかけてくださいました。その時のご様子では、わたしを疎ましく思っているそぶりはありませんでした。そのあたりに生きる道があるのではないでしょうか」

藤吾の話を感心したように聞いていた新兵衛は、ふと、苦笑した。

「何がおかしいのですか」

どうにか、生き延びようと道を必死に模索しているのに、

(それをこの男は笑うのか)

藤吾はむっとした。ところが、新兵衛は思いがけず生真面目な顔をした。

「わしには、なぜ采女がそなたを憎まないのかわかっておる。そなたが篠の甥《おい》だからだ。采女は篠に想いを懸けておった。そして篠もまた——」

三右衛門を見送った里美が座敷に戻ってきた。そして座るなり、

「新兵衛殿、そのことは——」

と新兵衛の話を遮った。だが、新兵衛はかまわず言葉を続けた。

「いや、よいのだ。里美殿は、采女からの文を篠が大切に持っていたのをご覧になったであろう。篠も采女が忘れられなかったのだ。それゆえ、采女がいつまでも嫁を娶《めと》らずにいるのを見るに忍びず、わしとともに国を出たのだ」

新兵衛は淡々と話した。

「篠は、庭の椿を自分の代わりに見てくれとわしに言い残した。わしはその言葉通りにしようと思う。だが——」

新兵衛はそこで口を閉じた。藤吾は不安になった。采女と伯母《おば》の間にそのような想いがあったとすれば、新兵衛は何をしでかすかわからない。

新兵衛は縁側に出て、ごろりと横になった。藤吾たちに背を向けたまま、

「国に戻った時には、榊原殿の不正の一件を暴きたいとわしは思っておった。石田玄蕃が陰で糸を引いていたことはわかっておったから、場合によっては玄蕃を斬ることもあるかもしれんが、わしにはもうひとり斬りたい男がおるというのが、正直なところだ」

「それは、榊原様のことですか」

藤吾は胸が騒いだ。

源之進のことで窮地に追い込まれようとしている藤吾にとって、采女の伯母への想いは自分を救う命綱かもしれない。それを新兵衛は斬りたいというのだ。

(このひとは、とんでもないことをしようとしている)

「瓜生殿——」

藤吾はにじり寄ったが、新兵衛の背中を見ると言葉が出てこなかった。

新兵衛は亡き妻の心が他の男にあるのを知りながら、妻の最後の願いを叶《かな》えようと国《くに》許《もと》に戻ってきた。

なにゆえ、そのようなことができるのだろう。ひとを愛《いと》おしむとは、自分の想いを胸にしまい、相手の想いを叶えることなのか。

「わたしには、あなたというひとがわかりません」

藤吾は吐き捨てるように言った。新兵衛は身じろぎもせずに、背を向けたまま黙していた。


篠原三右衛門があわただしく破談を申し入れてきて以来、藤吾は沈んだ気持を引き立てるかのように郡方廻《まわ》りに精を出した。

異変が起きたのは年の暮れになってからだ。

郡奉行所に出仕すると、すぐに奉行の山路内膳に呼び出された。内膳は緊張した顔つきで、

「昨夜、武居村の庄屋《しょうや》屋敷に賊が押し入った。吉右衛門と下男ふたりが斬り殺された」

と告げた。

「まさか。信じられません」

藤吾は息を呑《の》んだ。吉右衛門の理知的で温和な顔を思い浮かべた。

藤吾が郡方廻りになってから、親身にいろいろなことを教えてくれた庄屋だった。

夜中に頭巾《ずきん》をかぶった数人の武士がいきなり押し入り、抵抗した下男ふたりを斬ったうえ、屋敷の中を探し回って吉右衛門も斬り殺したのだという。

内膳は首をゆっくりと横に振った。

「曲者《くせもの》は十両ほどの金を奪ったそうだが、おそらく盗賊の仕業に見せかけた小細工であろう」

「――よもやご家老様が」

藤吾は恐る恐る口にした。

内膳は目を鋭くしてうなずいた。

「吉右衛門は領内の庄屋たちの要《かなめ》であった。あの男がわしに従うてくれておるゆえ、他の庄屋たちもわしにつく気になったのだ。その吉右衛門が殺されたとあっては、庄屋をまとめてくれる者がおらん。わしは手足をもがれたも同然だ」

「だからと言って、そのために庄屋を斬るなどあってはならぬことでございます」

「それほど、ご家老は追い詰められておるということだろう」

吉右衛門が、

「坂下様、お気をつけなさいませ。年の暮れか正月には、御世子様の側かご家老の側か、どちらかが仕掛けるのではないかとの噂が流れております」

と言っていたのを藤吾は思い出した。まさか、吉右衛門の身に仕掛けられるとは思いも寄らないことだった。

「坂下、用心せい。これは手始めだぞ」

内膳の目が厳しくなった。

この日、新兵衛は昼過ぎからひさしぶりに田中屋へ行った。すると、帳場にいた惣兵衛は満面の笑みを浮かべて新兵衛を迎えた。

「瓜生様、これはようお出《い》でなされました」

「迷惑であろうが、また、馳走《ちそう》に与《あずか》りに来たぞ」

「迷惑などと、めっそうもございません」

さっそく奥座敷に通され、女中たちが酒と料理を運んでくる。贅沢《ぜいたく》な料理が並んだ膳《ぜん》を見て新兵衛は苦笑した。

「どうしたことだ、これは。いつもは疫病神扱いしておったではないか」

「まあまあ、そうおっしゃらずに一献お傾けください。風向きが変わったということでございますよ」

「言いたいことがあるのなら、先に話せ。酒がまずくなっては困るからのう」

新兵衛は杯を置いて惣兵衛を睨《にら》んだ。

「さようでございますか――」

惣兵衛は少し考えた後、

「では、申し上げますが、瓜生様に当家を守っていただきたいのです」

「用心棒になれと？」

「瓜生様は永年、浪々のお暮らしだと聞き及んでおります。さようなこともなされてきたのではございませんか」

新兵衛はあごをなでた。

「したことがないとは言わんが、田中屋なれば流れ者の浪人ぐらい、何人でも雇えよう。盗賊が心配なら役人を頼めば、勇んで駆けつけてくるのではないか」

「それでは、信用ができませぬ」

惣兵衛は苦い顔をした。

「なぜだ。田中屋ほどの身上《しんしょう》なら領内でできぬことは無いであろうに」

新兵衛の顔をおもむろに見てから、惣兵衛は自ら杯に酒を注いで口に運んだ。

「どうも近頃、藩内にはわたしを邪魔だと思っている者がおるようでございます」

「誰がそなたを邪魔にするというのだ。まさか、ご家老ではあるまい」

「誰とは言えませんが、そのような気配があるのは確かです」

惣兵衛はまた杯を口に運んだ。その時になって、新兵衛は惣兵衛の目に怯《おび》えの色が浮かんでいるのに気づいた。

「瓜生様は、わたしのことを強欲商人とお思いでしょうな」

惣兵衛は窺《うかが》うような目をした。

「これは、驚いたな。田中屋からそんなことを訊《き》かれるとは思わなかったぞ。そうではないというのか」

惣兵衛は苦笑した。

「いいえ、確かに強欲でございます。しかし、商いと申しますのは、ひとの欲によって成り立っております。欲があればこそ、売り買いが続けられるのです。それがなければ、この世は立ち行きません」

「そんなものか」

新兵衛は杯を取って口に運んだ。惣兵衛が日頃にない話をしようとしているのだ、と察していた。

「瓜生様からご覧になれば、わたしは扇野和紙の商売を独り占めにした欲張りな商人ということになりましょうが、わたしが公許問屋になったことで上方《かみがた》から江戸まで扇野和紙の販路を広げることができました。紙問屋が十軒あったころに比べれば、三倍から五倍は売れるようになりました。つぶれた問屋には気の毒ですが、それだけ楮《こうぞ》を作るお百姓や和紙漉《す》きの仕事をする者は潤っているのでございます」

「しかし、和紙で得た金は藩に入らず、かなりの額が江戸に流れているとも聞くぞ」

新兵衛はさりげなく質《ただ》した。惣兵衛は苦い表情をした。

「鷹ケ峰様のことをおっしゃっておられるのでしたら、わたしに言われるのは見当違いでございます。それは、言わば御家の事情と申すもの。和紙の金が江戸に流れるのが、悪いことだとは思っておりません」

「ほほう、開き直るのか」

新兵衛が目を鋭くすると、惣兵衛は笑顔で制した。

「いいえ、お考えいただきたいのです。仮に藩に金が入ったとしても、ご家中の皆様のお暮らしが少し楽になるというだけの話ではございませんか。それに比べ、江戸に流れた金は賄賂《まいない》として、ご老中様の懐に入ります。そうなれば、扇野藩は国役《くにやく》を免れることができるのです。ご存じの通り、将軍様から城普請などの重い国役を命じられれば、藩の財政は一度に傾いてしまいます」

惣兵衛は考え深い目をして、杯を口に運んだ。

「口ではお主にかなわぬ。だがな、たとえ、江戸に流れた金が無駄になっておらぬとしても、その間に私腹を肥やした者がおれば、話は別だ。いずれ、そのことは暴かれずにはすまないのではないか」

新兵衛は杯を干した。惣兵衛は新兵衛に酌をしながら、

「わたしも、してきたことの咎《とが》めを受けることぐらいは覚悟いたしております。しかし、利用するだけしておいて、都合が悪くなると、すべての罪を押しつけられたのではたまりません。それだけは腹に据えかねます」

と言う顔は怒りのためか青白くなっていた。

「榊原平蔵殿のように始末されたくない、と言いたいのか」

新兵衛の問いに、惣兵衛は黙って見返すだけだった。口にすべきかどうか迷っているようだ。

「用心棒を引き受けてもらいたいのなら、腹にあることを言ってしまう方がいいぞ」

惣兵衛はためらいがちに口を開いた。

「瓜生様は榊原采女様をどのようにお思いですか」

「采女はわしの若いころの道場仲間だ。それだけの間柄だ」

何かに怯えるように惣兵衛は言葉を継いだ。

「わたしは榊原様がなにやら恐ろしく思えてならないのです」

「お主と石田ご家老にとっては、手強《てごわ》い敵のひとりであろうな」

惣兵衛はゆっくりと頭《かぶり》を振った。

「いいえ、さようなことではございません。榊原様には、ひややかな底知れないところがございます。わたしは先代のころからお出入りさせていただき、いまもお母上の滋野様をお訪ねいたしております。ですが、いままで一度たりとも榊原様の本性を見たことがない気がいたします」

「采女は自分の心を余人にさとらせぬ男だからな。昔からそうであった」

惣兵衛は新兵衛の顔を見つめた。

「いまの藩を動かしつつあるのは榊原様のような気がいたしております。あのお方の思惑によってすべては動き、わたしもその渦中に巻き込まれてしまうのではないか。ふと恐ろしくなって、用心棒をお頼みしたいと思ったのでございます」

この日、藤吾の帰宅は夜遅くになった。吉右衛門が殺されたと聞き、武居村まで行っていたのだ。

藤吾が庄屋《しょうや》屋敷に着いた時、通夜の準備が行われていた。屋敷には多くの百姓が詰めかけており、藤吾が入っていくと、恐怖と憎悪の入り混じった目が注がれた。

吉右衛門は顔に白い布をかけられ、奥座敷に安置されていた。

藤吾は、傍らに幼い子を従えた吉右衛門の女房に悔やみを述べた。女房は藤吾の言葉が耳に入らないのか、ぼんやりとした顔つきをしていた。

白布を取って吉右衛門の顔を見ると、思いがけなく生前と変わらない穏やかな表情だった。

吉右衛門が農事について話していた時の熱心な顔が脳裏に浮かんでくる。

(このような惨《むご》いことをした者を決して許しはせぬ)

藤吾の胸に勃然《ぼつぜん》として怒りが湧いた。続いて、父源之進の顔も浮かんだ。

日頃、父の自害については考えないようにしていたが、父が榊原平蔵を斬ったのだと三右衛門に聞かされてからは、常にそれが胸の中にあった。

父は、石田玄蕃に利用されたあげく、命を落としたのだ。そのことを思うと吉右衛門の遺骸《いがい》を平静に見ることはできなかった。

忘れようともがいても、逃げられない憤りと悲しみがあった。

遣《や》り切れなくなって、藤吾が頭を下げて辞去しようと腰を浮かした時、不意に吉右衛門の女房が畳に手をついた。

「坂下様、主人を殺した者はどうなるのでしょうか」

「もちろん、賊は探索のうえ、捕らえてお仕置きになります」

「さようでございましょうか。主人を殺したのはご家中の方だと村の者が申しております」

「そのようなことを申しては、お咎めを受けますぞ」

藤吾は当惑した。

「かまいません。わたしは主人の仇《かたき》を討ちたいのです。坂下様、主人はあなた様を信じておりました。なにとぞ主人の仇を討ってくださいませ」

女房は必死の面持ちで訴えた。座敷に詰めた百姓たちも真剣な表情で藤吾の返事を待っている。

どのように返答したらいいのだろう。迂闊《うかつ》なことを言って、村人の口からすぐに広まってしまうのは避けたい。

だが、吉右衛門の女房に対して嘘や心にも無いことを口にするのははばかられる。

藤吾は座り直して、

「吉右衛門殿を殺した者は見つかりしだいお仕置きになる。もし、見つからない時は、わたしが捜し出して吉右衛門殿の仇を討つ」

と言い切り、目を閉じた。自分の口にしたことが石田派に伝われば、御世子派に寝返ったと見なされるだろう。いずれ榊原采女につきたいと思っていたが、父が榊原平蔵を斬ったというのが事実ならば、そういうわけにはいかない。

しまうのだ。

石田派の裏切り者であり、しかも御世子派からも拒まれる、という成り行きになって

そこまで考えて藤吾は腹を決めた。それもやむを得ないことだ。吉右衛門とはそれだけの絆《きずな》があったのだから。

藤吾はうなずいて立ち上がった。去ろうとすると、吉右衛門の女房が額を畳につけて、

「坂下様、ありがとうございます。いま言っていただいたことは、この村から外へ洩《も》れることはございません。皆に固く口止めいたします」

と告げた。

藤吾は頭を下げると、玄関へ向かった。屋敷を出ながら、

(吉右衛門の女房は、随分しっかりした女だな)

と思った。縁談は壊れたが、美鈴が自分の妻になっていたとしたら、万一のおりにあれほど気丈に振る舞えるだろうか。

忘れようとしても、自然に美鈴の面影が胸をよぎる。

三右衛門は破談の話以来、城中で顔を合わせても声をかけてこない。

美鈴に会って、一度、気持を訊《き》きたいのだが、三右衛門が首を縦に振らない限り、会わせてもらえまい。何もかも、思うにまかせないことばかりだ。すべて新兵衛が国許《くにもと》に戻ってから始まったことのような気がする。重い気分で家の玄関に立つと、居間では新兵衛が里美を相手に酒を飲んでいる様子だ。

藤吾は、ただいま戻りましたと声をかけて、そそくさと自分の部屋へ向かった。

藤吾は着替えをすませると居間に入った。

「遅うございましたね。また、山廻《やままわ》りだったのですか」

里美が案じるように訊いた。

「いや、なんぞあったのであろう。顔つきを見ればわかる」

新兵衛は無遠慮に言った。藤吾は熟柿《じゅくし》臭い息に顔をしかめた。

「庄屋の吉右衛門が賊に殺されましたゆえ、武居村に行っておりました」

里美は顔色を変えたが、何も訊かずに、藤吾の夕餉《ゆうげ》の膳《ぜん》を用意するため台所に立った。

「そうか、やはり、動きだしたか」

新兵衛は独り言《ご》ちた。間もなく、里美が膳を持ってきた。

「やはりと言いますと、何か心あたりがあるのですか」

藤吾は箸《はし》を手にしながら、新兵衛に訊いた。

「わしはきょう、田中屋から用心棒になってくれと頼まれてな。それで引き受けたのだ。田中屋も近々、藩内で物騒なことが起きるのではないかと怖れておるようだ」

この男は何を考えているのだ。藤吾は手にした箸を置いた。

「どういうことですか」

「明日から田中屋に移ると言っておるのだ。昼は気ままにしておってもいいそうだが、夜は店で用心棒をしなければならんのでな」

新兵衛は平然と告げた。横から里美が、

「何もお移りにならなくとも、時々、通われたらよろしいのではと申し上げたのですが」

と口を挟んだ。

「いや、さようなことを訊いているのではありません。田中屋の用心棒をするということは、ご家老派につくということですぞ」

新兵衛は答えない。藤吾は意を決して打ち明けた。

「わたしは、武居村で吉右衛門の仇を討つと口にしてしまいました。吉右衛門を殺《あや》めたのはご家老派の仕業と思われます。わたしは石田派を抜けねばなりません。瓜生殿が田中屋の用心棒などされては困るのです」

新兵衛は笑った。

「なるほど、庄屋の仇を討つとは、よく申したな。見直したぞ」

「ですから、さような話をしておるのではありません」

藤吾はうんざりした。

「まあ、待て。わしは本気で田中屋の用心棒をしようと言っておるのではない。田中屋に入れば、十八年前の榊原平蔵殿の件で何かつかめるかもしれぬではないか」

藤吾はむきになって言い募った。

「さようなことをいまさら暴いて何になるのです。榊原様が田中屋から金をつかまされたことなら、誰もが察していることです」

新兵衛はあごをなでた。

「そうかな。蜻蛉組がいまさら探るのはなぜだ。裏に何かあるからではないか。それに田中屋は気になることも口にしていたのでな」

言いながら、新兵衛はちらりと里美の顔色を窺《うかが》った。

「田中屋は采女をひどく怖れておるのだ。采女の思惑がいまの藩を動かしていると言ってな」

新兵衛の表情が翳《かげ》った。

「それは采女様が御世子様につかれて、力をつけられたからでございましょう」

藤吾はさりげなく言い返した。

「いや、田中屋はしぶとい商人《あきんど》だ。多少のことで怯《ひる》んだりはせぬ。だが、本気で采女を怖れておるようだぞ」

新兵衛は藤吾に目を据えたまま杯を口に運んだ。

「采女様の父上を斬ったことに田中屋も絡んでおるからではないのですか。ならば、わたしも同様に、用心せねばなりません」

新兵衛は首をかしげた。

「そなた、三右衛門の話を信じておるのか」

「篠原様が嘘を言われたというのですか」

「三右衛門は剛毅《ごうき》な男だ。暗殺の日時まで決めながら、怖れて行かないなど約束を違《たが》えることはあろうはずがない。三右衛門は何か隠していると思えてならぬ」

　里美が膝《ひざ》を乗り出した。

「それは、わたくしも気になっておりました。榊原平蔵様が斬られた夜のことは覚えております。源之進殿は夕方から出かけられ、夜遅く戻られました。ですがひとを斬ったと思われる様子はございませんでした」

「そうであろう。そのはずだ」

　新兵衛がうなずくと、里美は眉《まゆ》をひそめた。

「ただ、源之進殿は何かにひどく怯《おび》えておられたように思いました」

　源之進が屋敷に戻った時、確かに顔色は悪く見えた。だが、ひとを斬れば返り血を浴びるはず。着替えを手伝った里美は小袖《こそで》にも袴《はかま》にも血痕《けっこん》ひとつ見ていない。

　いつも通り、両刀を渡され、刀架に掛けた。ひとを斬っていれば、刀の手入れをしなければならない。源之進に刀を気にかける様子は見受けられなかった。

　着替えると夕餉を摂《と》らないまま書斎に籠《こも》って何事か考えていた。しばらくして、里美が茶を持っていくと、物思いにふけっていたらしく、はっと我に返ったようだった。

「何かございましたか」

　里美が心配して訊くと、源之進は頭《かぶり》を振った。

「いや、何もない」

とひと言返しただけだったが、里美が部屋を出ていこうとすると、後ろから声をかけてきた。

「義姉上《あね》はいま、いずこにおられるであろうか」

三年前に国を出た篠のことを夫婦の間で話題にしたことはなかった。驚いて里美が振り向くと、源之進はあわてて、

「気にするな。何でもないのだ」

と取り繕った。ひどく怯えた表情をしていた。

「榊原様が斬られたことを知ったのは、その翌日でした。源之進殿の様子がおかしかったのは確かですが、ひとを斬ったとは思えませんでした」

里美の言葉に、藤吾は膝を叩《たた》いた。

「なぜ、そのことを篠原様が来られた時に話さなかったのですか」

「妻であるわたくしが違うと申し上げても、庇《かば》い立てしているだけだ、と思われるでしょう。それに、篠原様は源之進殿が榊原様を斬るのを見たとは口にされておられませんん」

里美は諭すような口振りだ。新兵衛は酔いのまわった顔で、

「何か、わしらの知らぬことがあるのだ。それを知る糸口は田中屋にあるとわしは見ておる」

と嘯《うそぶ》いた。藤吾は胡散《うさん》臭そうに新兵衛の顔をじろりと睨《にら》んだ。

(信用はおけぬが、ここは任せてみるしか、しかたがないのかもしれぬ)

藤吾は、すでに渦の中に巻き込まれているのを感じていた。

襲撃

庄屋《しょうや》の吉右衛門を斬った者の正体はわからないまま年の瀬となり、正月になった。新兵衛が田中屋に移ってから静かになった屋敷で、藤吾は例年と変わりないひっそりとした正月を迎えた。三日になって珍しい客が訪れた。

朝から霙《みぞれ》が降る寒気の厳しい日だった。

篠原三右衛門の娘美鈴が、侍女ひとりを連れただけで玄関にひっそりと立っていた。

美鈴の姿を見た時、藤吾は目を疑った。

「美鈴殿、どうして――」

「どうしてもこちらへ年始のご挨拶《あいさつ》に伺いとうございまして、父に頼みました」

美鈴はか細い声で答えた。声を聞きつけて出てきた里美が、

「どうぞ、お上がりください」

とさりげなく声をかけた。

美鈴を奥へ案内しつつ、藤吾は夢見心地がした。

(美鈴殿は何用があって来たのだろう。わたしに会いに来てくれたのだろうか)

思いをめぐらせて、藤吾は胸を躍らせた。

美鈴の侍女には玄関脇の小部屋で待ってもらい、下女のとめに奥座敷に茶を運ぶよう申し付けてから、里美は、

「片づけものをいたさねばなりませんから」

と自らは座を外した。美鈴の思いつめた顔を見て、藤吾とふたりきりで話をさせた方がよいと思ったのだ。

藤吾はまごつきながら、

「よ、よく来てくださいました。一度、お伺いいたそうと思っていたのです」

と口にしたが、美鈴の涼しい目で見つめられただけで、それ以上言葉が続けられなかった。

「わたくしから申し上げてもよろしゅうございましょうか」

美鈴が可憐《かれん》な声で言った。藤吾があわててうなずくと、

「父が縁組を破談にいたしたことを申し訳なく存じます」

美鈴は懸命に声を出した。

「破談にいたすなどわたくしは何も聞いておりませんでした。父から聞かされたのは、年が押し詰まってからでございました。それまでわたくしは、藤吾様が屋敷にお見えにならなくなったのを不思議に思っておりました」

いつの間にか、美鈴は目に涙を溜《た》めていた。

「さようでしたか」

藤吾はうなずいて膝の上で拳《こぶし》を握りしめた。三右衛門から破談を言い渡されようとも、やはり篠原家を訪ねるべきだったのだ。

美鈴がこれほど思ってくれているのであれば、三右衛門も考え直してくれたかもしれないではないか。

自分が取り返しのつかない愚かなことをしてしまったのではないかと悔やまれた。

美鈴は訴えるような目を藤吾に向けた。

「父は、近く別の方との縁談を進めたいとわたくしに申しております」

藤吾はどう答えたらいいのかわからなかった。父が榊原平蔵を斬ったかどうか詳《つまび》らかではないが、自分がいま、藩内の抗争に巻き込まれて危うい立場にいるのは間違いない。

この先、命を奪われるということもあるかもしれない。

三右衛門が破談にしたのも無理からぬことだ。

「ですが、わたくしは別の方との縁談はお断りいたしたいと思っております。藤吾様とのお話は無くなりましたが、父の気が変わることもあるかもしれません。ですから、あの――」

美鈴は続きが聞きとれないほど小さな声で、

「お待ちいたしてもよろしいでしょうか」

と囁《ささや》いた。藤吾は一瞬、耳を疑った。

美鈴は、破談になってしまった縁をもう一度結び直したいと言ってくれているのだ。

「もちろんでござる。いかにも、いかにも——」

藤吾は声を詰まらせながら、

「それがし、美鈴殿を幸せにいたします」

と言い切った。

美鈴は嬉《うれ》しげに顔を伏せた。

頃合いを見計らっていたように、里美が奥座敷に入ってきた。

「あまり長くなりましては、篠原様がご心配なさいますでしょう」

笑みを浮かべながら里美は美鈴をうながした。

美鈴は、はいと素直に返答して立ち上がり、部屋を出ていきかけて振り向いた。澄んだ眼差《まなざ》しで藤吾に微笑みかける。

藤吾は力強くうなずいて見つめ返した。どうあっても、美鈴を妻にしたい、そのためには何でもしよう、と決意していた。

その夜、藤吾はなかなか眠りにつくことができなかった。美鈴の面影が闇の中に浮かんでいた。寝つかれないまま、いままで胸におさえていた父への思いが去来した。

父は、なぜ榊原平蔵の暗殺を引き受けたのだろうか。実行には移さなかったとしても、いったんは応じたのだ。しかし、それほど出世を望んだひとだったとは思えない。

時おり、父は藤吾に四書五経の講義を噛《か》んで含めるようにしてくれた。教え方がよかったためか、いつしか藤吾は学問を好むようになっていた。

十三歳の夏だった。

朝から暑い日差しが照りつけ、蟬が庭の木立で煩《うるさ》く鳴いていた。父は庭木に水やりをしていた。藤吾が、

「わたしは、今後学問一筋で参りたいと存じますゆえ、剣術の稽古《けいこ》はやめようと思うのです」

と口にすると、父は振り向いて、顔に微笑を浮かべた。

「それでよい。許すぞ」

「武士として剣が使えねば困りましょうか」

「そなたには、ひと通り剣の稽古はつけておる。後は足腰を鍛えれば、十分であろう」

枝葉の水滴に照り返されて父の顔が白く浮かぶ。

「稽古はやめたいのですが、ひとに挑まれたりした場合には、いかがいたせば……」

「喧嘩《けんか》を仕掛けられたら、ということか？」

真剣な目をして問う藤吾に、父は興味深そうに訊《き》き返した。剣術の稽古仲間から学問の出来が良いことを妬《ねた》まれた藤吾は、たびたび嫌がらせを受けていた。時には、稽古帰りに取り囲まれ、なぐられたこともある。

藤吾がうなずくと、父はきっぱりと答えた。

「武士は私闘のためには刀を抜いてはならぬ。刀は義によって振るうものだ」

（あのように言われた父上が暗殺などなさるはずはない）

篠原三右衛門は、何か勘違いをしているのだ。それをわかってもらえば、もう一度、美鈴との縁組を考えてくれるかもしれない。そう思い至った藤吾は安堵《あんど》して目を閉じた。近いうちに、篠原家を訪ねて話してみよう。やり直してみるのだ、と決意していた。

翌朝、郡奉行所《こおりぶぎょうしょ》に出仕すると、役所の中がどことなく騒《ざわ》めいている。郡方《こおりかた》の者たちがあちこちで固まって、何事かひそひそと話している。数人の庄屋が朝から詰めかけ、奥の御用部屋で奉行の山路内膳と話しているらしい。

「何かあったのですか」

藤吾は年かさの郡方に訊いた。四十がらみの男は眉《まゆ》をひそめて、

「お奉行が罷免されるらしいのだ」

「まさか――」

「武居村の庄屋吉右衛門が斬られたであろう。領内で不穏な動きがあることの責めを負わされるらしい」

「ですが、賊によって殺されたのであって、お奉行が咎《とが》められるのは筋違いではありませんか」

男は目を細めた。眉間《みけん》にしわが寄って、にわかに陰険な表情になった。

「お主《ぬし》、まことにそう思うか」

腹の底を探るような言い方だった。藤吾は薄気味悪くなった。

「いかなることでしょうか」

「よいか。吉右衛門がお奉行の手足となって動いていたことは、郡方だけでなく各村の庄屋や百姓たちもよく知っておる。吉右衛門を殺したのは、お奉行をよく思わぬ者に違いないと誰もが思っておる」

「では、吉右衛門が殺されたのは、お奉行のせいだと言われますか」

「そうだとお主は思わぬか」

男の目にはひややかな光がある。藤吾は打ち消すことができなかった。確かに吉右衛門は内膳に従っていたから殺されたのかもしれないし、実際、当人も不安に思っていたのだ。

男はさらに声を低めた。

「お奉行を罷免すると、昨日の評定《ひょうじょう》で決まりはしたらしいのだ。その話が昨夜のうちに広まったものの、いまのところそれ以上のことは何も起きてはいない。なぜなのかはわからんがな」

男が言い終えた時、下役が部屋に入ってきた。目敏《めざと》く藤吾を見つけて近づき、

「坂下様、お奉行がお呼びでございます」

と声をかけた。郡方の者たちは、一斉に藤吾を見た。

藤吾は困惑して、窺《うかが》うような目をまわりに向けた。部屋には郡方が七、八人ほどいたが、皆、藤吾から目をそむけた。

山路内膳が罷免されるとなれば、郡方の者にも影響が出る。最初に呼び出された藤吾も難しい立場に立たされているのではないか、と誰もが思っているようだ。

背中に緊迫した視線が注がれているのを感じながら、藤吾は部屋を出た。

御用部屋には、庄屋《しょうや》が五人来ていたが、思いがけなくなごやかな様子だった。

内膳は茶を飲みつつ、笑みを浮かべているし、庄屋のひとりは、近頃、村の畑に猪が出て荒らされて困る、などとのんびりと話していた。

藤吾が部屋に入ると、庄屋たちは顔を見交わして、内膳に頭を下げた。

「わたくしどもはこれにて失礼いたします。お話を伺い安堵いたしました」

辞去の挨拶《あいさつ》をする顔にはほっとした表情があった。

庄屋たちを見送った内膳の顔が、藤吾とふたりきりになると厳しくなった。

「どうだ。郡方の者たちはうろたえておるか」

藤吾は頭を下げた。

「皆様、何事が起きたのかわからずにおるようでございます。中にはお奉行に罷免の噂があるなどと申す者もおります」

内膳は皮肉な笑みを浮かべた。

「噂と申すものは、恐ろしいほど速く広まるものだな。昨日、評定で決まったら、今朝には庄屋どもが押しかけてきおった。心配せぬよう説得するのに手間がかかったぞ」

「では、やはりまことのことだったのでございますか」

顔から血の気が引いた。内膳が罷免されるということは、石田玄蕃が御世子《ごせいし》派の追放に乗り出したということだ。

次に玄蕃は御世子派に従った者すべてに弾圧を加えるに違いない。そうなれば、立場をあいまいにしたままの自分もただではすまないだろう。

藤吾はごくりと唾《つば》を飲んだ。内膳が藤吾に鋭い目を向けた。

「よいか。これは他言無用だぞ」

内膳は念を押してから口を開いた。

「庄屋たちにも申したことだが、わしの罷免は執政の評定で決まったものの、まだ、公《おおやけ》にはならぬ。言い渡しは先のことになる」

不審に思って藤吾は訊《たず》ねた。

「なぜ、先延ばしされるのでございましょうか」

「江戸におられる殿のご裁可をあおぐ立場の榊原采女殿が罷免を認めておらぬ。御世子様は三月にお国入りされる。それまでに石田ご家老はわれわれをことごとく排斥しておきたいのだ。ところが、わしの処分は決められても榊原殿のことは決められぬ」

藤吾は目を瞠《みは》った。

「榊原様も罷免になりましょうか」

「石田ご家老はそうしたいのであろうが、榊原殿には味方も多い。いかにご家老でも簡単にはいかぬ」

「では、榊原様は免れることに——」

「いや、まだ逃げ切ったとは言えぬ。言わば睨《にら》み合いの状態だな。しかし、それでよいのだ。三月まで決着がつかねば、御世子様がお国入りされて、われらが優勢になる」

「なるほど、さようでしたか」

藤吾は膝《ひざ》を打った。先ほど、庄屋たちが安心した表情で帰っていったわけがわかった。このまま御世子派が逃げ切ることは可能だと内膳から告げられたのだ。

「庄屋たちはともかく、そなたは安心するわけにはいかぬぞ。勝負は榊原殿の粘りにかかっておる。石田ご家老は、榊原殿を揺さぶる手段を必死に探しておられるはずだ」

内膳の声音に藤吾は不安を感じた。

「どういうことでしょうか」

「榊原殿の弱みは、父上が賄賂《まいない》を受け取った疑いをかけられ、取り調べの最中に亡くなったことだ。あの件を持ち出されて、果たして最後まで粘れるかどうか」

「しかし、あの件はそもそも石田ご家老が背後におられたのではございませんか」

と口にした藤吾は、ぎょっとした。内膳が異様に強張《こわば》った表情をしていたからだ。

「いや、石田ご家老が暗殺を命じたのは事実だが、実際は誰がやったのかわからないのだ」

あたりを窺ってから、内膳は声をひそめて言った。

「それはまことのことですか」

「そうだ。石田ご家老は、誰が榊原殿の父上を斬ったのかひそかに調べさせておるらしい。自分で放った刺客が斬ったのなら、いまさら調べはしないだろう」

内膳は腕を組んだ。

石田玄蕃から暗殺を命じられたものの、怖気《おじけ》づいて襲撃の場所に行かなかった、と篠原三右衛門は話していた。

平蔵を斬ったのは、父の仕業だと三右衛門は思ったらしい。だが、父にひとを斬った気配は感じられなかったと母は言う。別の誰かが平蔵を斬ったのだとすれば辻褄《つじつま》は合う。いったい誰がやったのか。考えをめぐらすうち、あることに思い至った。

藩の目付は、平蔵を斬ったのは平山道場四天王のひとりと見ていたと新兵衛は話していたではないか。四天王のひとり、新兵衛はそのころ藩の外にいた。三右衛門と父源之進は、暗殺を命じられながら果たせなかったのだ。だとすれば、残るのは榊原采女だけである。

(まさか、そんなことがあろうはずはない)

藤吾は額にじっとりと汗を浮かべた。

「坂下、具合でも悪いのか」

内膳が怪訝《けげん》な顔で訊《き》いた。

「いえ、何でもございません」

藤吾があわてて頭《かぶり》を振ると、内膳はなおも訝《いぶか》しそうに見ていたが、やがてぼそっと言った。

「いずれにしても、もはや石田ご家老はそなたを自分の派閥の者だと思うておるまい。そろそろ腹をくくらねばならぬようだな」

御世子派に入るしか生きる道はない、と内膳は暗に脅しているのだ。

「承知いたしております」

引導を渡され、藤吾は会釈して御用部屋を出た。郡方の部屋へ向かってとぼとぼと廊下を歩きながら、胸の内は榊原采女への疑いでいっぱいになっていた。

（わたしはどうすればいいのだろう）

あの冷徹な采女が、父親を殺すなどという無道なことをするとはとても思えない。だが、真実だとすれば、恐ろしいことだ。

藤吾は足を止めた。

（そうだ。篠原様は、ある時から父が采女様を恐れるようになった、と話しておられた）

いまの藩内の情勢も采女の思惑によって動いているとも聞いた。

（わたしが思っていた以上に榊原様は底知れぬおひとなのかもしれない）

その采女が想いを懸けたのが自分の伯母《おば》なのだ。深い因縁で采女と結ばれているのを感じて、藤吾は背筋が寒くなった。

郡方の部屋に戻り、文書が積まれた自分の机の前に座った藤吾は、ため息をつきぼんやりとしていたが、文書の間に結び文が挟まれているのにふと気づいた。

恐る恐る手に取って開いた。以前と同様、

——永福寺にてお待ちいたし候　蜻蛉
とある。去年、組頭《くみがしら》に呼び出されて以来、蜻蛉組からは何の接触もなかったが、見張られている気配はあった。いまになって呼び出しがかかるとはどうしたことだろう。藩内での政争が激しくなっていることに関わりがあるのかもしれない。文を懐に入れながら、

（きょうは、篠原様をお訪ねすることはできないのか）

と藤吾は肩を落とした。一度は、近づいた美鈴の面影が、また遠ざかってしまうようでせつなかった。

城内の執政の間《ま》で、石田玄蕃と榊原采女は向かい合っていた。先ほどまで、山路内膳を除く執政六人で評定が行われていたのだが、玄蕃が途中で、

「榊原とふたりで話がしたい」

と言い出したのである。それでいて、ふたりだけになると玄蕃は何も言わず、ごくりと茶を飲んでは、ううむと唸《うな》るのみだ。

采女もまた冷厳とした表情を崩さず、端然と座ったまま玄蕃を見つめていた。沈黙に堪えかねたように、ようやく玄蕃が口を開いた。

「いいかげんにせぬか、榊原」

玄蕃の口調はうんざりしたと言わんばかりだ。

「何のことでございましょうか」

采女は平然と答える。

「さんざん話してきたことだ。わかっておろう」

苦虫を嚙《か》み潰《つぶ》したような顔で玄蕃は言い立てる。

采女の目が鋭くなった。

「郡奉行の罷免の件でございますか」

「そうだ。今回は山路の罷免だけで、わしは引き下がる。そなたに職を辞せとまでは言わぬ。それで手を打たぬか」

猪首《いくび》をもたげた玄蕃は、濁りのある目で采女を見返した。采女はゆっくりと頭を振った。

「それはおかしな話ですな。山路殿の罷免とそれがしが職を辞することは、まったく別の話でございます」

「かと言うて、山路の罷免はいったん評定で決まったことだ。いまさら覆すことはできんぞ」

「しかし、殿のご裁可を得たわけではございますまい」

采女はひややかに応じた。

「これまで、殿がわれらの決定を認められなかったことはない」

「これまでは、でござる」

玄蕃はにやりと笑った。

「御世子様のお国入りを頼みにしているのだろうが、そうはいかぬぞ」

「これは、聞き捨てなりませぬ。御世子様の身に何か起きるとでも言われますのか」

「馬鹿な、そんなことは言っておらん」

顔を赤くして怒鳴った玄蕃は、脅すように采女を睨《にら》みつけた。

「かねてわしは、そなたの父の死には不審があると思ってきた」

玄蕃は獰猛《どうもう》な顔つきで采女を見据えた。

「ほう、さようでございますか。それがしも以前から心にかかっていたことでござる」

「なんだと――」

「父の死は誰かの差し金ではないか、と噂する者が多々おります」

采女は皮肉な口調で返した。

「わしがやらせたと言うのではあるまいな」

「滅相もございませぬが、その誰かが他の者に罪を負わせたならば、かえっておのれの悪事が暴かれましょう」

「そう思うか」

薄ら笑いを浮かべて玄蕃は目をそらした。

「違いまするか」

「わが藩にも昔からもめ事はあった。時に血を見たこともあるのは、そなたも知っておろう。しかし、それは言わば勢力争いだ。不義不孝の行いとは、いささか異なる」

「と言われますと」

「不孝の極みの行いが明るみに出れば、わしがしたこととは比べ物にならぬ。殿は即座に処断されるであろう」

　先ほどとは打って変わって、玄蕃は低い声を発した。怒鳴っていた時より、ずしりと重みのある物言いだ。さすがに采女の顔色も悪くなったが、目にはなお光があった。

「いかに仰せになられようとも、いずれも仮の話に過ぎませぬ。お答えいたしても詮無《せんな》いことでござる」

　玄蕃はまじまじと采女の顔を見つめていたが、不意にからっと笑った。

「さすがに、榊原采女だ。切れ者と言われるだけあって、よく踏ん張るのう。きょうのところは、わしが退《ひ》こう」

「では、郡奉行罷免の一件はこれにて……」

「打ち切るとは言うておらぬ。あらためて評定を開く。その折に、そなたに見てもらいたいものがあるのだ」

「さて、何でございましょうか」

「わしにもわからぬが、ただ、そなたの息の根を止めるものであるのは確かだ」

そう言い捨て部屋から出ていく玄蕃を黙って見送った采女の口許《くちもと》には、微笑が浮かんでいた。

この日の夕刻――。

新兵衛は田中屋の奥座敷でごろっと横になっていた。火桶《ひおけ》に炭火が赤々と熾《おこ》り、傍らに膳《ぜん》が置かれている。わずかに開けた障子から見える中庭に夕日が差し、松の枝が赤く染まっていた。

田中屋に来てから、日々贅沢《ぜいたく》な料理と酒が振る舞われていた。昼間に仮眠を取り、夜は店の不寝番をした。

いまのところ、何事も起きないまま日は過ぎていた。たまに新兵衛の部屋に来て、惣兵衛は酒の相手をしながら埒《らち》もない世間話をした。

一度だけ、新兵衛は裏の土蔵に連れていかれたことがある。白壁が厚い土蔵は扉に頑丈な鉄の錠が取り付けてあった。鍵《かぎ》で錠を開けた惣兵衛は、新兵衛に中に入るよう促した。

薄暗い土蔵の奥に大きな棚があり手文庫が置いてあった。惣兵衛は手文庫の引き出しを開けて、中から袱紗《ふくさ》の包みを取り出した。

「もし、賊が押し入るようなことがあれば、これが狙われる恐れがあります。奪われないよう守ってください」

包みを手にして惣兵衛は告げた。

「何なのだ、それは」

新兵衛は胡散《うさん》臭い表情をして包みを見た。

「これは、さるお方からいただいた起請文《きしょうもん》でございます」

「何の起請文なのだ」

「それは申し上げられませんが、田中屋の身上《しんしょう》に関わる、大事なものでございます」

「そうか。それほど大切なものなら、用心棒を雇わねばならぬのも、もっともなことだな」

新兵衛が得心した顔で言うと、惣兵衛は苦笑しながら手文庫に包みを戻し、同時に、中にあった金唐革《きんからかわ》の煙草入れを取り出して帯に挟んだ。

煙草入れに違鷹羽紋《ちがいたかのはもん》が入っているのに新兵衛は気づいた。藩主千賀谷家の紋である。

「その煙草入れは起請文の相手からもらったということか」

「さようです。いまとなっては、この起請文と煙草入れだけがわたしを守ってくれますので」

惣兵衛は帯に挟んだ煙草入れを大事そうにぽんと叩《たた》いた。

「そうであればよいがな」

ひややかな口調で新兵衛は応じた。

新兵衛の言葉に少し顔を曇らせたが、惣兵衛は何も言わずに土蔵を出た。それ以来、新兵衛を土蔵に連れていくことはなかったし、起請文の話をすることもなかった。

（惣兵衛めは、わしを起請文の守り役に雇ったというわけだったのだな）

新兵衛は横になったまま考えをめぐらせていた。惣兵衛が何よりも大事にしている起請文とは、田中屋が公許紙問屋となったおりに藩の重役から受け取ったものだろう。

（おそらく石田玄蕃に違いない）

あれこそが、かつての榊原平蔵の不正を証《あか》し立てるものだ。それを自分が守ることになるとは皮肉なものだが、仮に起請文を手に入れることができたとしても、藩に訴える手立てがない。

かつて藩から追放された自分が何を申し立てても聞く者はいないだろうし、藤吾は政争に巻き込まれるのを恐れて力を貸そうとはしないだろう。

どうすることもできないもどかしさを感じながら中庭に目を遣《や》ると、池の畔《ほとり》に白梅の蕾《つぼみ》がほころび始めているのが見えた。

（篠とふたりで藩を出たのも、この季節だった）

新兵衛はいったん江戸へ出て旗本に仕えている親戚《しんせき》を訪ね、いずれかの旗本に仕官することはできないかと相談を持ちかけた。

しかし、思うように仕官先は見つからず、辛うじて町の剣術道場に師範代の仕事を見つけ、暮らしを立てた。

五年ほど過ごすうちに、このまま江戸にいてもどうにもならないと思い、京へ上ろうと意を決めた。

京で仕官先を探して見つからなければ、その時は町人になるほかないと心を定めていた。だが、もともと丈夫でなかった篠の体に長旅は酷だったのだろう。どうにか京にたどり着いたものの、間もなく篠は寝込んでしまった。病は一進一退し、長旅をさせてしまったことを悔やみもした。

妻を看取《みと》りながら、江戸にいた時と同様に道場の師範代や用心棒まがいのことをして命をつないだ。そして、最後にたどり着いたのが地蔵院だった。

艱難《かんなん》に耐える日々だったが、不思議に篠の笑顔ばかりが思い浮かぶ。どのように辛《つら》く苦しい時でも、篠は笑顔を絶やさなかった。

篠が自分をどう思っていたかわからないが、不満を覚えていたのは確かだろう。生きていくことの苦しみの中で恨んだこともあったはずだが、そんな様子は一度も見せたことがなかった。

どういう気持からだったのか、いまもってわからない。夫である自分への優しさからだったのか、それとも別に秘めた想いがあったからなのだろうか。

病床にあった篠は、自分が死んだら故郷《くに》の椿を見に帰って欲しいと頼んだ。

戸惑っていると、

「わたくしは実家《さと》の椿の傍《そば》で想いを懸けたおひとにお会いしたい、と願って参りました」

と続け、榊原采女とのことを話し始めた。かつて篠と采女との間に縁談があったことは知っていた。だが、采女が篠にどれほど深い想いを抱き続けてきたかは知らなかった。そして、采女のことを話し終えた後、

「ひとがひとを想うとはどのようなことなのか、わたくしは榊原様の想いによって初めて気づかされました。わたくしにも、ひとへの想いはあるとわかったのです」

その想いがいままで自分を支えてきました、と篠は頬をかすかに紅潮させて言い添えた。思わず、

「そなたの頼みを果たせたら、褒めてくれるか」

と訊《き》いた。篠は微笑んで、

「お褒めいたしますとも」

と答えてくれた。あの時、篠の目には涙があった。

篠が亡くなった後、遺《のこ》された着物の袖《そで》に采女の文を見つけた。采女の想いが伝わってくると同時に、嫉妬《しっと》に苦しんだ。

篠の願いを叶《かな》えるため国許《くにもと》に戻りはしても、椿を見たうえで、采女を斬るかもしれない。

(采女を斬れば篠が悲しむであろうな)

やはり、自分にはできないことだ、と思った。できるだけ采女には会わないようにするほかない。そして、椿の花が咲くのを見届け、そのまま国を出よう。そうしようと心

に決めた矢先、藩内の不穏な情勢はいつの間にか新兵衛と藤吾を巻き込んでいた。

気がつけば、新兵衛は田中屋の用心棒となり、藤吾は蜻蛉組に入れられている。

（そろそろ、何かの動きがあるかもしれぬな）

新兵衛は庭先の梅を眺めながら胸中でつぶやいた。


同じころ、藤吾は永福寺にいた。小僧に案内されて本堂に入ると、ひとりの武士が座って待っていた。

蠟燭《ろうそく》の明かりが揺らめき、本堂の壁に武士の影が伸びていた。

以前と同じように頭巾《ずきん》をかぶっているが、体つきが組頭とは違うようだ。

「それがしは蜻蛉組小頭《こがしら》だ。そこもととともに今夜、お役目につく」

果たして、武士は意外に若々しい声を発した。

「お役目と申されますと？」

「城下の紙問屋田中屋は存じておるな」

小頭はよく光る目で藤吾を窺《うかが》った。藤吾がうなずくと、

「今宵《こよい》、田中屋に押し入り、ある物を奪う」

小頭は平然と告げた。藤吾は驚いて目を丸くした。

「それは乱暴が過ぎるのではございませぬか。田中屋に不都合があれば町奉行所が調べ、ある物とやらを差し出すよう申し付ければすむことと思われまするが」

「ひとの目に触れては困る物なのだ。いったん公になれば取り返しのつかぬことになる。それゆえ、われら蜻蛉組がひそかに奪い取らねばならぬのだ」

有無を言わせぬ物言いだ。田中屋には新兵衛が用心棒として逗留《とうりゅう》している。藤吾は内心ひやりとした。

「小頭様、田中屋には瓜生新兵衛が用心棒として入っております。剣の腕は立ちますゆえ、押し入りなどすれば、こちらもただではすまないと存じます」

田中屋で新兵衛と出くわすなどまっぴらだ。

「だからこそ、そなたを連れていくのだ。いかに鬼の新兵衛といえども、妻の甥《おい》を手にかけることはできまい」

「さようでございましょうか。随分と乱暴なひとですぞ」

新兵衛と夜中に町家の中で出くわしたならば、見境無く斬りかかってくるに違いないと思えて、藤吾は身震いした。

「案ずるな。瓜生新兵衛とてまことの鬼ではなかろう。仮に斬ってくることがあれば、こちらも立ち合うまでのこと」

小頭の声には自信がこもっている。

小頭の言葉に気圧《けお》されて、藤吾は押し黙った。

小頭はしばらく藤吾の顔を見ていたが、田中屋に押し入るのは亥《い》ノ刻（午後十時ごろ）といたす、それまでこの寺にて待機するように、と命じた。

「いったん屋敷に戻り、腹ごしらえなどいたしとうございますが」

小頭は首を横に振った。

「ならぬ。夕餉《ゆうげ》は小坊主に申し付けよう。家へは、使いの者に文を持たせればよい」

藤吾が思わずため息をつくと、小頭は含み笑いをした。

「そなたをうっかり家に戻せば、新兵衛に報《しら》せぬとも限らぬからな」

さようなことは決していたしませぬ、と答えたが、胸のうちを見透かされたような気がして藤吾は冷や汗をかいた。

新兵衛は、押し入った者が誰であろうと容赦なく斬りつけてくるだろう。それを避けるにはどうしたらいいものか。いい考えも浮かばぬまま時が過ぎた。

夜が更けてから、藤吾は小頭とともに永福寺を出た。どこからともなく小者が現れ、提灯《ちょうちん》を持って先導していく。

山門をくぐって夜空を見上げると、凍《い》てつくような星が瞬いた。

藤吾は渡された頭巾をかぶり、黙って小頭の後をついていった。

田中屋までは一里ほどの道のりである。山国の夜は闇が濃い。小者が持つ提灯の明かりだけが頼りだった。

小頭は腰の据わった歩き方で足音も立てずに進んでいく。その身ごなしには隙が無く、場合によっては新兵衛を斬ると言ったのも高言ではなさそうだ。

やがて城下の町並みが見えてきた。寝静まった町家の間を抜けていくと、間口の広い田中屋の前に出た。

雨戸が閉められ、しんとして物音ひとつしない。小者は提灯を揺らして田中屋の横の路地へ入った。裏手へとまわるようだ。

築地塀《ついじべい》に沿って進むと裏口に出た。

小頭がその前に立つと、驚いたことに木戸がぎいっと開いた。中に手引きする者がいるのだ。小頭はうなずくと、先に入るよう小者を促した。

小者はふっと提灯の火を吹き消すと、あたりを窺いつつ裏口から素早く中へ入った。小頭と藤吾もそれに続く。

庭は広く、松の木や庭石が黒々としていた。塀の内側にはもうひとり小者らしい男が潜んでいた。男は頭を下げると、手をあげて進む方角を示した。影のように小者は進んでいく。その後を小頭と藤吾がつき従った。

その時、家の中から、どしん、と大きな物音が聞こえてきた。続いて、男の気合が発せられ、刀の打ち合う金属音が響いた。

「しまった」

小頭が舌打ちした時、雨戸がばたんと倒れて男が庭に転がり落ちてきた。手に刀を持っている。続いてもうひとりが庭に飛び下りた。

藤吾たちは塀際まで身を避けた。転がり落ちた男は斬られているのか、うめき声をあげるだけで立ち上がれない。

飛び下りた男はさっと刀を構えた。藤吾たちと同じように頭巾をかぶっている。家の中から別の男がゆっくりと出てきた。手にした刀が輝いた。新兵衛だった。

小頭が藤吾に顔を寄せて囁《ささや》いた。

「どうやら、ほかにも押し入った者がいるようだ。わしは土蔵へ行く。そなたは瓜生新兵衛を引きとめよ」

藤吾がうなずく間もなく、小頭は闇の中をすべるように移動した。

庭の男がたあっ、と気合を発して新兵衛に斬りかかった。新兵衛は縁側から跳び上がり男の斬り込みをかわすと、庭に下り立った。さらに斬りかかる男を、ゆらりとかわして、刀を正眼《せいがん》に構えたまま、すーっと退いた。

男が追いすがろうとした刹那《せつな》、新兵衛は間合いを詰めた。

白刃がきらり、きらりと二閃《にせん》した瞬間、男は刀を取り落とし、仰向《あおむ》けに倒れた。首筋を斬られている。

新兵衛はそのまま塀際に駆け寄って、藤吾に刀を突きつけた。

「貴様もこ奴らの仲間か」

「わたしです」

藤吾は必死の思いで言い、あわてて頭巾を取った。新兵衛の刀がぴたりと止まった。

「そなたは、なぜこのようなところにおるのだ」

新兵衛は鋭い目で藤吾を睨《にら》んだ。

「蜻蛉組のお役目でございます」

「なんだと――」

倒れている男たちに新兵衛は目を遣《や》った。

「この男たちが蜻蛉組とはとても思えぬが」

「いえ、その男たちは違います。たまたま押し入る時が重なっただけなのです」

新兵衛は疑わしげな眼差《まなざ》しを藤吾に向けた。

「蜻蛉組が、そなたひとりを押し入らせるとは思えぬが」

「それは――」

小頭のことを口にすべきかどうか迷った藤吾の視線が、小頭が消えた方角に泳いだ。

それを見て新兵衛ははっとした。

「そなたひとりではないのか」

新兵衛が土蔵の方角を振り向いた時、男の悲鳴が聞こえた。

すぐさま新兵衛は、刀を手にしたまま駆け出した。藤吾も後を追う。

土蔵の扉は大きく開けられていた。中から小者が飛び出してくると、新兵衛に気づいて脇差《わきざし》を抜く。さらに頭巾をかぶった小頭が悠然と戸口に立った。刀は抜いていない。

「貴様、田中屋をいかがした」

新兵衛が大声をあげると、小頭は首を横に振った。

「まさか、中に田中屋が隠れておるとは思わなかった。わしが中に入ると狂ったように脇差を振るって斬りかかって参ったゆえ、斬り捨てた」

「命より大事な起請文を奪われてはたまらぬと思ったのであろう。それにしても蜻蛉組は惨《むご》いことをする」

新兵衛はじりっと間合いを詰めた。刀は脇に下げている。

小頭は戸口から下りると間合いを計って横に動いた。

「瓜生新兵衛、われらはお役目を果たしておるのだ。邪魔立ていたすか」

「わしはこの家の用心棒だ。雇い主を斬られては面子《めんつ》が立たぬ」

「急所ははずした。死にはせぬ」

「まことか――」

新兵衛が訊《き》いた瞬間、小頭は抜き打ちに斬りつけた。

新兵衛は辛うじて体《たい》をかわし、小頭の小手に斬りつけた。小頭はこれをはずして飛び退《の》いた。

間をおかず、新兵衛は下段から斬り上げた。小頭は刃先を避けて頭をのけぞらせたが、頭巾《ずきん》が斬られ顔が現れた。

「お主は蜻蛉組だったのか」

新兵衛は息を呑《の》んだ。星明かりに浮かんだのは小杉十五郎の顔だった。

「さすがに瓜生殿の腕は落ちておられませぬな」

「そうでもあるまい。わしの剣を見事にかわしたではないか」

「いや、危うくやられるところでした」

十五郎は首を横に振ると、

「急いで手当てをいたせば、田中屋の命は助かると存ずる。しかし、誰であろうと、それがしのことを洩《も》らせば、蜻蛉組は容赦いたしませぬ。瓜生殿とて同様。これ以上、この件に関わられぬ方が身のためでございますぞ」

脅すように言い捨て、刀を納めると踵《きびす》を返し、闇の中に消えていった。小者たちもこれに続いて去る。藤吾は、十五郎の後を追うべきかどうか迷った。

しかし、十五郎が藤吾に目も向けずに走り去ったところをみると、このまま残って新兵衛の様子を窺《うかが》った方がよさそうだ。

藤吾が迷っている間に、新兵衛は土蔵へ飛び込んでいった。肩先を斬られた惣兵衛が血を流して床に倒れているのを見て、振り向いて怒鳴った。

「何をしておるのだ。さっさと店の者を呼んで参れ。血止めをして屋敷に運び込まねばならんぞ」

頭ごなしに言われて内心むっとしながらも、藤吾はあわてて屋敷へ向かった。縁側に近づくと、すでに使用人の男や女中たちが雨戸の陰から恐る恐る庭をのぞいていた。

「惣兵衛殿が怪我を負われた。急ぎ手当ていたさねばならぬ。傷口を洗う焼酎《しょうちゅう》と布、それから戸板を持って参れ」

藤吾の言葉に、使用人たちはあわてふためいて動きまわった。藤吾は中庭に目を移した。男がふたり倒れている。屋敷の中にもひとり倒れたままだという。

（こ奴らも田中屋から奪いたい物があったのだろうか）

藤吾は血の臭いを嗅《か》いで身震いした。

新兵衛から応急の手当てを施され、惣兵衛は奉公人たちの手で奥座敷に運ばれた。間もなく医師が駆けつけ、傷はともかく当面命に別状はない旨を告げられて安堵《あんど》の空気が流れた。続いて町奉行所の役人が訪れ、庭と屋内の死骸《しがい》を検分した。

「三人とも、そこもとが斬ったのか」

役人は疑わしげな顔で新兵衛を見た。

「夜中に押し入った賊でござる。斬らねば用心棒の役目が果たせませんからな」

役人は鼻白んだ顔をしたが、それ以上、追及はしなかった。

「しかし、あの者たちはただの野盗とも思えぬが、いったい何者でござるか」

逆に新兵衛が訊き返すと、

「さようなことを浪人が知る必要はない」

顔をしかめて、吐き捨てるように言った。

藤吾はできるだけ役人と顔を合わさないようにしていた。斬られた三人には見覚えがあった。名は知らないが、いずれも上士《じようし》に仕える家士で、登城の際に見かけたことがある顔だ。

役人もそれを承知しているらしく、衣服などをあらためただけで、すぐ寺に運ぶよう下役に指示した。朝になれば、家族に遺骸《いがい》を引き取らせるつもりなのだろう。

縁側に立って役人の動きを見ていた新兵衛は、奥座敷から出てきた医師に声をかけた。

「田中屋殿の容体はいかがであろうか」

五十過ぎの小柄な医師は頭を下げて、

「とりあえず、命は取り留めましたが。何分、傷が深いだけに、養生が大事でございます」

そうか、とうなずいて新兵衛は奥へ向かい、藤吾も後に続いた。新兵衛が奥座敷に入ると、惣兵衛を心配そうに覗《のぞ》き込んでいた家族や奉公人たちが、ぎょっとした顔になった。新兵衛が押し入った男たちを斬り捨てるところを見ていたからだ。皆、血の臭いを嗅いだようなおびえた表情になった。

「いま、手当てがすんだばかりでございます」

惣兵衛の女房が迷惑そうに新兵衛に顔を向けた。しかし、新兵衛は構わず惣兵衛の枕元に座ると、屈《かが》み込んで声をかけた。

「田中屋殿、わしの言うことが聞こえるか」

苦痛に顔をゆがめながら惣兵衛がわずかにうなずいた。

「土蔵の手文庫にあった起請文だがな。あれは本物か?」

新兵衛が覗き込むようにして訊いた。惣兵衛は顔を強張《こわば》らせて口を開かない。

「お主ほど用心深い男が、あんな見つけやすいところに大事な物を置いているはずはないからな。むしろ肌身離さず持っていると思う方が道理ではないか」

そう言いながら、新兵衛は懐から金唐革の煙草入れを取り出した。

「先ほど、お主の手当てをした時に預かっておいた。この中に起請文が隠されていると見たが、違うか」

さりげなく惣兵衛の目の前に差し出した。惣兵衛は驚愕《きょうがく》したように目を見開いた。片手を動かそうとして、痛みにうめき声をあげた。

「やはり、そうか。ならば、わしがこの煙草入れをしばらく預かっておいた方がいいのではないか。奪っていった連中が偽の起請文だと気づけば、また襲ってくるだろう。次は必ず命を奪われるぞ。わしは春まで城下におるつもりだ。出ていく時に持ってこよう。それがお主の身のためだ」

新兵衛の説得に、惣兵衛は迷いの色を浮かべていたが、しばらくしてうなずいた。

新兵衛は、それではとつぶやき、煙草入れを懐に入れると藤吾をうながして立ち上がった。

奥座敷を出て表に向かいながら藤吾に囁《ささや》いた。

「そなたは起請文のことなど何も知らぬ振りをして蜻蛉組へ戻れ。奴らもすぐには偽物だと気づきはしないだろう」

「本物の起請文を握っていると知れたら、今度は瓜生殿が狙われるのではありませんか」

藤吾は気遣った。

「それこそ、望むところだ。これを握っておれば、不都合に思う者が動き出すに違いない。そうなれば、昔この藩で何が起きていたかが明らかになるはずだ」

新兵衛は土間《どま》に下り、そのまま潜《くぐ》り戸を抜けて外へ出る。

田中屋には留まらず、藤吾の家へ戻るつもりのようだ。藤吾は新兵衛の後ろ姿を見送ってから、永福寺を目指して歩き出した。辻《つじ》を曲がった時、突然、目の前に提灯《ちょうちん》が突き出された。

「坂下様、寺へ戻られるのはご無用です」

永福寺から先導してきた小者が低く声をかけた。

藤吾は驚いて立ち止まった。

「どういうことだ?」

新兵衛と話していたことを蜻蛉組の者に聞かれたのか、と一瞬ひやりとした。しかし、小者は素知らぬ顔だった。

「小頭様はお役目を果たされましたゆえ、引き揚げられました。坂下様には、またいずれお指図がありましょう。今宵《こよい》はこのままお引き取りを」

藤吾を見据えて告げる小者の目が薄気味悪かった。小頭がいない永福寺に行ってもしかたがない。

「わかった。では帰るといたそう」

藤吾が答えると、小者は頭を下げるなり背を向けて、ひたひたと闇に向かって歩き去った。その歩みは武術を鍛錬した者の身ごなしだった。

新兵衛は小頭が何者なのかを知っていたようだ。案外、蜻蛉組は今度のことで藤吾との関わりを断とうとするかもしれない。

(そうなれば助かるのだが)

と思いつつ、藤吾は家に帰ろうと足を踏み出し、ふと、背中に何者かの視線を感じてぞくりとした。

(見張られている——)

田中屋に押し込む時、先導した小者はふたりいた。先ほどとは別の小者が闇の中から自分を見張っているような気がして、藤吾は足を速めた。

起請文とは何のことなのだろうか。とにかく家に戻り、新兵衛に話を聞こう。

藤吾は夜道を急いだ。しんしんと凍《い》てつき、足裏が痛かった。

そのころ、小杉十五郎は永福寺の本堂で蜻蛉組の組頭と向かい合っていた。

「瓜生新兵衛に顔を見られるとは、その方らしからぬ手抜かりであったな」

十五郎は頭を下げた。

「思わぬ不覚を取りました。瓜生新兵衛の腕は落ちてはおりませなんだ。とは申しても、例の物だけは手に入れましてございまする」

懐から包みを取り出して組頭に差し出す。組頭は受け取ると包みを開いて書状を手に取り、蠟燭《ろうそく》の明かりにかざした。じっと見つめていたが、しばらくして、

「偽物だな」

組頭は冷たい声でつぶやいた。

「やはり、さようでございましたか」

十五郎は小さくうなずくと落ち着いて答えた。組頭は書状を袱紗《ふくさ》に戻した。

「田中屋は、本物の起請文をあらかじめどこかに隠したのであろう」

予期していたように言った。

「それでは、いま一度、押し込みまするか」

十五郎は窺《うかが》うような目を組頭に向けた。組頭はゆっくりと頭《かぶり》を振った。

「いや、死人《しびと》が出たのだ。これ以上、騒ぎが大きくなるとまずい。石田玄蕃も手控えるであろうしな」

「今宵、われらとは別に田中屋に押し入ったのは、やはり石田ご家老の手の者でございましょうか」

「決まっておろう。玄蕃は喉《のど》から手が出るほどあの起請文を欲しがっておる。だが、田中屋が瓜生を雇っていたおかげでしくじってしまった」

組頭は含み笑いをした。

「これで、御世子派の勢いがつきますな」

「さて、どうであろう。まず、五分と五分ではあるまいか。それよりも勝負の行方は存外、瓜生新兵衛が握ることになるかもしれぬぞ」

どこか突き放す言い方だ。十五郎はわずかに視線を落とした。

「それでは、いずれ、瓜生殿を斬らねばなりませぬか」

「道場の先輩とはいえ、惻隠《そくいん》の情は無用だ」

組頭の声には、ためらいを許さぬという気迫が籠《こも》っていた。

「情に動かされはいたしませぬ。されど、今夜、瓜生殿が使おうとしたのは、噂に聞く〈雷《いかずち》斬り〉の太刀かと思われます。とっさにかわすことはできましたが、よほどの工夫をせねば破ることは難しいかと存じます」

十五郎は、新兵衛の太刀筋を思い浮かべているかのように目を宙に向けた。

「さようなことなら、安心いたせ。〈雷斬り〉の太刀を破る工夫なら、わしにある」

「それは、まことでございますか」

十五郎は目を瞠《みは》った。

「まことじゃ。〈雷斬り〉の太刀を工夫したのは、もとはと言えばわしなのだからな」

組頭は声にならない笑いを発した。蠟燭の明かりがゆらいだ。十五郎は畏怖《いふ》する目で組頭を見つめた。

藤吾が家に戻ると、新兵衛は居間で里美と話していた。ふたりの間には煙草入れが置いてある。

新兵衛は書状を手にしていた。藤吾は帰宅の挨拶《あいさつ》もそこそこに座った。

「それが煙草入れの中にあった物ですか」

「そうだ」

新兵衛はうなずくと、無造作に書状を藤吾に手渡した。

起請文は、熊野《くまの》三山の〈牛王宝印紙《ごおうほういんし》〉を用いたもので、いわば、神に対する誓約書である。熊野社の眷属《けんぞく》である鴉《からす》が墨刷りされ、五ヶ所に朱印が押されている。本来は神前で燃やし、その灰を飲むとされるものだが、戦国のころから誓紙《せいし》として保管されることが多くなった。

この起請文には、

――違変無く申し合わせ候
とあるだけで内容は記されていない。ひとの目に触れるのに備え用心したためだろうか。しかし、藤吾が目を奪われたのは、田中屋惣兵衛宛とした署名だった。

――奥平刑部
とある。藩主の庶兄で藩内では鷹ヶ峰様と呼ばれている刑部家成だ。

「これは――」

藤吾は驚いて、新兵衛に顔を向けた。

「うむ、鷹ヶ峰様が公許紙問屋の仕組みを作るため直々に動かれていたという証《あかし》だな。

榊原平蔵殿はお指図で動いていたのだろう。わしが榊原殿に不正があると幾度となく訴えようとも、重役方がお取りあげにならなかったはずだ」

新兵衛は苦笑した。

「それでは榊原様が斬られたのも、あるいは――」

「鷹ヶ峰様に命じられてのことであろう」

「石田ご家老はそのことをご存じだったのでしょうか」

「あのころ玄蕃は派閥をつくることに躍起になっておった。それゆえ、鷹ヶ峰様のご意向に沿って動いていたに違いない」

すべては刑部の思惑によって動いていたということなのか。刑部は、旗本神保家の養子に入った息子の弾正家久を幕閣で出世させ、やがては大名にするため必要な金を田中屋に出させていたのだ。

藤吾は起請文を見つめた。それは禍々《まがまが》しい誓紙のように思えた。

藤吾は、奥平刑部を城中で一度見たことがある。小柄で生気のない、しおれた色黒な男だった。藩主の兄であるという尊大なところはなく、むしろ穏やかな人物に見えた。

家老の石田玄蕃などに向かっては、どちらかといえば卑屈なほどの態度で接していたのを覚えている。しかし、その刑部がこれほどの陰謀をめぐらしてきたとは。

（まるで蛭《ひる》のようだな）

ふと、そんなことが思い浮かんだ。刑部は扇野藩に取りつき、その金を吸い続けてきたのだ。兄でありながら家督を継げなかったことへの恨みがあったのかもしれないが、長い年月の間、江戸に金を送り続けた執念には恐るべきものがある。

藤吾の胸に不意に怒りが湧いた。実際に藩を支配してきた刑部に理不尽さを感じた。同時に、御世子派と石田派の対立には別な側面があるのだということに、ようやく気がついた。

榊原采女たち御世子派は、藩政を陰で操っている奥平刑部を除こうとしているのではないか。そして石田玄蕃は刑部を守ることで自らの権勢を保持しようとしているのだろう。

「瓜生殿は、この起請文をいかがなさるおつもりですか」

藤吾が訊《き》くと、新兵衛は何食わぬ顔で答えた。

「田中屋で言った通りだ。しばらくわしが預かる。そうすれば、御世子の側も石田の側もめったなことでは動けまい」

「そうかもしれませんが、やはり蜻蛉組に渡した方がよいかと思われます」

「どうしてだ」

「さすれば、殿の手に起請文が渡り、鷹ケ峰様をご処分できるのではありませんか」

「それはどうであろうか。かえって臭いものに蓋《ふた》をして、すべては暗黙のうちにうやむやにされるかもしれんぞ」

新兵衛は同意を求めるように里美に顔を向けた。里美はうなずくと、藤吾に向き直った。

「起請文があることを明らかにして、源之進殿の無念を晴らしたいと思います」

「それは――」

その通りだが、うっかりすると、藩内すべてを敵にまわしてしまうことになりはすまいか、と藤吾は危ぶんだ。

采女の恋

翌朝、登城する前に采女は滋野の部屋へ挨拶に行った。

「ただいまより、出仕いたします」

裃《かみしも》姿で頭を下げる采女に、漆塗りの火桶《ひおけ》に手をかざして滋野はつめたい視線を向けた。

「お役目大儀と申し上げたいが、昨夜は随分とお帰りが遅かったようですね。それでお勤めが果たせまするのか」

采女の表情は変わらない。

「昨夜、田中屋が何者かに襲われ、惣兵衛が怪我をいたしてございます。襲った賊のうち三人が斬られ、人死にが出ました。報告を聞かねばなりませぬゆえ遅うなりました」

滋野は目を瞠った。

「なに、惣兵衛が斬られたとな——。なぜ、すぐにわたしに伝えなかったのです」

「もはや、お休みと聞きましたゆえ、お知らせするのを控えましてございます」

「田中屋は父上のころより、当家とは関わりが深い商人《あきんど》ですぞ」

滋野はいきり立った。采女は目をあげて声を強めた。

「そのこと、これより後、ご放念くださいますよう。田中屋は近く闕所《けっしょ》になりましょう。田中屋に関わりがあるなどと申されますと、わが家にも累が及びまする」

「まさか、そのような――」

二の句が継げない様子で滋野はしばらく黙っていたが、やがて口を開いた。

「田中屋はなにゆえ、お咎《とが》めを受けねばなりませぬのか」

「母上はよくご存じのはず」

「なんですと」

「すべては亡き父上と田中屋が関わりを持ったことから始まったのではございませぬか」

滋野は、采女を睨《にら》みつつ口をゆがめた。

「そなたは知るまいが、平蔵殿が田中屋と関わったのは、さる方のお声がかりがあってのことじゃ」

「そのお方が鷹ケ峰様だと存じております。あの方にもいずれご処断が下りましょう」

「まさか。誰も鷹ケ峰様にとやこうは言えぬ」

「さよう、十九年前には、申せませんでした。それゆえ、わたしは友を見捨て、ひたすら耐えて参りました」

采女の目に哀しみの色が浮かんだ。

を向けない。

「そなた、父上を恨んでいたのではあるまいな」

滋野は恐れるような目をして采女を見た。采女は頭を下げて立ち上がった。滋野に目を向けない。

「さようなことは決して……。それがしは父上を敬って参りました」

「嘘じゃ。坂下の娘と添わせなかったゆえ、そなたはわたしたちを恨んだであろう」

そこまで言って滋野は黙った。顔色が蒼白《そうはく》になっている。

「よもや、平蔵殿《の》を斬ったのは――」

後の言葉を呑んだ滋野に、采女は顔を向けた。

「母上、それ以上は言われぬ方がよろしゅうござる」

笑みを浮かべて采女は静かに退出した。残された滋野は呆然《ぼうぜん》としたまま、

「恐ろしや」

とつぶやいた。

采女が玄関に出ると、脇に控えていた下僕が草履《ぞうり》をそろえた。中間《ちゅうげん》が挟箱《はさみばこ》をかつぎ、供を従えて出仕する姿はいつもと変わりない。だが、采女の歩みには常にない厳しいものが漂っていた。

「とうとう、母上にあのような容赦のない言葉を返してしまった」

門をくぐりながら采女は独り言《ご》ちた。

采女の脳裏に、若き日々が浮かんでいた。篠と親しく話をするようになったのはいつごろからだったろうか。

　ふたりが幼いころ、坂下家と榊原家の間はわずかな生垣で仕切られているだけだった。それがいつの間にか竹垣になり、塀になった。

　平蔵が出世していくにつれ、垣根が高くなっていったのだ。しかし瓜生家と坂下家の間はそのままだった。新兵衛が坂下家の家族と生垣越しにのんびりとした声で話しているのを、通りすがりに耳にしたこともあった。

　采女は、物にこだわらない野放図なところがある新兵衛がうらやましかった。近くの道で篠に出会った時、采女はそっけない素振りで頭を下げるだけだった。篠は少し恥ずかしそうな顔をして会釈を返した。言葉を交わすことなど考えられなかった。

　ところが、道場仲間と和歌、漢籍の話を篠の父勘右衛門に聞きに行くという機会がめぐってきた。

　藩校で秀才として知られた采女が話を聞きに訪れることを勘右衛門は喜んだ。

　やがて、時おり皆を集めて歌会を催し、篠や里美も同席するようになった。新兵衛たちは和歌を作るのに四苦八苦していたが、采女にとっては楽しいひと時だった。

　和歌を通じて篠と親しく言葉を交わすことができるようになった。そのころには、勘右衛門は采女が篠の嫁ぐ相手としてふさわしい男だと思っていることもわかってきた。

　同じころ、新兵衛と親しく行き来していたから、采女は瓜生家の庭先から篠に話しかけることもできるようになっていた。

相変わらず新兵衛は、おおらかに時候の挨拶《あいさつ》などしていたが、采女は和歌についての話をした。その機に乗じて勘右衛門が所蔵する歌集を借りたいと篠に頼むこともあった。借りた歌集を戻す時には、さりげなく和歌を添えた。

おおかたは歌集から抜きだした和歌だったが、たまに、自作の歌も添えた。すると、篠も歌集を渡す際に歌を返してくるようになった。そんな時、新兵衛はうらやましそうにふたりのやり取りを見て、しみじみと、

「なるほど、風雅の道も心得ておくべきものだな」

と言い、笑った。新兵衛の笑い声を聞きながら、采女は幸せな思いに胸が満たされた。和歌のやり取りをするうちに、お互いの心は深まっているという気がした。なにより、篠の表情がやわらいで、瑞々《みずみず》しくなっていくように見えた。早春のある日、瓜生家の庭から生垣越しに歌集を戻しながら、

「ひとの心を和歌で伝えることはできるでしょうか」

と篠に囁《ささや》いた。はにかんだように篠はうつむいた。耳朶《じだ》がほのかに赤くなっている。

「伝えたい心は自《おの》ずと伝わるものではないでしょうか」

戸惑いを見せながらも、篠は声をひそめて答えた。采女は胸が震えた。自分の想いは篠に伝わっている。そして篠の胸にも同じ想いがあるのではないか。

やわらかな日差しが降り注ぎ、生垣の緑に照り映えた篠の横顔が美しく輝いた。

（このひとを妻に迎えたい）

采女は心の中で強く願った。

采女から篠を妻に迎えたいと切り出された父の平蔵は、しばらく考えた後、

「まあ、いいだろう」

と不承不承返事をした。平蔵は、勘定方《かんじょうかた》としていつも算盤《そろばん》と向かい合っている痩《や》せた男だった。坂下勘右衛門は藩内でも尊敬を集めている学者だけに、その娘を嫁にするのも悪くない、と考えたようだ。

やがて平蔵は間にひとを立てて、坂下家へ縁組を申し入れた。勘右衛門は喜んで話を進めたいと応じた。

媒酌人や輿《こし》入れ時期などの話が両家の間で始まったころ、采女は瓜生家の庭から篠を見かけた。

采女が会釈をすると、篠は恥ずかしげにうつむき、すぐさま家の中へ入ってしまった。

（篠殿も縁組の話は聞いているのだ）

そう思うと、采女は幸せだった。傍らにいた新兵衛は、篠があわてて家に入ったのを見ると、

「篠殿は、近頃恥じらいを見せるようになられたなあ」

とつまらなそうに言った。新兵衛は縁談のことをまだ知らないのだろう。

そんな新兵衛の様子を見て、

「男女七歳にして席を同じゅうせず、と言うからな」

采女は微笑んだ。

「そういうものかな」

新兵衛は空を見上げてつぶやいた。坂下家の庭にある椿の蕾《つぼみ》が膨らみ始めたころだった。花びらが散って庭一面に敷き詰められるころには、縁組は決まっているだろうと采女は思っていた。

ところが数日後、滋野から思いがけないことを言い渡された。

「坂下殿との縁談は無くなりましたゆえ、ご承知おきくだされ」

冷然とした言葉つきで告げられ、采女は驚いて膝《ひざ》を乗り出した。

「なにゆえにございましょうか。坂下様は縁組を喜んでおられると聞いておりましたが」

「あちらは、わが家のような家に娘を嫁入りさせることができれば、喜ぶのは当たり前のことです。わたしがこの話を初めから知っておれば、進めさせはしなかったものを」

滋野は目を怒らせて言い放った。

「あなたには石田ご家老様の親戚《しんせき》の娘御を娶《めと》らせようと前々から考えておりました。それなのに、平蔵殿がいらぬことを――」

滋野は顔をしかめた。この日、平蔵はいつもより早めに出仕していた。采女に破談のことを言い渡す際、居合わせたくなかったのかもしれない。

「しかし母上、わたしは篠殿を妻に迎えたいと望んでおるのです」

采女は自分の意を通そうと言い張ったが、滋野は目を細めて首を横に振った。

「なんとまあ、あの娘はおとなしげな顔をして、采女殿をそこまで誑《たぶら》かすとは。近頃の娘は油断がならぬ」

「篠殿はそのような女人ではありません」

「ほら、そのように言うのが誑かされておる何よりの証《あかし》です。あの娘は、ふしだらが過ぎるようじゃ。わたしから坂下殿に申し上げに参った方がよさそうな」

滋野の言葉に采女はぎょっとした。気性が激しい滋野だ。坂下家に行けば何を言い出すかわかったものではない。それに、いったん口にしたことを決して変えようとしないのもいつものことだ。

（いまは何を言っても無駄だ。母上の気持が落ち着くのを待つしかない）

采女は口をつぐんだ。すると、滋野は采女が了解したものと見なしたらしく、その日のうちに坂下家に行き、破談を申し入れた。そして、采女が恐れていた通り、その席で篠を悪し様にののしり、親戚中に同様の謗《そし》りを言い散らした。

勘右衛門はいわれの無い誹謗《ひぼう》に憤り、破談を受け入れ、ただちに榊原家と絶交した。

采女がこのことに気づいた時には、取り返しがつかない事態になってしまっていた。

平蔵に訴えたが、滋野を恐れて、

「なにせ、あの性分だ。言い出したら聞かぬからな」

と取り合おうともしなかった。

時をおかず、滋野は石田家老の親戚の娘との縁組を進めようとした。しかし、采女は頑として首を縦に振らなかった。縁談が進まなければ、篠とのことを思い直してもらえるかもしれないとひそかに期待していた。だが、滋野の悪口雑言に心底立腹していた勘右衛門は、隣家の瓜生新兵衛と篠の縁談を早々に進めてしまった。それを知った采女は愕然《がくぜん》とした。椿が散り始めたころのことだった。

采女は、新兵衛を訪ねて篠とのことを訊《き》いた。新兵衛は、采女と篠の縁組が破談になったことを知っていた。

部屋で采女と向かい合い、気の毒そうな顔を向けながらも新兵衛の表情は明るかった。

「篠殿はあの花が好きでな。季節になると、よく庭に出て眺めておられる」

何気なく言って立ち上がり、障子を開けて生垣越しに坂下家の庭に咲く椿の花を眺めた。

采女も新兵衛にならって目を向けた。

はからずも庭で篠と里美が何事か話しながら、椿を眺めていた。

新兵衛はふたりの様子を見遣《みや》りながら、

「わしは、あのようにしている篠殿を見るのが、なにより嬉《うれ》しい」

と、ぽつりとつぶやいた。その口振りから篠への想いが伝わってくる。

(そうか、新兵衛も篠殿に想いを寄せていたのか……)

篠にとって、新兵衛との縁談は喜ぶべきことかもしれない。それでいいのだ。そう思おうとしたが、胸がふさがるのはどうしようもなかった。

窺《うかが》い見る篠の表情も憂いを帯びているような気がした。それは輿入れを前にした娘のとりとめのない不安からなのか、それとも自分との縁が切れ、思わぬ嫁ぎ先が決まったことへの戸惑いからくるものなのだろうか。

采女にはいずれともわからなかった。しかし、ついこの間まで身近に思えた篠が、手の届かない遠くへ去ろうとしているのは確かなのだ。

一陣の風が吹き寄せて、花びらがはらはらと散った。篠は腰をかがめて落ちた花弁を一枚拾った。

里美と顔を見合わせては、囁くように話している。ふたりのはなやかな着物の色に椿の白や紅が引き立って映えた。

篠が微笑んでいる。

采女はそれ以上、見続けることができず、座って目を閉じた。

新兵衛は庭に目を向けたまま、

「わしは篠殿を大事にいたすぞ」

とつぶやくように言った。采女はうなずいた。

「そうしてくれ。でなければ、わたしの気がすまぬ」

采女は日頃になく激しい物言いをした。その言葉を背に聞き新兵衛は黙したままだった。

篠の輿入れの日取りが決まると、采女は篠へ文《ふみ》を認《したた》めた。篠にはそれまでにも幾度か文をやったことがあった。

初めて書いたものは、歌集を返す時に添えて渡した。昔から篠を想っていたとさりげなく伝えた。

そして、滋野の反対にあって破談となった時も自分の本意を文に託した。

最後の文は新兵衛との婚儀を祝するものだった。そのことのみを書くつもりだった。だが、書き進むにつれ、篠の面影が浮かんできて、どうにも心を抑えることができなくなっていた。

叶《かな》えられるならば、坂下家の椿の傍らで篠ともう一度話がしたい。思わず知らず、そう書き連ねていた。

(馬鹿な。嫁ぐ篠殿に今さら何を書いているのだ)

自分を咎《とが》め、書状を破ろうとしたが、どうしてもできなかった。せめて、この想いだけは篠に知っておいてもらいたかった。

いつの日か、願いが叶えられるようにと念じて、采女は落度なく篠に直《じか》に渡すよう使いの者に申し付けた。しばらくして篠から返状が届いた。それには、

くもり日の影としなれる我なれば
目にこそ見えね身をばはなれず

と『古今和歌集』の歌が書かれているだけだった。

曇った日の影のようにあなたの目には見えなくなったが、いつもあなたの傍《そば》にいます、という意である。

采女には、篠の想いが籠《こ》められた歌だと思えた。これで十分だ。篠のことを思い切ることができる、と自分を納得させた。

それから一年後、新兵衛は平蔵の不正を訴えた。新兵衛はそのことで藩にいられなくなり、国を出る破目に陥った。

新兵衛が篠を坂下家に戻すのではないか、と采女は期待した。

采女がその後も縁談を断り続け、独り身を通したのは、篠が離縁されるようなことがあれば、その時こそ篠を娶るのだと意を決していたからだった。

新兵衛は頑固者だけに、篠とともに藩を出るのを潔しとしないのではないか、と待ち望んだ。だが、新兵衛は篠を離縁しなかった。

采女は城への道をたどりながら、新兵衛が坂下藤吾とともに自分の屋敷を訪れた時、

「篠が国を出たいと思ったのは、お主《ぬし》が独り身を通しておったからだ」

と言ったのを思い出していた。あの時は滋野に話を遮られて、それ以上聞くことができなかった。新兵衛の言うことが本当だとすれば、国許《くにもと》に留《とど》まった場合、采女との関わりが深くなるのを篠は恐れていたということになりはしないか。

（篠殿は、嫁した以上、生涯夫に従うものだと思ったのだろうか）

だが新兵衛は、誰にであろうと意に染まないことを強いる男ではない。篠は国許に留まろうと思えば、できたはずだ。そうしなかったのは、篠が采女のもとに行くことを望まなかったからだろう。

采女は昔日の篠の面影を偲《しの》ぶにつれ寂しさを感じて、寂寥《せきりよう》の想いを持てあましながら城門に続く石段を上っていった。

その日の昼過ぎ、新兵衛は昨晩田中屋を襲った小杉十五郎に会うため、平山道場へ向かった。道場の玄関に立つと、少年たちの稽古《けいこ》をする気合の入った声が聞こえた。

新兵衛が訪《おとな》いの声をかけると、十二、三歳の少年が出てきた。色黒で目が生き生きとしている。

「師範代の小杉殿はおられるか」

新兵衛の問いに、少年は目を丸くして頭《かぶり》を振った。

「小杉先生は、お見えではありません」

「そうか。邪魔をしたな」

新兵衛が少年に笑いかけて出ていこうとした時、ひとの気配を感じて振り向いた。羽《は》織袴《おりはかま》姿の十五郎が立っている。

「やはり、おいでになりましたか。瓜生殿がお見えになるのではないかと思い、出て参ったのです」

十五郎は落ち着いた表情で言い、少年に顔を向けた。

「いまから瓜生殿と稽古をいたす。皆に見学いたすよう伝えよ」

新兵衛は首をかしげた。

「わしと稽古だと？」

「さようです。瓜生殿の〈雷斬り〉の太刀に返し技を工夫いたしましたゆえ、試してみたいと存ずる」

十五郎は微笑した。

「わしの〈雷斬り〉を破る工夫がついたというのか」

興味をそそられたのか、新兵衛は十五郎の誘いにのって後に従った。十人ほどいた少年たちが羽目板を背に並んで座った。師範代が見知らぬ浪人と稽古をすると聞いて目を輝かせている。

新兵衛は刀架から木刀を無造作に手に取った。軽く素振りをしているうち、稽古着に着替えた十五郎が道場に出てきて一礼した。

新兵衛が悠然と真ん中に進むと、

「せっかくですから、見ておる者たちに〈雷斬り〉の形《かた》を見せていただきたいのですが、よろしゅうございますか」

と声をかけてきた。新兵衛は苦笑してうなずいた。

「よかろう。昔、この道場で工夫した技だからな」

十五郎が正眼《せいがん》に構えるのに合わせて新兵衛は上段の構えを取った。

上背のある新兵衛が大きく構えると底知れぬ迫力があった。

見ている少年たちの間からため息がもれた。

十五郎はぴたりと構えたまま待ち受ける。新兵衛は慎重に呼吸を読む。体がゆらりと揺れた。

——参るぞ
気合の声をあげながら大きく踏み込んだ。床板を踏み鳴らす音が道場に響き渡る。まさに落雷のような打ち込みが十五郎の小手を見舞った。

次の瞬間、目にも留まらぬ速さで新兵衛は首筋に木刀を押し当てていた。

苦笑しつつ十五郎は木刀を引いた。新兵衛も間合いをとる。

十五郎は少年たちを見渡して、

「見たか、いまのが〈雷斬り〉の太刀だ。小手を打った一瞬にはねあげて相手の首筋を斬る。小手打ちはかわせても、続け様に来る首筋への斬り込みはかわせぬ」

と言うと、正眼に構えた。腰が据わり、目が鋭くなっている。

「いま、一度、お願いいたす」

「おうっ」

新兵衛は間をおかずに踏み込んだ。木刀が打ち合う音が響いた。

新兵衛は、再度小手を狙って打ち込んだ。十五郎は手首を返してこれをかわし、上から押さえつける。はね上げる新兵衛の太刀筋に逆らわずに退きながら、木刀を大きくまわして下段から脇腹を打った。

寸止めで脇腹に当てられた木刀を見て、新兵衛はにやりと笑った。

「なるほど。〈雷斬り〉を見事に返されたな。これはお主の工夫か？」

「さて、それがしだけの工夫と申すわけにも参りませんな」

蹲居《そんきょ》の後、十五郎は無表情に答えた。

「誰ぞ、〈雷斬り〉について教えた者がいると見えるな」

新兵衛は首をひねったが、ふと思いついたように口を開いた。

「そういえば、お主の父上は榊原平蔵殿の遺骸《いがい》をあらためたおり、斬った者は平山道場四天王のひとりと推量したそうだが、それは〈雷斬り〉が使われていたからか」

「さようです。小手と、さらに首筋を斬られていたそうです。父は平山道場で四天王がさような技を使うと耳にしたことがあったのです」

そうか、とつぶやいた新兵衛は十五郎をじっと見つめた。

「お主、なぜ、この返し技をわしに見せた。場合によっては、立ち合うことがあるかもしれぬとは思わなかったのか」

「ならばこそでございます。瓜生殿がこれ以上、藩内のことに深入りされぬよう、それがしの手の内をお見せいたしたのでござる」

十五郎は冷然と新兵衛の目を見返した。

「しかし、〈雷斬り〉の返し技をこれほど速くに工夫するとは、お主も油断がならぬ――」

と言いかけた新兵衛の表情が変わった。目が大きく見開かれている。

「そうか、そういうことか。お主に返し技を教えた者がいるのだな」

「それ以上、申されますな」

十五郎はゆっくりと頭を振った。

「〈雷斬り〉は、わしら四人が稽古の中で工夫して練り上げたものだ。返し技を考えつく者はその中にしかおらぬはずだ」

新兵衛はうめいた。

藤吾はこの日、郡奉行所から退出すると篠原三右衛門の屋敷を訪ねた。あのように美鈴が自分の想いを話してくれたのだから、三右衛門に会って、いま言えることだけでも伝えておこうと思ったのだ。

藤吾が門をくぐって家僕《かぼく》に訪いを告げると、しばらくして出てきたのは美鈴だった。心なし青ざめた顔をしている。

「いかがされたのですか」

藤吾が思わず訊《き》くと、美鈴は訴えるような目をした。

「父は藤吾様にお会いできないと申しております」

落胆したが、三右衛門が美鈴に断りを言わせたことにかすかな希望があるような気もする。

「やむを得ません。また、お会いできる日もございましょう。あきらめずに何度でもお訪ねいたします」

藤吾が力強く言うと、美鈴の目が輝いた。

「そうしていただけますか。近頃、父は御用が忙しいらしく、機嫌がよくないのです」

以前より親しみを感じてくれているのか、愚痴をこぼした。

「さようにお忙しいのですか」

「ええ、昨夜も遅く帰って参りました」

馬廻役《うままわりやく》の三右衛門がさほど忙しいはずはないのだが、と藤吾は首をかしげた。

何気ない美鈴の答えが心に引っかかる。田中屋が襲撃された昨晩、三右衛門はたまたま遅くなっただけなのだろうか。

（それとも他に何か……）

藤吾は笑顔を作って、

「ひょっとして、篠原様は仲のよい方と御酒でも召し上がったのではありませんか」

と問いかけた。美鈴は目を丸くした。

「いいえ、父は御酒など頂いてはおりませんでした」

「さようでございますか」

藤吾は疑惑が湧いてくるのを抑え切れなかった。藤吾が蜻蛉組に入ったことを三右衛門はどうやって知ったのか、かねて不思議に思っていた。三右衛門は噂で聞いたと言ったが、蜻蛉組のことを口にする者はあまりいないのだ。

蜻蛉組について噂する者には障りがある。誰もがそう思っている。石田玄蕃ら重役にしても、蜻蛉組のことをめったに口に出さない。

それほど蜻蛉組は藩内で恐れられてきた。だが、三右衛門は藤吾が蜻蛉組に入ったことを、美鈴との縁組を破談にする理由としてあげた。

破談を告げられた時は驚いてそのことにまで気が回らなかったが、いまになって考えてみると腑《ふ》に落ちない。しかも三右衛門は、蜻蛉組が藩士を組に入れるのは探索に使うためと、その藩士を監視するための場合があるのだ、とまで指摘した。

なぜ、三右衛門はそれほど蜻蛉組の内実に詳しいのだろう。

藤吾が思いをめぐらせていると、美鈴は奥を窺《うかが》いながら、声をひそめた。

「父がお会いできないことをお伝えするだけで、他に話をしてはならぬ、と申しつけられているのです」

藤吾ははっとした。

「さようですか。つい、長話をいたしてしまい申し訳ござらぬ」

「いえ、わたくしはお話ができて嬉《うれ》しゅうございました」

美鈴は恥ずかしそうに頬を染めた。藤吾は頭を下げて篠原家を辞去した。

家への道をたどりながら、胸に兆した三右衛門への疑いがしだいに膨れ上がっていくのを感じた。三右衛門は、榊原平蔵を斬ったのは藤吾の父源之進だと断言したが、里美の話を聞くと、どうも違うように思える。

三右衛門は何かの意図があって嘘を言ったのではないか。

破談にするのは、源之進が平蔵を斬ったことの咎《とが》が藤吾にも及ぶからだと言ったが、本当にそうだったのだろうか。

(理由は別なところにあったのかもしれない)

いままでにない緊張を感じて藤吾は気を引き締めた。

そのころ城内の執政の間《ま》では、六人の執政が出席して評定が行われていた。

石田玄蕃と榊原采女は互いに顔をそむけ、視線を交わさない。やがて、しわぶきをしてから玄蕃が口を開いた。

「田中屋が襲われた一件だが、そこもとらも、すでに聞かれたであろうな」

玄蕃の言葉に、執政たちはそれぞれうなずいた。何の表情も見せなかったのは采女だけである。構わずに玄蕃は話を続けた。

「田中屋は公許紙問屋だ。それが襲われるなど、あってはならぬことだ。違うかな」

玄蕃が見まわすと、次席家老の滝川十郎兵衛が膝《ひざ》を乗り出した。

「まことに、怪《け》しからぬことでございます。かような盗賊が横行するとは、町奉行は何をいたしておる」

非難を浴びて町奉行の大倉平左衛門《おおくらへいざえもん》が顔をしかめた。

「これは、恐れ入る。しかしまだ、盗賊の仕業と決まったわけではございませぬぞ」

平左衛門の返答に玄蕃はにやりとした。

「そうか、平左衛門は盗賊ではないというのだな。だとすると、何者が田中屋を襲ったのだ。まさか、藩の者だというわけではあるまいな」

「さて――」

平左衛門はどう答えていいかわからず顔を伏せた。田中屋に押し入って新兵衛に斬られた三人の身元はわかっている。いずれも石田派に属する者の家士だ。石田派の命で動いたのは明らかであり、闇に葬らねばならないことであるはずだ。それをあえて暴こうとする玄蕃の意図が読めなかった。

勘定奉行の佐々八右衛門が身じろぎして口を添えた。

「さように町奉行ばかりを責めても話は先に進みますまい。大倉殿にいろいろお考えがおありなのは、皆わかっておることでござる」

滝川十郎兵衛も佐々八右衛門も石田派の重鎮である。そのふたりが玄蕃と呼吸を合わせるようにして田中屋襲撃の一件を取りあげるのは何か企《たくら》みがあってのことに違いない。

平左衛門は用心して黙り込んだ。すると、郡代《ぐんだい》の井上外記《いのうえげき》が恐る恐る口を挟んだ。

「いずれにしても、押し入った賊は成敗されたとのことでござれば、これ以上の詮議《せんぎ》立ては無用と存じまするが」

外記が言い終わらぬうちに采女が手をあげて遮った。

「いや、さようではございませんぞ」

玄蕃が鋭い目を采女に向けた。

「榊原は口を出すつもりがないのか、と思うておったが、やはり何か言いたいことがあるとみえるな」

吐き捨てるように言う玄蕃に、采女は鋭い視線を向けた。

「それがしは田中屋に押し入った賊が皆、斬られたとは聞いておりませぬ」

「確かに逃げた者がおるという話だな」

玄蕃は口の端で笑った。

「それに、押し入った者がすべて盗賊とは思えませぬが」

「ならば、何者だというのだ」

玄蕃が強い口調で切り返すと、執政たちは不安げな表情を浮かべた。田中屋を襲ったのは石田派の手の者だけではないと、誰もが察していたし、そのような暗躍をするのは蜻蛉組ではないか、と一様に疑ってもいた。

だからこそ、事を荒立ててはまずいのではないかと町奉行は考えていた。しかし、玄蕃がそのことを暴こうとするのは、蜻蛉組を敵にまわすつもりなのだろうか。

玄蕃は藩主との対決も辞さないと考えているのかもしれない。話の成り行きしだいでは、玄蕃につくか藩主につくかをいきなり問われかねない。そんなことになったら恐ろしいと執政たちは目をそらした。

采女は落ち着いた口調で話を続けた。

「賊が何者かはさておき、田中屋の土蔵から奪われた物があることをご承知おきいただきたい」

町奉行の平左衛門が目を丸くした。

「何か奪われたと申されますか」

「さよう、主人の惣兵衛が土蔵で斬られたとのこと。されば、賊は何かを奪い去ったと見るのが穏当でござろう」

冷徹な表情で采女は執政たちを見まわした。視線が合った玄蕃は、不意ににやりと笑った。

「榊原は妙なことを申す。田中屋から奪われた物とは何だ」

「かつてそれがしの父が田中屋との関わりを疑われた一件の証《あかし》となるような物ではないかと存ずる」

腹の据わった物言いで応ずる采女に、

「面白い。さような物が出てくれれば、そこもとも咎めを受けるかもしれぬが、そのことは承知のうえであろうな」

玄蕃は睨《にら》み据えて念を押した。

「いかにも承知してござる」

采女が平然と答えると、玄蕃は疑《うたぐ》るような目つきをした。

田中屋が襲撃された一件を玄蕃が評定の場に持ち出したのにはわけがあった。襲ったのが石田派の者だと明るみに出る前に、惣兵衛が持っていた起請文《きしょうもん》がどこに持ち去られたかを知りたかったからだ。蜻蛉組は藩主にのみ報告をする。玄蕃にも蜻蛉組の動きはつかめなかった。采女なら起請文の行方を知っているのではないかと考えたのだ。

「お主、いかなることになろうとも、不服は申さぬというのだな」

玄蕃は重ねて念を押した。采女はうっすらと笑みを浮かべた。

「石田様もお覚悟くださいますよう」

「なんだと――」

玄蕃は目を瞠《みは》った。

「すべては殿が国許《くにもと》に戻られてからのことでございます。田中屋を襲った者が何者なのか、藩内の者は薄々存じております。これ以上の軽挙妄動があってはなりますまい」

「それまでは何もするな、と申すか」

「動けば、いたずらに死人《しびと》が増えましょう」

「死人がな――」

玄蕃は恐れるように采女を窺《うかが》い見た。

「さよう。庄屋《しょうや》の吉右衛門が死に、田中屋を襲った者たちも死にました。このままいけばさらに死ぬ者が増すばかり」

腹の底に響くような声で言いつつ、采女は執政たちを見まわした。

「されば、田中屋の一件、これ以上の詮議《せんぎ》は無用でござる」

采女に威圧されたかのように玄蕃はじめ執政たちは黙り込んだ。


評定の後、采女は御用部屋に戻った。小姓《こしょう》に茶を持ってこさせ、ゆっくりと喫した。玄蕃らと議論して強張《こわば》った体が、しだいにほぐれていく。

ふと文机《ふづくえ》の上に目を遣《や》ると、折り畳まれた書状が置かれているのが見えた。目を通さなければならない文書とは違うようだ。采女は茶碗《ちゃわん》を置いて、書状を手に取った。開いて見ると、

——永福寺にて談合　仕《つかまつ》りたく候　蜻蛉
と書かれている。

采女は文面を見てかすかに眉《まゆ》をひそめた。

「なぜ、いまごろ……」

書状を畳みながら思わずつぶやいた。手を叩《たた》いて呼ぶと、小姓はすぐにやってきて廊下に膝をついた。

「わしが評定に出ておる間、誰ぞここへ参ったか」

「いえ、どなたも」

「そうか――」

去りかけた小姓が不意に立ち止まって、思い出したように言った。

「そう言えば、馬廻役の篠原三右衛門様が先ほどお部屋の前を通られましたが」

采女の眉が、片方ぴくりと上がった。

「三右衛門とな。それはまことか」

厳しい口調で問いかける采女に驚いた小姓はあわてて、まことでございます、と頭を下げた。

「わかった。もうよい」

采女が手を振ると、小姓は急いで去った。文机に戻した書状を見つめて采女はしばらく考え込んでいたが、筆を執って書状を認《したた》めた。書き終えると折り畳み、封をしてから懐に入れ、おもむろに部屋を出た。

大廊下を通って玄関脇にある供の者の控所に行き、呼び出した家士に、

「これを届けてくれ」

と相手の名を告げた。膝《ひざ》をついて控えた家士は、采女の用向きを聞いて一瞬、目を瞠った。

「あの方に届けるのでございますか」

「そうだ。行き違いがあっては面倒なことになる。早う届けよ」

言い置いて、采女は背を向けた。家士はためらうように書状を見つめていたが、やお

ら立ち上がった。他家の家士たちが怪訝《けげん》な顔をして窺い見る中、一礼すると玄関に向かった。

夕刻、采女は下城すると、そのまま永福寺へ向かった。供は使いに出したままである。杉木立に囲まれた道をたどるころ、すでに日は暮れていた。采女はゆっくりと石段を上っていった。

木立の中から不気味な夜鳥の鳴き声が響いてくる。がさがさと茂みを這《は》いまわる音をたてるのは鼬《いたち》だろうか。石段を上り詰めて空を見上げると、半月がかかっていた。

采女が本堂に向かおうと寺の門をくぐった時、境内の石畳に黒い影が立っているのに気づいた。立ち止まった采女に影はゆらりと近づいてきた。篠原三右衛門だ。

「ひさしいな、三右衛門。城中では顔を見かけても声をかけることもなかった」

采女が言うと、三右衛門はうなずいた。

「お主が出世いたしたからだ。わしなどは傍へも寄れぬ」

「さようなことはあるまい」

笑いながらも采女は油断なく身構えた。三右衛門からは殺気が漂ってくる。数歩前に出た三右衛門は間合いに入らず、歩みを止めた。

采女は様子を窺った。

「わしを、呼び出したのは、お主か」

「そうだ。蜻蛉組の名でも使わなければ出てこぬと思うたからな」

「昼間、城中ではできぬ話なのだな」

「そうだ――」

言うなり、三右衛門は刀の柄《つか》に手をかけた。

「待てっ。何の真似だ」

「自分の胸に訊《き》けばわかるはずだ」

三右衛門はすらりと刀を抜いた。正眼に構えて間合いを詰める。采女も刀の柄に手をかけたが、抜かずに退いた。

「待てと申しておるではないか。わしには心当たりがないのだ。わけを聞かせてくれ」

「この期に及んで、まだそのように言うか」

その後は無言で斬りかかった。采女も刀を抜き放ってこれを受ける。刀を打ち合う金属音が境内に響いた。刀を弾《はじ》き返された三右衛門は、采女の動きを見据えつつ、上段に構えを取った。ひと呼吸おいて、じわりと動く。采女がうめいた。

「わしに〈雷斬り〉を仕掛けようとしておるな」

「仕掛けられたくなくば、先に〈雷斬り〉を使ってみるがよい」

采女は徐々に剣先を上げて上段の構えを取った。張り詰めた気が破れようとした刹那《せつな》、

「よした方がいい。そのまま斬り合えば、相討ちになるぞ」

のんびりとした声が本堂の陰から聞こえた。暗がりから出てきた大男の髭面《ひげづら》を月光が照らしている。

「新兵衛か。どうしてここへ」

三右衛門は新兵衛を睨んだが、やがて思い直したのか苦笑して刀を下ろした。

「そうか。采女、お主が呼んだのか」

采女は刀をすばやく鞘《さや》に納めた。

「そうだ。わしを呼び出したのはお主であろうと察したゆえ、呼んだのだ。われらの争いを仲裁できるのは、新兵衛の他にはいないからな」

黙って采女の顔を見つめていた三右衛門は、あきらめたように刀を納めた。

「今宵《こよい》、決着をつけておいた方がよいと思うが」

「わしはそうは思わぬ。まだ、やらねばならぬことがあるゆえな」

「しかし、このままゆけば藩内はふたつに割れて殺し合うことになるではないか」

「そうはさせぬ」

三右衛門は顔をしかめた。

「またえらく自信のある言葉だな。お主はうぬぼれておるのだ。それが危うい」

「それを教えようと剣を抜いたか」

「それもあるが——」

三右衛門は新兵衛に顔を向けた。

「今夜は邪魔が入ったゆえ、引き揚げる。新兵衛、さっさと国を出ていかぬか」

「用がすめば言われずとも出ていく」

「何の用があるというのだ」

「篠の代わりに椿を見る」

新兵衛はぽつりと答えた。

「まだ、さようなことを言うておるのか」

三右衛門は顔をそむけた。新兵衛は懐から手を出してあごをなでた。

「三右衛門、わしのことなどどうでもよいが、若い者は許してやったらどうだ」

「美鈴と藤吾のことか」

「わしらは、もう年だ。何か始めるには、ちと遅いが、若い者はこれからではないか」

新兵衛は月を振り仰いだ。三右衛門も新兵衛に倣って顔をあげた。

「それが本人たちにとってよいことなら、わしも破談になどせぬ」

「どういうことだ。わからんな」

三右衛門は采女に顔を向けた。

「どうだ、采女。そういうことはお主が一番よくわかっているのではないかな」

「わしがわかっておるとは、どういうことだ」

鋭く問い質《ただ》す采女に、三右衛門は憐《あわ》れむように言った。

「お主は、懸想《けそう》した篠殿と夫婦《めおと》になることができなかった。そのことがお主を頑《かたく》なな男にしたのだ」

「その言葉、聞き捨てにできぬ——」

言葉とは裏腹に、采女は冷めた口調で返した。だが、三右衛門は構わず続ける。

「わしらは若いころからの付き合いだ。生きる道はそれぞれに違ったが、昔のことを忘れたわけではないぞ」

「ほう、お主にわしの何がわかるというのだ」

采女は、一歩三右衛門に近づいた。抜き打ちに斬りつけることができる間合いだ。

すかさず新兵衛がふたりの間に割って入ると、采女に背を向けて三右衛門に声をかけた。

「何を言いたいのかわからぬが、われらは引き返せぬところまで来てしまったのであろうか」

三右衛門は苦笑した。

「いずれ決着をつけるしかないと思うて参ったが、まだ時が満ちておらなんだということだろう」

「春がいいぞ。椿が咲くころがな」

と応じる新兵衛の目を見返しながら、三右衛門が訊いた。

「お主、死ぬつもりではあるまいな」

「お主こそどうなのだ。篠原三右衛門――」

月の光に三右衛門の目が薄くきらめいた。

黙したまま踵《きびす》を返し、歩み去る三右衛門の背に向かって新兵衛は声を張り上げた。

「ひさしぶりにお主の剣を見ることができて嬉《うれ》しかったぞ」

石段を下りていく三右衛門は笑っているかのように肩をゆすった。

「三右衛門め、面白いことを言いおった。まことにお主は篠を娶《めと》れなかったためにひとが変わったのか」

新兵衛が振り返って言うと、采女はゆったりと微笑を浮かべた。

「そう思いたくば、思うがよい。だが、わしにはお主の方こそ、篠殿を妻にしたがゆえにひとが変わったように見えるがな」

「なに、変わったのはわしの方だと？」

「昔はそのように未練がましい男ではなかった」

新兵衛の顔色が変わった。

「未練だと――」

「いまのお主は、篠殿を失った悲しみにうちひしがれているようにしか見えぬぞ。そのことに心がとらわれてしまっているのではないか」

「それが悪いか」

新兵衛が嘯《うそぶ》くのに、

「鬼の新兵衛と呼ばれたお主の、さような姿をわしは見たくなかった」

と言い残して、采女は三右衛門の後を追うように石段へ向かった。

采女の背を見遣《みや》りながら、新兵衛は舌打ちした。

「どいつもこいつも、言いたいことを言いおって」

苦々しげな顔で月を見上げているうち、これはしもうたわい、と独り言《ご》ちた。

どうせなら、どちらが〈雷斬り〉の返し技を使うのか見届けておけばよかった。

ふたりが向かい合った時、ともに上段に構えて〈雷斬り〉を仕掛ける気配があった。どちらかは、返し技を工夫していたはずだが、

「さて、どちらであったか」

新兵衛は宙を見据えてあごをなでた。

一刻《いっとき》（約二時間）後、采女は屋敷に戻った。滋野の様子を訊《たず》ねると、家士が少し困った顔をして告げた。

「大奥様は、昼過ぎにご親類をお訪ねすると仰せになり、お出かけになったのでございますが、出しなに、しばらく戻らぬかもしれぬから、そのように旦那《だんな》様に伝えよと申しつかりました」

「しばらく戻られぬと？」

滋野の実家は縁者も多く、いずれも大身《たいしん》である。滋野が逗留《とうりゅう》しても迷惑に思うような家はない。

采女は何軒か心当たりを思い浮かべた。滋野がしばらく戻らない心積もりで家を留守にするのであれば、明日には使いを寄越《よこ》すだろう。采女が思いをめぐらしながら奥へ向

かおうとすると、家士が遠慮がちに口を開いた。

「大奥様から仰せつかったことがございます」

「何じゃ」

「大奥様がなぜしばらく屋敷を出るのか、旦那様からそのわけを訊《き》かれたら、かように申せと」

「申してみよ」

家士は言い難《にく》そうだったが、やがて思い切ったように口にした。

「恐ろしいから、だそうでございます」

采女は憮然《ぶぜん》として立ち尽くした。

滋野が屋敷をしばらく出る理由をわざわざ家士に言い残したのは、自分にあてつけるためなのか。

(母上はわしを苦しめたいのだ)

家士が顔色を窺《うかが》っている。采女は胸の内を気取《けど》られぬようさりげない表情で居室に向かった。着替えて居間で夕餉《ゆうげ》をとった後、すぐに書斎に行った。女中が燭台《しょくだい》に明かりを点《とも》す。

寝る前に冷え冷えとした書斎で書見をするのは習慣だが、特に今夜はひとりになって考えごとをしたかった。

篠を娶れなかったため頑なになった、と三右衛門に言われたことを思い出していた。

（まことにそうかもしれぬ）

采女は胸に苦いものが湧いてくるのを感じた。昔のことを考え始めると、かすかに頭痛がしてきた。こめかみを指で押さえてもみほぐそうとしたが、痛みは治まらない。ため息をついて書見台に目を落とした。出しぬけに、平蔵が亡くなった夜のことが脳裏に蘇《よみがえ》ってきた。


十六年前、平蔵は田中屋とのつながりを追及され、連日のように城中で取り調べを受けていた。しだいにやつれ、目をぎらぎらとさせて苛立《いらだ》ちを深め、平蔵は日頃になく家人に荒い言葉を投げかけるようになっていた。

そんなある夜、平蔵の供をしていた下僕があわただしく屋敷に駆け戻ってきた。

翌朝、江戸へ向かうから支度をしておくようにとの報《しら》せだった。なぜ、急に旅立つことになったのかわからなかったが、当時、藩主右京大夫親家は参勤交代で江戸屋敷にいた。藩主に直《じか》に無実を訴えるつもりなのかもしれない、と采女は思った。

しかし、取り調べが行われている最中にひそかに江戸に行くなど脱藩同様の行為だ。

（お止めしなければ――）

采女は平蔵のもとに戻ろうとする下僕を屋敷に留《とど》めて、城へ向かった。

城の濠《ほり》に続く川岸にさしかかった時、前方から提灯《ちょうちん》を手に裃《かみしも》姿の武士がひとり歩いてくるのが目に入った。背恰好《せかっこう》を見ただけで平蔵だとわかった。

　――父上
　采女が走り寄ると、平蔵はぎょっとして立ち止まり、忌まわしげに采女を見た。

「お前が刺客だったのか」

「何を言われるのですか。父上、わたしは采女でございます」

　なだめるように声をかけるが、平蔵は猜疑《さいぎ》に満ちた目を向けるばかりだ。

「わかっておるのだ。ご家老はわしを始末してすべてを終わらせようとしておる。それが納得いかぬゆえ、わしは江戸表へ訴え出る。それを止めるため、わしに刺客を差し向けたと耳にしたのだ。襲ってくる場所は人目につかぬこのあたりかと用心しておったところ、そなたが出てきたというわけだ」

「わたしは父上をお迎えに参っただけでございます」

　采女は平蔵の誤解を解こうと必死に訴えた。

「迎えならば、下僕を寄越せばすむことだ。日頃、迎えになど来たことのないお前が来たのは、なんぞ魂胆があってのことであろう」

「違います。父上が江戸に行かれると伺い、お止めいたしたく――」

　采女の説得にも耳を貸さず、平蔵はにやりと笑った。

「やはりな、思った通りだ。わしの江戸行きを止めるには斬るしかないのだからな」

　平蔵はぱっと提灯を投げ捨てた。地面に転がった提灯は燃え上がってあたりを照らした。

平蔵は刀の柄《つか》に手をかけて叫んだ。

「お前は、坂下の娘との縁談が壊れて以来、わしと滋野を恨んでおったな。このままわしが失脚すれば、榊原の家がつぶされると恐れたのであろう。だからわしを斬ろうと思うたか。恐ろしい奴だ」

「父上、わたしはそのようなことを思ったことなど一度たりともございませぬ。血がつながらぬとは申せ、親子ですぞ」

燃える火に照らされた采女の顔は苦悩にゆがんでいた。

「そうか。ならば、父に逆らいはせぬな。成敗いたすゆえ、そこへ直れ」

平蔵は刀を抜き放った。とっさに采女はぱっと飛び退《の》いた。

「父上、お戯れはお止めください」

「戯れなどではない」

平蔵は血走った目で睨《にら》み付け、斬りつけた。采女はこれをかわすが、平蔵は二度、三度と斬りつけてくる。危ない、と思った瞬間、采女の刀が鞘走《さやばし》った。

あっと叫んで平蔵が刀を取り落とした。無意識に采女は平蔵の小手に斬りつけていた。

平蔵の目が恐怖に見開かれた。そのあたりから、采女の記憶は途切れている。

気がついた時、目の前に平蔵が倒れていた。そして傍らに立っていたのが、三右衛門だった。

自分が何をしたのか覚えていなかった。平蔵の刀を避けようとしたはずみに〈雷斬り〉の太刀を使ったのではないか。とすると、小手を斬った後、すぐさま首筋をはねているはずだ。実際、平蔵は首を斬られている。

「わたしがやったのか」

采女がつぶやくと、三右衛門は何も答えず、憐《あわ》れみの籠《こも》った目を向けてきた。罪の重さに采女は震えた。

三右衛門は、落ち着いた様子で平蔵の刀を鞘に納めて、采女を振り向いた。

「早く屋敷に戻らぬか。父上とは行き違った、と申せばよい」

と物憂げに言った。采女は黙って平蔵の遺骸《いがい》を見つめていたが、不意に地面に座り、衿《えり》をくつろげて腹に脇差《わきざし》を突き立てようとした。

三右衛門が飛びついて脇差を奪った。

「さようなことをして何になる」

三右衛門は采女の腕を押さえ、顔を近づけてある事を小さく囁《ささや》いた。

采女は愕然《がくぜん》とした。額に汗が浮かんだ。平蔵が巻き込まれていた陰謀の正体がわかった。

「お主は生きて、父上のまことの仇《かたき》を討たねばならぬ」

三右衛門に諭されてうなずいた采女は、平蔵の遺骸を残して屋敷に戻った。

翌朝、町奉行所から平蔵が斬られたとの報せが入った。采女は死体の検分に立ち会い、合掌した。

(あの時は、ああするしか方法がなかったのだ)

思い出すと忸怩《じくじ》たるものがあった。

平蔵は暗殺されるという恐怖に怯《おび》え切っていた。突然、暗闇の中から出てきた采女を見て惑乱したのも無理のないことだった。

また頭痛を感じて采女は立ち上がった。書斎を出て、縁側の雨戸を少し開けた。

厳しい寒気が入り込み、痛みを和らげてくれる気がした。

夜空に青い月が出ていた。

ゆるやかに風が吹いている。

月を見上げながら、采女は胸中の寂寥《せきりょう》を思った。平蔵は不慮の死を遂げ、滋野はいま罵《ば》言《げん》を残して屋敷を出た。

屋敷の中はしんとして静まり返っている。

その静けさが否応《いやおう》なく自分はひとりきりなのだと思い知らせる。

順調な出世を遂げはしたが、いつも心の中に虚《むな》しさを抱いていた。

道場でともに剣の腕を競った新兵衛は、一介の浪人となり、それは不本意だったかもしれないが、篠とともに生きることができた。

(わしは新兵衛のことを羨《うらや》んでいるのだろうか)

きっとそうなのだろう。戻ってきた新兵衛には、貧しい生活を送ろうとも心のうちに豊かさを抱き続けた者の確かさが感じられる。

それに比べて自分はどう生きてきたか。

切れ者とひとに畏《おそ》れられるようになりはしたが、親しく言葉をかけてくる者はいない。ただ、遠くから畏敬《いけい》の視線を送ってくるだけだ。

今宵《こよい》、三右衛門や新兵衛と言葉を交わして、若いころのやり取りが蘇ったようで胸が晴れた。道場で木刀を打ち合い、稽古《けいこ》が終われば冗談を言い合う。時には些細《ささい》な行き違いから口論になったりもした。

当時は何とも思わなかったが、生き生きとした自分がそこにいたことは間違いない。

(あの若者たちはどこへ行ってしまったのだろう)

皆それぞれに生きてきた澱《おり》を身にまとい、複雑なものを抱えた中年の男になってしまった。もはや昔のように率直に胸中を明かすことなどできはしないだろう。

近く新兵衛や三右衛門と剣を交えることになるかもしれないと思うと、采女の胸は冷えた。

体の中を凍《い》てつくような風が吹き抜ける。

篠とはついに再び会うことができなかった。新兵衛とともに藩を出てから、どのような思いで生きてきたのか篠から直に聞きたかった。

それももうかなわない。自分に残されているのは、藩内での政争に勝ち抜くことだけだ。

物思いにふける采女の表情は、しだいに権力を争う重役の顔に変わっていった。

人質

二月になった。

来月には藩主右京大夫親家と世子《せいし》左近将監政家が国入りするとあって、郡奉行所《こおりぶぎょうしょ》でも文書の整理があわただしく行われていた。

そんな中、珍しく殖産方《しょくさんかた》の宇野十蔵が藤吾を訪ねてきた。山積みになった文書を文机《ふづくえ》であらためていた藤吾のそばに座って、

「ひさしぶりだな」

と意味もなくにやにやと笑いかける。

「何か御用でございましょうか」

藤吾が迷惑そうな顔で言うと、十蔵は声をひそめた。

「ちと、教えておきたいことがあって参ったのだ。お主《ぬし》、近頃武居村には行っておらぬだろう」

「はあ、ちと忙しくしておりましたもので」

「それはいかんな。わしは殖産方として山廻《やままわ》りは怠っておらんぞ」

まるで藤吾が怠けているかのように言う。思わず苦笑した。

「それは申し訳ございませぬ」

「まあ、それはよいが。武居村で気になる噂を聞いてな」

「何でございましょうか」

藤吾は十蔵に顔を向けた。

「殺された庄屋《しょうや》の女房のことだ」

十蔵が何を言おうとしているのだろうと藤吾は後の言葉を待った。

「吉右衛門を斬った下手人がいっこうにあがらぬ。それゆえ、女房は御世子様に直訴《じきそ》するかもしれぬというのだ」

「まさか、そのような――」

藤吾は息を呑《の》んだ。直訴などすれば女房自身が罪に問われてしまう。

「女房は、吉右衛門が斬られたのは藩内のもめ事のせいだと思っておるようだ。しかし、村の者が直訴などしては郡方《こおりかた》も咎《とが》めを受けるかもしれぬではないか。それで、教えにきてやったというわけだ」

恩着せがましく言う十蔵に、渋々、礼を言いながら、藤吾は考えをめぐらした。

女房はなぜ、直訴などするつもりになったのだろう。もしかして、吉右衛門から藩内の政争について何事か聞かされていたのかもしれない。

「主人の仇を討ちたい」

と言っていた吉右衛門の女房の顔が脳裏に浮かび、すぐさま武居村に行って直訴を止めなければと藤吾は思った。

吉右衛門が殺され、年を越したのに下手人の手がかりすらつかめていない。女房が怒るのはもっともだ。藤吾自身、吉右衛門のために何もできずにいることも悔やまれた。

翌朝、藤吾は武居村へ向かった。

やがて赤瀬峠を越え、うねうねと続く山道をたどって武居村に入ると、大きな茅葺《かやぶき》屋根の庄屋屋敷が見えてきた。

藤吾が訪《おとな》いを告げると、吉右衛門の女房が玄関まで出てきた。通夜の時に会って以来だ。あの時よりも顔がややふっくらとして元気そうに見える。後ろから三歳ぐらいの娘が恐る恐る顔をのぞかせている。

「これは坂下様――」

女房は怪訝《けげん》そうな顔をしながらも、藤吾を座敷に通した。出された茶をひと口飲んで、藤吾は話を切り出した。

「実は、そなたが御世子様お国入りのおりに直訴をいたそうとしていると耳にしたのだ。それで、さようなことをしては危ういし、吉右衛門も喜ばぬと言いに参った」

藤吾は声をひそめて言った。話を聞いていた女房の顔に困惑の表情が浮かんだ。

「何のことでございましょうか。見当もつきませんが」

「そなたは、吉右衛門を殺した下手人がいまだに捕まらぬことが不満で、御世子様に訴えようとしているのではないのか」

女房はゆっくりと頭《かぶり》を振った。

「何かのお間違いでございます。わたしは直訴などいたすつもりはございません」

「そなたを案じておるのだ。わたしに隠すことはないぞ」

「滅相もございません。わたしにはこの子がおります。さようなことをいたせば、家族に累が及ぶとわかっております」

「はて、どういうことであろう」

藤吾は首をひねった。女房は何か考えている風だったが、

「何かの罠《わな》ではございませんか」

と声を震わせて言った。

「罠だと？」

藤吾は眉《まゆ》をひそめた。

「どなたかが、坂下様をこの村におびき寄せるため、そのような嘘をついたのではないでしょうか」

吉右衛門の女房は、膝《ひざ》の上で娘を抱きしめた。目に怯《おび》えの色が浮かんでいる。また恐ろしいことが起きるのではないかと不安なのだろう。藤吾はあわてて打ち消した。

「いや、案ずるにはおよばぬ。わたしが聞き違えたのだろう」

女房がなおも気がかりそうな目で見ていたが、藤吾はすぐに辞去することにした。女

房の懸念した通り、何かの罠に違いないと思ったのだ。

宇野十蔵は石田玄蕃の派閥に属しているはずだ。ご家老の命で動いたに違いない。

藤吾はあわただしく立ち上がると挨拶《あいさつ》もそこそこに庄屋屋敷を出た。

以前、武居村からの帰りに襲われたことを思い出した。あの時は新兵衛がいたから助かったが、今日はそうはいかない。

藤吾は来たばかりの山道を急いで戻った。どこで襲われるかわからないと思うと駆け足になる。

赤瀬峠が見えると、嫌な予感がした。また、同じ場所で狙われるのではないか、という不安が頭をよぎる。あたりに気を配りつつ、峠の道を上り切ったところで、ぎょっとして立ち止まった。道沿いの杉林に十蔵がいた。

「おや、山廻りとは、ご苦労なことだな」

ふてぶてしい笑みを浮かべて十蔵は言った。藤吾は睨《にら》みつけた。

「宇野殿、吉右衛門の女房は直訴など考えておりませんでしたぞ」

「ほう、そうか。わしはそんな風に聞いたがな」

そう言いながら、十蔵は藤吾の背後にちらりと視線を走らせた。藤吾が後ろを振り向くと、三人の武士が近づいてきていた。前を見ると十蔵の背後にもふたりの武士がいた。

「これはいかなることでしょうか」

藤吾は刀の柄《つか》に手をかけながら訊《き》いた。十蔵は平然として答えた。

「何も、ここで斬り合おうというのではない。ちょっとついてきてもらいたいだけだ」

藤吾を取り囲んだ男たちの目に殺気がみなぎっている。


この日の夜、藤吾は遅くなっても屋敷に戻らなかった。

「武居村に泊まるのでしょうか」

居間で里美が心配そうに言うと、話し相手になっていた新兵衛は腕を組んだ。

「さて、そうだとよいのだが」

藩主の国入りまで藩内での動きはないだろう、と新兵衛は思っていた。しかし、藤吾の帰りが遅いことが新兵衛も気がかりだった。

(ここにきて石田玄蕃が動かぬとも限らぬ)

武居村に行く藤吾を護衛しなかったことが悔やまれた。その時、玄関で男の声がした。応対に出た家僕《かぼく》の弥助が間もなく、

「奥様、ただいま、田中屋からの使いがこの書状を持って参りました。瓜生様にとのことでございます」

「田中屋がわしに書状だと」

急いで手に取って新兵衛は封を開けた。読み進むにつれ、新兵衛はうなり声をあげ、舌打ちした。

里美は膝を進めた。

「何の報《しら》せでございますか」

「例の起請文《きしょうもん》を持って田中屋に来いとのことだ。藤吾を人質にしたゆえ、引き換えにしたいそうな」

「そのようなことを田中屋が――」

「いや、田中屋の背後にいる鷹ケ峰様が企《たくら》んだことであろう。殿の国入りの前に起請文を取り戻しておきたくなったのではないか」

「藤吾殿は無事なのでしょうか」

里美は青ざめて訊《き》いた。

「起請文を取り戻すための人質だ。手荒なことをいたしはすまい」

里美を安心させるよう落ち着いた声で応じたものの、鷹ケ峰様こと奥平刑部は起請文を手に入れた後、秘密を知る者を必ず殺すだろう、と思った。そうとわかっていても藤吾を見捨てるわけにはいかない。

新兵衛は立ち上がった。

「いまから田中屋に行って藤吾を連れ戻して参る」

「お願いいたします」

里美は新兵衛にすがるような目を向けた。

田中屋へ向かおうと、新兵衛は屋敷を出た。足早に辻《つじ》を曲がったところで男が立っているのに気づいた。

頭巾《ずきん》をかぶっているが、背恰好《せかっこう》から小杉十五郎だとわかる。

「わしの行く手を邪魔するのか」

新兵衛は、刀の鯉口《こいぐち》に指をかけて訊いた。

「どうやら田中屋が持っていた起請文は瓜生殿の手にあるようですな」

「よくわかったな」

「石田派の動きを見張っていて気づきました。坂下藤吾をさらって瓜生殿を呼び出そうとしています。石田派がそれほどまでして狙うのは起請文しかありますまい」

十五郎は刀の柄に手をやった。

「わしから奪うつもりか」

「石田派に取られたら、すぐに破棄されてしまいますからな」

「これには藤吾の命がかかっておるのだ」

「われらには関わりなきこと。役目を果たすだけでござる」

十五郎はすらりと刀を抜いた。

「融通《ゆうずう》の利かぬ男だ」

応じて新兵衛も刀を抜き、間合いをとった。ゆっくりと上段に振りかぶる。

正眼《せいがん》に構えた十五郎が言う。

「先日、〈雷斬り〉は通用せぬことをお伝えしたはず」

「道場と真剣の勝負は違うぞ」

言い終える前、新兵衛はすっと間合いを詰めた。十五郎は危険を察して後退《あとずさ》る。

えいっ。気合とともに新兵衛が小手を狙って斬り込んだ。十五郎は手首を返してこれをかわし、上から押さえつける。はね上げる新兵衛の太刀筋に逆らわず、退きながら刀を大きくまわそうとするが、新兵衛は刀を返さず、そのまま十五郎に身を寄せる。

とっさに十五郎が体を回転させてかわそうとした時、新兵衛は逆に回って柄頭《つかがしら》で鳩尾《みぞおち》を突いた。

十五郎はうめいて片膝をついた。その首筋に新兵衛はぴたりと刃《やいば》を当てる。

「〈雷斬り〉の返し技を誰が工夫したかを思い出した――」

悲しげな声が新兵衛の口からもれた。

十五郎の肩がぴくりと震えた。

「返し技はそれがしの工夫でござる」

「違うな。道場で一度だけ、いまの技を試されたことがあった。もともと〈雷斬り〉を思いついたのも返し技を工夫した男だった」

新兵衛は刀を鞘《さや》に納めた。

「それがしを斬らぬのですか」

「蜻蛉組を斬れば、後が怖い」

言い残して立ち去ろうとする新兵衛の背に十五郎は声をかけた。

「起請文を石田派に渡してはなりませんぞ」

背を見せたまま、新兵衛は肩を揺らして駆け去った。
「いらざる心配だ」

そのころ藤吾は田中屋の土蔵にいた。縛られてこそいないが大小を取りあげられている。土蔵の扉には大きな錠がかけられ、逃げようがなかった。

赤瀬峠で十蔵たちに捕まった藤吾は、そのまま城下に連れ戻された。武士たちに取り囲まれながらも何度か逃走を試みたが、石田派の男たちは思いのほか屈強で、すぐに取り押さえられた。

人目のある城下に入ってから逃げようと思っていたところ、妙な気を起こせば斬ると脅され、おとなしく従うしかなかった。

田中屋に着くと見る影も無く瘦《や》せた惣兵衛が出てきて、怯《おび》えながら土蔵の錠を開けた。

「しばらくここにいてもらうが、今夜のうちにも決着はつくだろう」

十蔵がひややかな口調で言った。

「わたしをどうするつもりですか」

「お主をどうこうするつもりはないから安心しろ。瓜生新兵衛が起請文を持ってくれば、すぐにここから出してやる」

「その後で斬るのではないでしょうね」

「なぜ、そう思う？」

「石田ご家老のやり方はそういうものだと聞いています。庄屋《しょうや》の吉右衛門を斬らせたのも石田ご家老だと思いますが、このようなやり方がいつまでも通るものではありませんぞ」

「相変わらず、口だけは達者だな。土蔵の中でへらず口を叩《たた》いておればよい」

にやりと笑って、十蔵は扉を閉めた。土蔵の錠がかけられる音を聞いた藤吾は、絶望的な気持になった。

どれほど時が過ぎたのだろうか。藤吾は土蔵の床に寝そべっていた。コツコツと扉を叩く音がした。藤吾は床を這《は》って扉に近づいた。

「誰だ――」

「お静かに。蜻蛉組でございます」

低い声が聞こえてきた。先日、田中屋に押し入った時、先導した小者の声だ。

「助けに来てくれたのか」

藤吾は思わず声高になった。

「さようですが、しばらくご辛抱願います。石田派はあなた様と引き換えに起請文を奪おうとしております。その成り行きを見定めねばなりません」

「何と申す。起請文が石田派の手に渡れば、わたしを見捨てるというのではあるまいな」

藤吾は、まさかそんなことはないだろうと念のために訊いたつもりだった。しかし、小者は答えない。

「いましばらく、ご辛抱を――」

と言っただけで去っていった。

(やはり、起請文の行方しだいなのだ)

藤吾はため息をついた。


新兵衛は田中屋の戸を叩いた。

「瓜生新兵衛だ――」

声をかけて何度か叩くうちに潜《くぐ》り戸が開いた。中に入ると顔見知りの若い手代《てだい》がおどおどした様子で立っている。

「惣兵衛殿はどこだ」

新兵衛はあたりを窺《うかが》いつつ訊いた。

「奥座敷でございます」

手代は声を震わせて言った。新兵衛はうなずいて上がり框《がまち》に上がり、そのまま奥へ進んだ。屋敷の中に緊張した気配が漂っている。

石田派の者が詰めているのではないか。

廊下沿いの部屋に待機して、何かあれば飛び出そうと待ち構えているに違いない。油断なく身構えて奥座敷の襖《ふすま》を開けた。

行灯《あんどん》に火が点《とも》され、羽織を着た惣兵衛がうなだれて座っている。床の間を背に頭巾《ずきん》をかぶった身分ありげな武士がいた。

新兵衛は武士を無視して惣兵衛に声をかけた。

「田中屋殿、傷は癒《い》えたのか?」

惣兵衛は顔を上げて新兵衛を見た。

「瓜生様、起請文はお持ちいただけましたか」

惣兵衛は、日頃にないか細い声で訊《き》いた。

さてな、とつぶやきながら新兵衛は座り、刀を横に置いた。武士を正面から睨《にら》みつけて、

「この御仁は?」

と訊いた。惣兵衛はごくりと唾《つば》を飲み込んだ。

「こちらのお方は——」

惣兵衛が言い淀《よど》んでいると、武士は含み笑いをもらした。

「田中屋は、わしのことを言い難《にく》かろう」

武士は身じろぎして頭巾を脱いだ。瘦せてあごが長く、鼻がだらりとたれた色黒の顔が現れた。

奥平刑部だった。新兵衛はやむを得ず手をつかえて頭を下げた。

「辞儀はよい。どうせ、腹を割った話をいたさねばならぬゆえな」

甲高い耳ざわりな声だった。新兵衛は頭をあげた。

「ならば、ご無礼ながら申し上げます。なにゆえ、それがしの甥《おい》、坂下藤吾を捕らえられたのでしょうか」

「それが起請文を取り戻すのに手っ取り早かろうと思うてな」

「あまりにご無道が過ぎまする。起請文を取り戻したくば、田中屋に仰せになればすむことではございませんか」

刑部はくっと笑った。あごをなでながら、

「藩主の兄とはいうても、所詮《しょせん》わしは冷や飯食いの身の上だ。田中屋に公許紙問屋をまかせたところは、返せと命ずることもできなんだ。その後はさしたることもなかろうと放っておいたところ、惣兵衛め、起請文をおのれの命綱だと思うようになったらしゅうて、わしが戻せと言うても応じなかった」

と冷たく言った。

「それで、かように手荒い真似をされたのでございまするか」

新兵衛は顔をしかめた。

「玄蕃が手の者を押し入らせて奪おうとしたが、貴様のおかげでしくじった。それでは、わしがやるほかないのでな。とんだ手間をかけさせおるわ」

刑部はじろりと惣兵衛を睨んだ。

「申し訳ございません」

惣兵衛は手をつかえた。額に汗が浮いている。

「まあ、よい。瓜生が起請文を持ってきたのであれば、それで決着はつく」

探るような目で見つめる刑部に、新兵衛は無表情なまま訊いた。

「ところで、藤吾は無事でおるのでしょうな」

「案ずるな。この家の土蔵の中だ。起請文を渡せばすぐに解き放ってつかわす」

「蔵の中でござるか――」

新兵衛はしばらく考えた後、口を開いた。

「しかし、起請文はいま、お渡しできませんな」

「なんだと――」

刑部の目が光った。

「ここへ持参いたせば、お渡しすると同時にそれがしと藤吾を斬るおつもりと見ました。それゆえ、さるところへ預けたのでござる。使いに持たせましたゆえ、いまごろは相手のところに届いておりましょう」

「誰に渡したのだ」

苛立《いらだ》たしげに刑部は質《ただ》した。新兵衛は平気な顔で答えた。

「さて、誰に渡したかをお知りになりたくば、藤吾をここにお連れくだされ。さもなくば、お教えできませぬ」

刑部は憎々しげに新兵衛を見据えていたが、隣室に向けてやおら声を発した。

「あの者を連れて参れ」

襖の向こうから、

――かしこまりました
という男の声が返ってきた。

隣室からひとが出ていく気配がした。だが、しばらく待っても、男はなかなか戻ってこない。新兵衛は天井を見上げて薄ら笑いを浮かべた。

「遅いですな。何をしておられるものやら」

新兵衛の言葉に、刑部ははっとした。

「誰ぞ、見て参れ」

隣室からあわただしく数人が出ていく足音がした。間もなく戻ってきた武士が襖を開けて控えた。宇野十蔵だった。困惑し切った顔つきで報告する。

「坂下を連れに行った者は土蔵の前で気を失っておりました。土蔵はもぬけの殻でございます」

刑部は怒りを露《あら》わにして声を荒らげた。

「瓜生新兵衛、そなたの仕業か」

新兵衛は頭《かぶり》を振った。

「どうやら藤吾が蜻蛉組であることをお忘れのようですな」

「それはどういう意味だ」

刑部は新兵衛を睨み据えた。

「蜻蛉組は常に藤吾を見張っておるということでござる。さらわれたなら、奪い返すのは当たり前のこと」

「それを承知で時を稼いでおったな」

「いやいや。それがしは一切関わってはおらぬこと。知っておれば起請文を人手に渡しはいたしませぬ」

「誰に渡したか早く申せ」

刑部の目を見返して新兵衛は答えた。

「榊原采女でござる」

「なんと――」

刑部は息を呑《の》んだ。見る見る落胆の表情が浮かぶ。

「采女が手に入れた物をどのように使うか見ものでございまするな」

新兵衛は刀を手に立ち上がった。すぐさま四人の男たちが出てきて行く手をふさいだ。

十蔵が刑部を仰ぎ見た。

「こ奴をいかがいたしましょうか」

刑部は苦虫を嚙《か》み潰《つぶ》したような顔で黙ったままだ。新兵衛は素知らぬ顔で廊下に出た。

「そこを退《の》け。わしの邪魔立てをいたすと斬り捨てるぞ」

不敵に言い放つ新兵衛に男たちがたじろぐ。刑部が甲高い声で、

「そ奴に構うな」

と命じた。新兵衛はにやりと笑って廊下を悠然と歩き去る。店先から土間に下り、潜《くぐ》り戸から外へ出た瞬間、ぴたりと足を止めた。何者かがこちらを見ている気配を感じ、刀の鯉口を切って暗闇を窺《うかが》った。殺気が漂っていたが、しばらくして消えた。

（蜻蛉組が見張っていたのだろうか）

新兵衛は鯉口から指をはずした。家に戻ろうと歩み始めた時、不意に里美のことが気になった。

田中屋に駆けつける際、屋敷を出しなに、

「これを采女に届けていただきたい」

懐から起請文を取り出して里美に託した。

「榊原様に――」

里美は困惑した表情を浮かべたが、新兵衛は強引に押しつけたのだ。

里美は家僕の弥助を供に榊原屋敷を訪れていた。夜中の突然の訪問だったが、采女は驚いた様子も無く、座敷に里美を通した。かつての坂下家があった敷地に建つ屋敷である。里美は懐かしい香りを嗅《か》いだ気がして、廊下の先に垣間《かいま》見える暗い庭先に思わず目を遣《や》った。

茶を待つ間、里美が差し出した起請文を冷静に検分した采女は、

「新兵衛がこれをわたしに預かってもらいたいと申したのですか」

とつぶやくように問うた。

「さようでございます。扱いは榊原様にお任せするとのことにて……」

「相変わらず思い切ったことをする男だ」

采女は起請文をていねいに畳むと脇に置いた。里美は何か思案している様子だったが、意を決したように口を開いた。

「これは、わたくしの一存にてお伺いすることでございますが、榊原様はこれをどのように使われるおつもりでしょうか」

采女の顔に微笑が浮かんだ。

「それを訊《き》かれて何となさる」

「夫源之進の最期につきまして、かねてわたくしは不審を抱いておりました。何が起きたのか明らかにしていただければ、と存じます」

「さて、それは困りました」

「やはり、何も言われないのですね」

里美は眉《まゆ》をひそめた。

「いや、それがしの一存にては決められぬということです」

「どういうことでございましょうか」

「おそらく、お国入りされた御世子様に見ていただくことになろうか、と思います。御世子様がどのようにお考えになるか、わたしにもわかりません」

采女の言葉を聞いて、里美はしばらく下を向いて考えていたが、やがてため息をついた。

「出過ぎたことをお訊《たず》ねいたしました。お許しくださいませ」

「いや、源之進のことはわたしも気にかかっているのです。できれば里美殿の願いが叶《かな》うよう計らいたいとは思っております」

采女のやさしげな言葉に里美は顔をあげた。

「ならば、お言葉に甘えてもうひとつお伺いいたしてもよろしゅうございますか」

「何なりと」

「亡くなりました姉のことでございます」

里美は采女の目を見つめた。

「篠殿のことですか」

采女の表情に翳《かげ》りがさした。姉妹だけに、里美にはどこか篠の面影がある。里美に見つめられると、胸の奥底に痛みが湧いてくる。

「姉の着物を畳んでおりましたところ、榊原様の文《ふみ》が三通出て参りました」

采女は目を閉じて聞いている。里美は言葉を続けた。

「姉の婚儀が決まった後、あのような文を書かれた榊原様のお気持がわたくしにはわからないのです。姉がどのような気持になったとお思いでしょうか」

目を開いた采女は、膝《ひざ》を正した。

「なぜ、さようなことを知りたいのですか」

「新兵衛殿は姉の願いを聞いて、国許《くにもと》へ戻られたということです。もし、姉の想いが榊原様にあったとすれば、新兵衛殿に申し訳が立ちません」

采女は思わず顔をそむけた。

「そこまで里美殿に心遣いをしてもらい、新兵衛は果報者ですな」

「わたくしをおからかいになりますか」

里美は膝もとに目を落とした。采女はきっぱり言った。

「さようではない。わたしは新兵衛を気の毒な男だとは思っておらぬということです。篠殿の気持は――」

あとの言葉を続けようとした采女は、ちらりと縁側の障子に目を向けた。陰にひとの気配があった。

「話の邪魔をいたしたようですね」

言いながら、座敷に入ってきたのは滋野だった。

「母上、こちらは坂下殿の――」

采女が告げると、里美は頭を下げた。

「里美でございます。ひさしぶりにお訪ねいたしております」

滋野は遠慮のない目でじろじろと里美の顔を見た。

「しばらく屋敷を離れておってな。きょう戻ったばかりじゃが、わたしがおらぬ間にかような女を屋敷に引き入れておったとは、采女殿もやりなさるのう」

「母上、何を言われますか——」

采女の声が飛んだ。

里美は滋野の暴言にも表情を変えなかった。昔、滋野が屋敷に来て篠のことを口汚く罵《ののし》ったことを覚えていた。温厚だった父勘右衛門が、さすがに激怒して篠と新兵衛の縁談を強引に進めてしまったのを昨日のことのように思い出す。

里美は毅然《きぜん》として滋野を見つめた。

(姉上と榊原様が想いを通わせていたのが本当だとしたら、このひとがふたりの一生を狂わせたのだ)

篠が国を出て遠く離れた京で寂しく死ななければならなかったのも、このひとのせいだ。そう思うと里美は胸がいっぱいになった。

里美の気持を滋野は鋭敏に感じ取った。

「ほう、なにやら、この婆《ばば》に腹を立てている顔をしておるのう。そうか、せっかくの采女殿との逢瀬《おうせ》を邪魔されて口惜《くちお》しいのか。それにしても、そなたの屋敷にはあの瓜生新兵衛なる乱暴者が居候しておると聞き及ぶが、寡婦のおる家に妻を失った男が暮らすとは、なにやら仔細《しさい》ありげじゃな」

滋野はあてこするように言って、くっくっと笑った。細めた目に憎悪の光が浮かんだ。

それを見て、怒りよりも心が冷え冷えとするのを感じると同時に、采女がどのような思いで生きてきたのだろうと、里美の心に同情が湧いた。

（榊原様にとって姉上への想いは生き抜くための支えであったのかもしれない）

だとすると、篠への気持を抑えきれず文に認《したた》めた采女を責めることはできないのではないか。

「母上、もうそれぐらいになさいませ。あまりなことを申されますと世間に恥をさらすことになりますぞ」

采女がたまりかねたように口を挟んだ。滋野はもう一度里美を上から下へなめるように見てから、采女に顔を向けた。

「しかし、よう似ておるものよ」

「何がでござる」

「死んだ篠とかいう女にじゃ」

「妹御でござれば、当然のこと」

「いや、わたしには見えるぞ。あの女じゃ。妹の体を借りて、あの篠とかいう女がそなたに会いに来たのじゃ」

滋野は震える手で里美を指さした。里美は背筋がぞっとした。

「何を馬鹿なことを。母上、お控えなされ」

さすがに采女は厳しい声を出した。

滋野ははっと我に返ったようにあたりを見まわし、何事かぶつぶつと口の中でつぶやきながら立ち上がった。

座敷を出ていこうとして振り向き、また里美に目を向けた。

里美が微笑むと、滋野の顔はひきつった。怯《おび》えた様子で奥へ戻っていく。

「ご無礼の段、お許しくだされ」

采女は深々と頭を下げた。

「お気になさらずともよろしゅうございます」

「されど、あまりに悪し様な罵りようにて、申し訳なく存ずる」

苦悩を滲《にじ》ませて采女は詫《わ》び入った。里美は同情を覚えつつ言った。

「お母上様の申されることは、ごもっともかもしれませぬ」

「なんと、あのような暴言を」

「いえ、わたくしに姉が憑《つ》いていると申されたことです。亡くなる前、姉は新兵衛殿に頼み事をしたそうです。魂となって国に戻ったとしても不思議ではありません」

「そして、里美殿とともにおられるというのですか」

「おかしな話ですが、ふとそんな気がいたしました。いまここに姉がいるような……」

采女は里美を見つめた。言われてみれば、確かに篠がそこにいるような気配を感じる。

篠は何事か伝えたいことがあるのだろうか。

なおも里美に見入るうち、一瞬息を呑《の》み、不意に頭を下げた。

「申し訳ござらん。今宵《こよい》はこれにてお帰りください」

何かを押し殺したような声だった。里美は静かに頭を下げ、立ち上がった。

これ以上、この屋敷にいることは采女を苦しめる、という気がした。

廊下に出て玄関へ向かう時、滋野の視線を背に感じた。滋野はどこからか里美を見つめているに違いない。それも怯えながらだ。玄関の式台を下りながら、

「姉上、もしや、滋野様に怖い思いをさせて懲らしめようとなさったのですか」

と里美はつぶやいた。

月が雲に隠れ、あたりの闇は深くなっている。

里美は榊原屋敷を出ると、弥助が持つ提灯《ちょうちん》の明かりを頼りに帰途についた。

周囲の武家屋敷はしんとして、恐ろしいほどの静けさだった。

「随分、遅くなりました」

里美がつぶやくと、弥助が、

「藤吾様はご無事でしょうか」

と気がかりそうに訊《き》いた。藤吾の身に何かあったのではないかと案じているらしい。

「大丈夫だと思います」

新兵衛の自信ありげな様子を思い浮かべて里美は答えた。

起請文を采女に預けると新兵衛が言い出した時は、その真意を測りかねた。だが、いまになって考えてみれば、新兵衛は藩内の情勢と采女の力を読み切っているように思え

る。

藤吾の身の安全についても、新兵衛は十分に思案しているはずだ。すべては新兵衛の狙った通りに動いているのではないか。

（新兵衛殿はやはり変わられた）

かつては、直情径行《ちょくじょうけいこう》で裏表の無い人柄だったが、いまの新兵衛には一筋縄でいかないしぶとさがある。そのことが心丈夫でもあるのだが、また新兵衛が生きるために経てきたものを感じさせて哀しくもあった。

里美は、坂下家をよく訪れていた若いころの采女と新兵衛のことを覚えている。性格は違っても、ふたりとも純粋な志を持った明るい青年だった。

それが、永い歳月の後、それぞれ境遇は異なっても人生の苦さを胸に秘めた寂しさは似通っているように思える。

ひょっとすると新兵衛が起請文を采女に預けようと決めたのは、采女に自分と同じ寂《せき》寥《りょう》を見たからではないだろうか。

相手の寂しさを嗅《か》ぎ取って、暗黙のうちに互いの胸中をさとったのではないか。

帰路をたどりつつ、里美は物思いにふけっていた。やがて屋敷が見えるところまで来た時、門の前に立つ大きな男の黒い影が見えた。人待ち顔であたりを見まわしている。

――新兵衛殿
里美は胸がいっぱいになった。新兵衛がゆっくりと近づいてくる。

「里美殿、無事に戻られたか」

　ほっとしたように新兵衛が声をかけてきた。

「間違いなくお渡しいたしました」

　里美が告げると、新兵衛はうなずいた。

「委細は中で伺おう」

　背を向けた新兵衛に続いて里美も門をくぐった。居間に座る早々、落ち着く間無しに新兵衛は訊いた。

「采女はあれをいかがすると申しましたか」

「御世子様にお見せすることになろうとのことでございました」

「やはり、一気に勝負に出るつもりじゃな」

　不安が胸をよぎり、里美は口を開いた。

「何が起きるか気がかりです。鷹ヶ峰様との争いになるのでしょうか」

「まあ、そうでしょう。御世子様派としては鷹ヶ峰様の悪行の証拠を握ったということになりますからな」

「また、血が流れるのですね」

　里美は、夫の源之進が石田玄蕃の屋敷で自害したという報《しら》せを聞いた時のことを思い出して胸がふさいだ。ひとが死ねば、そのまわりの者も悲惨な境遇に陥れられる。

「采女にも考えはあるはずだ。無用な人死には出さぬようにいたすであろう」

「そう願っております」

里美は目を伏せた。新兵衛が感に堪えたように、

「里美殿がそのようにしておられると、篠を思い出すのう。やはり姉妹だ。よく似ておる」

と言って眩《まぶ》しげに目をそらした。

「榊原様の母上様もさように申されました」

「ほう、あのやかましい母御にも会われたか。それは難儀なことでしたな」

里美は頭《かぶり》を振った。

「お会いできてようございました。滋野様はわたくしの顔を見て姉上のことを思い出されたようでしたから」

「母御は、何か言いましたか」

「いえ、何も。ただ、ひどく怯えられたご様子にて――」

怖気《おじけ》づいたような滋野の目が脳裏に浮かんだ。あの時、確かに篠が傍らに来ていたような気配を感じた。

新兵衛は訝《いぶか》しげな顔で里美を見つめた。

田中屋の蔵から助け出された藤吾は、永福寺へ向かった。

土蔵の脇に隠れていた蜻蛉組の小者は、藤吾を連れに来た武士を一瞬のうちに当て身

で気を失わせた。小者に導かれるまま、藤吾は夜道を走って永福寺に駆け込んだのである。本堂で小杉十五郎が待っていた。

「小頭《こがしら》殿でございますか？」

藤吾は頭巾《ずきん》をかぶっていない十五郎に窺《うかが》うように訊いた。十五郎は笑みを浮かべてうなずいた。

「坂下、無事でよかったな。どうやら、鷹ヶ峰様は仕損ねたようだ」

「瓜生殿は起請文を渡さなかったのですか」

「そこもとの母御が榊原屋敷に赴かれたらしい。おそらく起請文は榊原様の手に渡ったのではあるまいか」

「榊原様に――」

なぜ新兵衛は采女に起請文を渡したのだろう、と藤吾は首をかしげた。新兵衛と采女の間には伯母《おば》をめぐる確執があったはずだが。

「瓜生殿は、うわべはともかく心の底では榊原様を信じておられるのではないか。やはり、若いころ同じ道場で修行した間柄は格別なものがある」

十五郎は感慨深げにつぶやいた。

それにしても、起請文が采女の手に渡ったとすれば、それで藩内の情勢がどう変わるか予測がつかない。ますます石田派から敵視されることになってしまったのではないかと思い、藤吾は気が重かった。

「しかし、これでまた争いは激しくなりましょうな」

窺い見る藤吾に、十五郎は表情を引き締めた。

「さよう。これで御世子派と石田派は五分と五分。いや、起請文を握っただけ御世子派が有利かもしれぬ。それだけに追い詰められた石田派は思い切った手段に出る恐れがある」

「それは、どのような」

「たとえば、御世子様のお命を縮め参らせようとするかもしれぬ」

十五郎の目が光った。

「まさか、そのような」

藤吾は驚いた。石田玄蕃がいかに権勢に執着していようとも、世子の暗殺まで謀るとは思えない。

「坂下は、われら蜻蛉組がいま探っていることが何かわかるか」

十五郎は落ち着いた声で言った。

「蜻蛉組は、そのような企てがあることを摑《つか》んでいるのですか」

「御世子様にはいまだ男子がお生まれではない。しかし、鷹ヶ峰様の嫡男で旗本神保家に養子として入られた弾正家久様には、すでに太郎丸《たろうまる》様という男子がおられる。御世子様に万一のことがあれば、太郎丸様を末期《まつご》養子として御家を継がせよとの声が出るのは必定《ひつじょう》だ」

あたりを窺い、十五郎は声を低めた。

藩主親家は蒲柳《ほりゅう》の質で、嫡男政家に早く家督を譲りたいと願っているらしい。その政家が急死すれば、鷹ヶ峰様こと奥平刑部の孫が藩主の座に就くことになる。

「だいそれたことを考えるものですな」

藤吾の額に汗が浮かんだ。

「何もいまに始まったことではない。鷹ヶ峰様にとって、おのれの血筋を藩主の座に就かせたいというのは永年の執念であった。田中屋を公許紙問屋とすることで懐に入れた金を江戸に送り、神保弾正様を幕閣で出世させてきたのも、この狙いがあったればこそだ」

刑部が永い間意図してきたことを知って藤吾は慄然《りつぜん》とした。藩主の兄でありながら家督を継げなかったという恨みはこれほどまでに凄《すさ》まじいものなのだろうか。刑部の妄執には鬼気《きき》迫るものがある。

「このことを御世子様はご存じなのですか」

「無論のこと。実のところ鷹ヶ峰様は、御世子様の不行跡を暴いて廃嫡に追い込みたいと狙っておられた。しかし、それを察した御世子様は身を慎まれるだけでなく、国許《くにもと》の榊原様、山路様らとひそかに通じられた」

藤吾はため息をついた。

（これが藩内で続いていた暗闘の正体なのか）

その中で新兵衛は藩を追われ、榊原平蔵や藤吾の父が死に、庄屋《しょうや》の吉右衛門が斬られたのだ。藤吾は虚《むな》しい気持を抱いた。

十五郎はつぶやいた。

「御世子様のお国入りにより、間もなくすべての決着がつくことになろう」

「なにやら、御世子様のお国入りが恐ろしく思えて参りました」

藤吾が額の汗をぬぐって言うと、十五郎は笑った。

「なればこそ、われら蜻蛉組が動いておるのだ。何事も起きぬようにするためにな」

「すべてを明らかにしようとする者が出てくれば、いかがなさいますか」

藤吾は膝《ひざ》に視線を落として訊《き》いた。新兵衛と里美は過去に起きたことを明らかにしたいと望んでいる。しかし、蜻蛉組はそれを許しそうにない。

「すべては藩の平穏のためだ」

十五郎は無表情に言い切った。奥平刑部の野望に端を発した暗闘を、あくまで闇から闇に葬ろうという強い意志が感じられた。

「それでは、死んだ者は報われないままということですか」

藤吾は思わず口にした。

「なに――」

十五郎の目が鋭くなった。

「家臣だけが死んだのなら、殿への御忠義のためと、皆黙っておりましょう。しかし、領民まで殺されたのです。そのことを明らかにしないで武家の面目が立ちましょうか」

胸の憤りを抑えかねて藤吾は声を絞り出した。奥平刑部が野望を抱いたとしても、それを見逃し、あるいは力を貸す者がいなければ、暗闘は続かなかったはずだ。そのために庄屋の吉右衛門を死なせ、そのうえ暗闘の事実まで覆い隠そうとするのは納得がいかない。

十五郎はしばらく黙っていたが、やがて、

「さすがに鬼の新兵衛殿の甥《おい》だけのことはある。だがな、そのように頑《かたく》なであれば、いずれ新兵衛殿同様、国を追われるか、腹を切らねばならなくなるぞ」

とひややかに告げた。

藤吾は言葉を続けられなかった。父が死んで以来、藩内で生きのびるにはどうすればよいかだけを考えてきた。ところが、いつの間にかそう思わない自分がいることに気づいていたのだ。

(瓜生新兵衛が国に戻ってきてから、自分は変わった)

藤吾は口惜《くや》しい気がして唇を嚙《か》んだ。

近くの森で梟《ふくろう》の鳴く声が聞こえる。

その夜、石田玄蕃の屋敷を宇野十蔵が訪れていた。中庭にまわるよう家士から言われた。

障子越しの明かりで薄暗い中庭に片膝《かたひざ》をついて待つほどに、着流し姿の玄蕃が広縁に出てきた。

「どうした。鷹ヶ峰様は起請文を取り戻されたか」

十蔵はうなだれた。

「それが、蔵に閉じ込めていた坂下めに逃げられ、しくじりましてございます」

玄蕃は目を剝《む》いて、馬鹿め、と低くもらしたが、それ以上声を荒らげなかった。

「まあ、鷹ヶ峰様のなされることだ。そんなところだろう」

「ですが、起請文は榊原采女の手に渡ったようなのでございます」

「なに、采女のもとへだと」

玄蕃の目に怒りが浮かんだ。十蔵は怖れて平伏した。

「瓜生新兵衛がさように申しておりました」

「そうか。新兵衛めはやはり采女に与《くみ》したのか」

玄蕃は口をへの字に曲げたが、間もなくゆるめた。

「まあ、よい。渡ってしまったものはしかたない。あの起請文が手に入れば、もはや怖れるものは何もないゆえ、采女が昔したことをゆっくり暴いてやるつもりでおったが、こうなれば手順など踏んではおられぬ」

十蔵が恐る恐る顔をあげた。

「榊原采女がしたこととは何でございましょうか。お教えいただければ、やりようがございますが」

「その方ごときが知ることではないわ」

玄蕃はにべも無く言うと、手で追い払うような仕草をして背を向けた。

十蔵は黙って見送るしかなかった。

玄蕃が居室に戻ると猫が近寄ってきた。白に黒がまじった斑《ぶち》の猫である。

猫を抱き寄せた玄蕃は文机《ふづくえ》の前に座った。奥平刑部が起請文を取り戻すことに失敗したからには、次の手立てを考えねばならない。膝の上に座った猫の頭を玄蕃はゆっくりとなでた。猫は心地よげに喉《のど》を鳴らした。

（やはりお命を頂戴《ちょうだい》するしかないか……）

世子政家の眉《まゆ》が太く目が大きい顔を思い浮かべた。

玄蕃は、政家の暗殺を企てることにさほど罪の意識を持ってはいなかった。長幼の序で言えば、母親の身分が低くとも奥平刑部が藩主となってもよかったのである。そうなれば神保家に養子に入った家久、さらにその子の太郎丸へと藩主の座が引き継がれても何ら不思議はない。

（われら家臣にとって藩を栄えさせてくださるお方こそが藩主である）

つまり、重臣たちの意見を聞き入れ、藩政を任せてくれる人物こそが藩主にふさわしい、と玄蕃は思っていた。

ところが、まだ二十六歳の政家は国入りした後、家督を継ぎ、親政を行おうとしている。

（そのような勝手は許さぬ）

藩の経営に永年苦労してきたのは、自分たち重臣である。和紙生産など藩内での殖産興業に力を尽くし、幕府から国役《くにやく》を命じられぬよう立ちまわってきたからこそ、扇野藩は内福《ないふく》であるとして近隣の諸藩からも羨《うらや》ましがられている。

（われらの苦労をわかっておられぬ）

玄蕃は、政家に対して憎しみに近い感情を抱き始めていた。そして、榊原采女には不気味な恐れを感じていた。

玄蕃の権勢を脅かす者がいるとすれば采女である。できることなら采女を派閥に入れたかった。

それができれば、いずれ権勢の座を引き渡すにしても、元気な間は家老を続けられるはずだ。だが、采女は決して腹の底を明かさず、手を組もうという玄蕃の誘いにも乗らなかった。

（あ奴がわしと手を組まなかったのは、父親の榊原平蔵のことと関わりがあるからに違いない）

以前は、玄蕃が平蔵に刺客を向けたことを恨んでいるのか、と思っていた。

しかし、近頃になって、疑いが出てきた。玄蕃が差し向けた刺客のうち、篠原三右衛門は逃げたが、坂下源之進が平蔵を斬ったと思っていた。だが源之進も斬らなかったようだ。だとすると、平蔵を斬ったのは誰なのか。

(奴はそのことが暴かれるのを恐れているだろう)

玄蕃の膝の上で猫が口を大きく開けてあくびをした。玄蕃は猫の背をなでながら、采女を始末する方法はないものかと考えた。

采女の母滋野は、かつて玄蕃の親戚《しんせき》の娘と采女の縁組を目論《もくろ》んだことがあった。縁談は采女が承知しなかったため進まなかったが、そのことを滋野はいまも遺恨としているらしい。

近頃も親戚の屋敷を泊まり歩いては、愚痴を言い散らしているということが、玄蕃の耳にも入ってきていた。

同時に、采女が瓜生新兵衛の妻になった女に想いを懸けていたらしいという噂も伝わってきた。新兵衛の妻と采女がどのような仲だったのかはわからない。

だが、采女がいまだに娶《めと》らないでいるのは、新兵衛の妻を忘れかねてのことなのかもしれない。

それほどの想いを抱いているとすれば、采女にとっては弱みになる。

玄蕃は考えをめぐらした。起請文を渡した以上、新兵衛は采女に味方するつもりかもしれないが、自分の妻と采女の間柄を暴かれたらどうなるか。

(新兵衛は、采女が自分の妻に想いを懸けていたということだけでも許さぬはずだ)

うまく焚《た》きつければ新兵衛に采女を斬らせることができるかもしれない。考えれば考えるほど妙案に思えてきた。

世子政家に暗殺の手を伸ばすにしても采女がいては思うようにいかない。まずは新兵衛を使って采女を消し去ることだ。

玄蕃はにやりとして手を叩《たた》いた。新兵衛を操るには弁舌に長《た》けた者が必要だ。

(そうだ。このような仕事には宇野十蔵がちょうどよい)

ついいましがた十蔵に素っ気なくしたことなど忘れていた。

廊下に家士が控えた。

「宇野はいかがいたした」

「すでに帰りましてございます」

「そうか、ならばすぐに呼び戻せ」

「いまからでございますか」

夜もかなり更けているだけに家士は戸惑った。その様子を見て玄蕃は額に青筋をたてた。

「何をしておる。すぐに呼んで参れ。宇野はわしの召し出しと聞けば喜んで戻ってくる」

玄蕃の大声に恐れをなした家士は、すぐさま外へ向かった。

十蔵が家士に引き立てられるようにして屋敷に連れ戻されたのは、その夜のうちだった。

奥座敷に通された十蔵はわけがわからずおどおどと部屋の隅に控えた。玄蕃が何を思って呼び戻したのか見当もつかなかった。

蠟燭《ろうそく》の明かりが揺れた。襖《ふすま》を開けて足早に入ってくるなり玄蕃が声をかけた。

「そなた瓜生新兵衛の女房について知っておるか」

「噂ぐらいでしたら少々存じております」

「その女房に榊原采女が若いころ懸想《けそう》しておったらしいのだ」

十蔵は目を丸くした。

「そこでだな、新兵衛を焚きつけて、采女を斬らせろ」

玄蕃は、ぶっきら棒に言った。さすがに十蔵は困惑した。若いころの話など持ち出してひとを斬らせるように仕向けるのは容易《たやす》いことではない。まして相手は〈鬼の新兵衛〉なのだ。うっかり仕掛ければどんな目にあわされるかわからない。

十蔵が尻《しり》ごみしていると、玄蕃は苛立《いらだ》たしげに口を開いた。

「何も新兵衛を説き伏せろと言っているわけではない。噂を立てるだけでよいのだ。それが耳に入れば、新兵衛は動くだろう」

困り切った十蔵は、できることとできないことがあると言わんばかりの恨めしげな表情で玄蕃の顔を見た。

「何分、さように昔のことなれば、それがしが元服したかどうかというころの話にて、噂を立ててもひとが信じぬのではなかろうかと思われますが」

ふむ、それもそうか、と玄蕃は苦い顔をしていたが、不意に膝《ひざ》を叩いた。

「いい考えがある。榊原の母親を使うのがよい。あの者に噂を吹き込むのだ。さすれば、言い触らしてまわるのではないか」

榊原家の滋野の噂は十蔵も耳にしたことがあった。親戚の中でももてあまし者だと聞いている。

(あの婆さんを動かすことぐらいならできるかもしれない)

十蔵はほっとした表情になった。

「必ずや、成し遂げてご覧に入れます」

「しくじるなよ」

玄蕃は十蔵を睨《にら》み据えた。

国入り

三月になった。

藩主右京大夫親家と世子《せいし》左近将監政家の帰国の行列が城下に入った。親家は駕籠《かご》だったが、政家は騎馬での国入りだった。

病身の親家はその姿を領民の目に触れさせることは無かったが、政家はゆったりと馬を進め、物珍しそうに町筋を眺めた。

六尺近い大柄のたくましい体つきで、目や鼻が目立つ大作りな顔だった。木綿の羽織《はおり》袴《はかま》という質素な出立《いでた》ちである。

領国に入ってから政家は二ヶ所で行列を止め、路傍に土下座して出迎える庄屋《しょうや》や百姓に親しく声をかけた。

城下の辻《つじ》にかかるところでも行列を止めさせ、馬から下りた。道端には町年寄ら町役人の主だった者や大店《おおだな》の主人が羽織袴姿で平伏していた。

ひれ伏す者の中に田中屋惣兵衛と思われる男を見つけると、政家は言葉をかけた。

「そなたが、田中屋か」

直答《じきとう》するわけにもいかず、惣兵衛は頭を地面につけるように下げた。

「わが藩は、そなたに随分と世話になっておるようじゃな。今後もよしなに頼むぞ」

政家の声は力強かった。惣兵衛は頭をさらに下げて、

「畏《おそ》れ入りましてございます」

声を絞り出して答えた。蜻蛉組に襲われ重傷を負って以来、傷は回復したものの惣兵衛は痩《や》せ衰えていた。奥平刑部の起請文《きしょうもん》は榊原采女の手に渡っているから、御世子が国入りすれば、何らかの処分を言い渡されるのではないかと気が気でなかった。

政家はおおらかな笑みを浮かべ、

「そなたら商人《あきんど》の力を借りて藩を豊かにせねばならぬと思うておる。くれぐれもよろしゅう頼み入る」

と言って、再び馬に乗った。惣兵衛は一瞬驚いたが、やがて猜疑《さいぎ》心《しん》や戸惑いが入り混じった表情になると政家の様子を窺《うかが》った。

政家は颯爽《さっそう》と城の大手門へ向かった。門の前には家臣たちが出迎えていたが、なぜか石田玄蕃の姿は無かった。

政家の目が憤った。

(玄蕃め、初手から予に逆らう所存か)

政家が馬を下りると、出迎えの家臣の中から榊原采女が素早く近づき頭を下げた。

「畏れながら、ご家老様には急な病とのことにございます」

「ほう、主君の国入りに出迎えもかなわぬほどの重病ならば、とても役目は務まるまい。辞任を願い出るよう申し伝えい」

政家は鋭く言い放った。采女はなだめるように声を低くした。

「それは、殿がお決めになることでございますれば……」

囁《ささや》くように言われて、政家ははっとした。

「そうか。そうであったな。わしは気が焦り過ぎる質《たち》で困ったものよ」

からからと笑って本丸へと向かった。


親家は本丸玄関前で駕籠から降りた。

政家と違ってほっそりとした体つきで、髷《まげ》にも白い物が混じり始めている。小姓《こしょう》たちに支えられるようにして式台に足を掛けた時、ちらりと横目で政家を見た。政家は采女と何事か話しながら玄関に入ってきたところだった。

心配そうな目で見遣《みや》った後、

「しばらく居室にて休む。一刻《いっとき》（約二時間）ほどしたら蜻蛉を呼べ」

傍らの小姓に命じた。

夕刻まで居室に籠《こも》った親家は、医師に薬湯を煎《せん》じて持ってこさせる以外、誰にも面会を許さなかった。

ただひとりだけが小姓に導かれて居室に入ったが、そのことは重臣たちにも秘められた。

親家の居室の前には小姓たちが控えてひとを近づけなかったのである。

居室の中から親家がしきりに問い質《ただ》す声がしたが、相手は言葉少なだった。

やがて居室はしんと静まり返った。しばらくして親家が咳《せ》き込むと、すっと襖が開いた。

「――医師を呼べ」

男の命ずる声に、小姓たちはあわただしく動いた。

この日、藩主の国入りとともに行われるはずだった国許《くにもと》の家臣たちとの対面は、延期となった。

藩主父子が国入りしてから三日後――。

藤吾が郡奉行所《こおりぶぎょうしょ》に出仕すると、皆が常になくあわただしげにしていた。郡奉行罷免の件はやはり沙汰《さた》やみとなり、山路内膳も務めに復帰している。

「いかがしたのですか」

藤吾の問いに、同僚はうるさそうな顔をして答えた。

「御世子様が領内を巡視されるのだ」

「お国入りされて間もないというのに、さっそく領内の巡視ですか」

藤吾は感嘆した。藩主親家は国入り後、すぐに寝ついてしまった。このため石田玄蕃ら重臣たちが寝所に伺っただけで、家臣たちとの対面も果たせてはいない。

ところが今朝になって、郡奉行に領内巡視の通達があったのだという。

「殿がご病気のおり、御世子様が領内巡視をなされるのはいかがなものかとは思うが、言い出したら聞かぬお人柄らしいからな」

同僚はうんざりした口調で言ったが、急に用心深い顔になって藤吾の顔を見た。

「きょうの巡視は坂田村《さかたむら》、明石村《あかしむら》のあたりらしいが油断はせぬ方がいいぞ。赤瀬峠を越えてお主《ぬし》がまわっている武居村まで足を伸ばされるやもしれぬからな」

脅すように言われて、藤吾はどきりとした。武居村と高坂村の水路造りに政家はかねて関心を抱いている。領内巡視をするというのなら、真っ先に行きかねないのだ。

（これは大変なことになりそうだ）

文机《ふづくえ》に向かった藤吾はあわてて水路造りの覚書をまとめ始めた。その時、上役が声をかけてきた。

「坂下、お奉行様がお呼びだぞ」

藤吾はげんなりした。

（やはり、きたか）

山路内膳の御用部屋へ向かいながら、藤吾は武居村まで政家を案内する道筋を考えた。すると赤瀬峠で二度まで危うい目にあったことが思い出されて背筋が寒くなった。一度は鉄砲を撃ちかけられたうえに襲撃され、二度目は宇野十蔵《たくら》に待ち伏せされた。

蛸蛉組の小頭《こがしら》、小杉十五郎が、石田派は御世子の暗殺を企む恐れがあると言っていた。

（もし刺客が狙うとすれば、やはり赤瀬峠ではないだろうか）

藤吾はにわかに緊張した。

郡奉行の御用部屋に入ると、山路内膳は文書に目を落としながら下役に何かを命じていた。

藤吾に気づいて顔をあげ、苦い顔をした。

「坂下、さっそく厄介なことになったぞ」

「やはり、御世子様は武居村に行かれるのでしょうか」

「その通りだ。しかも吉右衛門の後家を訪ねるとの仰せだ」

「それは、ありがたきことですが……」

藤吾の言葉に、内膳は眉根《まゆね》を寄せた。

「後家は喜ぶであろうが、途中の警護が大変だ。あくまでお忍びでとの仰せにて、目立つ人数は許されぬのだ」

「赤瀬峠が危ないと思います。それがしはあそこで襲われたことがあります」

内膳は腕を組んで、そうか、とつぶやいて下役に下がるよう言った。下役が座を外すのを見届けてから、近くに寄るよう藤吾にうながした。

「御世子様のまわりには蜻蛉組も目を光らせているはずだ。おそらく大事無いとは思うが、万が一ということがある。そこでだ――」

と言って内膳はあたりを窺った。

「なんでございましょうか」

「瓜生新兵衛を警護につけられぬか」

「それはまた――」

藤吾は顔をしかめた。新兵衛の腕前はわかっているが、御世子様の傍《そば》で何か失態をやらかしでもされたら、たまらない。

「わしも浪人者の手を借りるのは避けたい。だが、石田派は武居村で吉右衛門を斬っておる。あのあたりで襲撃するのに手慣れていると言える。できる用心はしておきたいのだ」

内膳に真剣な表情で言われて、藤吾も断るわけにはいかなかった。

「それでは、使いを出して瓜生殿に赤瀬峠に参るよう伝えましょう」

「いや、そなたがいますぐ家に戻り、新兵衛とともに赤瀬峠へ向かってくれ。刺客がいるとすれば、あらかじめ峠に潜んでいるはずだ」

藤吾は眉《まゆ》をひそめた。

赤瀬峠に刺客が潜んでいるとすれば先行した藤吾たちを見逃すはずはない。内膳の狙いは政家の護衛というよりも、新兵衛と藤吾を、刺客をおびき出すための囮《おとり》にしようということではないだろうか。

「しっかり頼むぞ」

それでも内膳の命とあれば、新兵衛とともに峠に行くしかない。

藤吾が急ぎ屋敷に戻ったところ、新兵衛は部屋でのんびり寝そべっていた。政家の巡視に先行して赤瀬峠へ行かなければならない、と伝えると、新兵衛はにやりと笑った。

「内膳め、わしらを囮にいたすつもりだな」

「やはり、そう思いますか」

「決まっておる。御世子を狙うとすれば山中が絶好の場所だ。石田派は何としてでも仕掛けてくるに違いなかろう」

「しかし、たとえ囮だとしても行かぬわけには参りません」

「その通りだ」

新兵衛はあっさり応じて刀を手に立ち上がった。

「行っていただけるのですか」

藤吾はさすがにほっとした。

「不思議なものだな。そなたといると妙なことに巻き込まれる」

それはこちらが言いたいことだ、と藤吾は腹の中でつぶやきながら、笠《かさ》や草鞋《わらじ》など山歩きに必要な物を弥助に支度させた。

里美が出てきて、

「また、赤瀬峠に行かれるのですか」

と案じた。先日、峠で拉致《らち》されたばかりなのだから、心配するのも無理のないことだった。

「いや、わしもともに参るゆえ、大丈夫だ」

新兵衛が言うと、里美の顔色がやわらいだ。近頃、里美は前にも増して新兵衛を頼みにするようになっている気がする。

藤吾は内心面白くないと思っているのだが、新兵衛には何度か危機を救ってもらっている。あからさまに嫌な顔もできなかった。

身支度を整えたふたりが玄関から出ていこうとした時、門から白髪の女が入ってきた。見送りに出た里美が声をあげた。

「滋野様――」

滋野は新兵衛を見て薄ら笑いを浮かべた。

「やはり、まだこの屋敷におったのか」

新兵衛は苦い顔をした。

「それがし、用があって出かけねばなりません。邪魔しないでもらいたい」

「なに、手間は取らせぬ。面白い噂を聞いたゆえ、そなたに教えてやろうと思うて参ったのじゃ」

「噂ですと。また、埒《らち》もないことを言われるのか。嫌な思いをさせるのは采女だけにしておかれい」

新兵衛が強い調子で言うと、滋野は、ふふ、と薄気味悪く笑った。

「その采女殿のことじゃ」

「なんぞ、采女がいたしましたか」

「したとも。ただし、随分昔のことじゃがな」

新兵衛は顔をそむけた。

「昔のことなど聞きたくはありませんな」

「そうはいくまいのう。采女殿はそなたの妻に懸想《けそう》しておりましてなあ」

「それゆえ、縁組いたそうとしたが、それを壊したのはあなた様ではないか」

「わたしもそう思うておったのじゃ。ところが、まことの話は違うと耳にしましたぞ」

「なんですと――」

「采女殿は縁談が壊れたゆえ、諦《あきら》めたものと思うておったが、そうではなかったのじゃ。その後もそなたの妻と密会しておったというではないか。あきれはてたことじゃ。わたしは母としてそなたに詫《わ》びねばならぬのう。これ、この通りじゃ」

滋野は深々と頭を下げた。

「何の真似でござる」

新兵衛は低い声で言い、険しい目つきで滋野を睨《にら》んだ。

里美が新兵衛の前に出て、

「滋野様、さようなお話は誰も信じませぬ。お帰りください」

と厳しい声を出した。滋野は驚いたように里美に顔を向けた。

「誰も信じぬとな。そのようなことはあるまい。いまの話は、わが屋敷に宇野十蔵とか申す男が来て伝えていったことじゃ。采女殿と篠の密会のことは誰もが知っておるそうじゃ」

滋野が言い終わらぬうちに、新兵衛は荒々しく足音を立てて外へ出ていった。

藤吾はあわてて後を追いながら、滋野を振り向いて、

「ただいまのお言葉、榊原様だけでなく、それがしの親族をも辱めるものでござった。このこと、しかと胸に畳んでおきますぞ」

と投げつけるように言った。

滋野はまた薄笑いを浮かべようとしたが、藤吾の目に殺気が漂っているのに気づいて身震いした。

藤吾は門から飛び出して新兵衛を追った。急ぎ足で追いついて、

「榊原様の母上様は相当に耄碌《もうろく》しておられますな」

と新兵衛の背に声をかけた。

「耄碌だと――」

新兵衛は歩みを止めずに答えた。

「さよう。ありもせぬことを言い触らすようでは、耄碌と言われてもしかたがないでしょう」

「だが、宇野十蔵が話したというのだ。ありもせぬ話でもあるまい」

新兵衛は苦々しげに言った。

「宇野殿はなんぞ狙いがあるに違いありません。あるいは先日、起請文を奪えなかった腹いせかもしれませぬが」

「そうかもしれんが、しかし――」

新兵衛は早足で歩きながらも何かを考えている様子だ。

「瓜生殿、あのような妄言を気にしてはなりませんぞ」

藤吾が声を励まして言うと、新兵衛はじろりと睨んだ。

「気になどはしておらん。言われたことは、もう忘れた。そなたも忘れろ」

言い捨てた新兵衛は、さらに足を速めた。まるで駆けるようにして城下を抜け、赤瀬峠へ向かう。藤吾は汗だくになって新兵衛の健脚についていかねばならなかった。


藤吾たちが赤瀬峠に着いたのは、昼過ぎだった。峠から鬱蒼《うっそう》とした森を眺めながら、新兵衛は、

「さて、どこに潜んでいるものか」

とつぶやいた。木々の梢《こずえ》を風が揺らしている。

「やはり、ここで待ち伏せているでしょうか」

「わからんな。いかにも狙いやすそうな場所を避けて裏をかくということもあるからな」

新兵衛は油断なくあたりを見まわした。言葉とは裏腹に、石田派が襲撃するのは、や

はりここしかないと思っているようだ。

「もし、ここらあたりに潜んでいるとしたら、わたしたちの姿をどこからか見ておるかもしれませんな」

「さしずめ、鉄砲で狙いをつけておるだろう」

「鉄砲で――」

藤吾は嫌な顔をした。

「驚くことはあるまい。そなたも以前、狙われたことがあるではないか」

「あの時は助けていただきましたが、剣の修行を積めば、鉄砲で狙われていると察知できるようになるでしょうか」

藤吾は真顔で訊《き》いた。

「馬鹿者。そんなことがわかるか。あの時は不心得者が風上から狙ったゆえ、火縄の匂いが流れてきてわかったのだ。御世子を撃とうとする者がさようなへまはいたすまい。必ず風下にいるはずだ」

風向きを計っているのか、新兵衛は空を見上げて雲行きをながめている。風下も林が続いてひとが隠れる場所は多そうだ。

「では、風下から撃たれたら避けられないということですか」

「覚悟はしておけ。武士なら当然のことだ」

当たり前だと言わんばかりの顔で新兵衛は答えた。

「はあ、さようですか」

藤吾は気のない返事をしながら、あたりを見まわした。木々の間から鉄砲で狙われているような気がしてならない。一気に緊張が増し、喉《のど》がからからに渇いてきた。

「しかし、わしなら鉄砲は使わないが」

「なぜでございます」

「考えてもみろ。誰もいないように見えるが、山の中には樵《きこり》もおるし、山仕事をしている百姓もおるはずだ。それにお忍びとはいえ御世子が巡察されるのであれば、先触れの者も来る。鉄砲の音を響かせてはまずかろう」

「なるほど、さようですな」

納得できる話に、ほっとしかけたところ、

「それゆえ、鉄砲を使わずにわしらを始末するしかないと考えるはずだ。その証拠に、ほれ、見てみろ――」

と続いた新兵衛の言葉に、藤吾はぎょっとして振り向いた。新兵衛が指差す林から頭《ず》巾《きん》で顔を隠した数人の武士が走り出てきた。藤吾たちを取り囲むように次々と現れ、その数は十人を超えた。

「わしの見込みが当たったな」

新兵衛は笑った。

「敵が多すぎます。当たったなどと笑ってはおられません」

藤吾は刀の柄《つか》に手をかけた。取り囲んだ武士たちが一斉に刀を抜き放った。

新兵衛の動きは素早かった。さっと刀を抜くやいなや真正面から来た相手に向かった。

その勢いに怯《ひる》んで、相手は刀を正眼《せいがん》に構えたまま後退《あとずさ》りした。

左右を林に囲まれた峠道はさほど広くない。先頭の男が後退りすると、その後に続く武士たちも退かざるを得ない。

新兵衛と背中合わせに立つ藤吾は、腰を落として刀を抜いた。激しかった胸の鼓動が刀を抜くと同時に静まった。

不思議なことに、まわりの動きがゆっくりと見える。先頭の男がじりっと間合いを詰めてきた。後ろの武士たちも同時に動く。

（一度にかかられたら、とてもじゃないが、助かりそうにない）

そんな考えが藤吾の脳裏をかすめた時、新兵衛が腹に響く気合を発した。

新兵衛の斬り込みを先頭の男は危うくかわし、斬り返すかに見えたが、脇に避《よ》けた。代わって背後のひとりが新兵衛に向かってきた。これを刀で弾《はじ》き返した新兵衛が斬りつけようとすると、他の者たちが次々にかかってきた。

がち、がち、と火花が散った。新兵衛は多勢の斬り込みをしのぎ、ひとりの太股《ふともも》を斬り、別の者には腕に傷を負わせた。

藤吾も懸命に刀を振るっていた。先頭の男はなかなかの達者だった。藤吾の袖《そで》が斬られ、衿《えり》が裂けた。白刃が目の前すれすれに斬り上げられたと思った時には、頰にすーっと血が流れているのがわかった。興奮していて痛みを感じなかったが、顔のどこかを傷つけられたらしい。

先頭の男の後ろにいた者たちもじりじりと間合いを詰めてくる。

(隙を見せれば、一斉にかかってくるつもりだな)

そう思った時、先頭の男が地面を蹴《け》って跳んだ。真っ向から斬り下げてくる膂力《りょりょく》に凄《すさ》まじい衝撃を受けたが、刀で弾き返した藤吾は男と鍔《つば》競《ぜ》り合いになった。すると後ろにいた武士が、

「覚悟――」

と突いてきた。やられた、と藤吾は思わず目をつぶったが、どしんと地響きを立てて倒れたのは突いてきた男の方だった。

新兵衛が男の胴を薙《な》いでいた。

「油断するな」

叱咤《しった》する新兵衛の声に応じて、藤吾は鍔競り合いをしていた相手を蹴り倒した。

「おのれ――」

相手は素早く起き上がり、八双《はっそう》に構えなおした。袈裟《けさ》がけに斬りつける気だろう。

藤吾は息を切らしながらも正眼に構えた。傍らに倒れた男が視野の隅に入った。地面に血が流れている。

一瞬、自分もあのような姿になるかもしれない、と恐れる気持が湧いた。

額から汗が流れ落ちて目に入る。腕でぬぐった隙に横から別の武士が斬りかかってきたが、地面に流れている血に足を滑らせた。

藤吾が反射的に突き出した刀が体勢の崩れた男の腹に刺さった。驚いた藤吾が飛び退《の》くと、腹を刺された男はゆっくりと倒れた。手に後味の悪い感触が残った。

他方、次々と斬りかかってくる男たちをかわしつつ、新兵衛は斬り返していたが、男たちは順繰りに間合いの外へ出るのを繰り返している。そのうち、新兵衛ははっと気づいて怒鳴った。

「藤吾、こ奴らはわしらを足止めしているのだ。御世子が峠を上る途中で待ち伏せしていると見たぞ」

「なんですと――」

藤吾は息を呑《の》んだ。そう言えば男たちの攻撃にはどこか手ぬるいところがある。

「瓜生殿、このことを一刻も早く知らせねばなりません」

藤吾が叫ぶと、新兵衛は大きく刀を振りまわして男たちを退けた。

「藤吾、こ奴らはわしが引き受ける。そなたは御世子のもとへ走れ」

「承知――」

藤吾は新兵衛とともに男たちの中に斬り込み、包囲網を裂いた。

「行け、藤吾――」

新兵衛は男たちの前に立ち塞《ふさ》がった。藤吾は刀を鞘《さや》に納めて走り出した。すでに世子の一行が峠にさしかかるころである。

早く知らせなければ御世子様のお命が危うい、と藤吾は必死に走った。

風が強くなった。

いつの間にか雲が空を覆っていた。湿り気を帯びた生暖かい風が吹いてくる。

(雨になるのではないか)

雨が降り出せば、鉄砲は火縄が濡《ぬ》れて使えなくなる。

——雨よ降れ
藤吾は念じながら走った。間無しに頬に水滴がかかった。ぽつ、ぽつ、と雨が降り出してきた。

これぐらいの雨で火縄が消えるかどうかわからないが、鉄砲は火皿の火薬が湿っても撃てないという話を聞いたことがある。

(御世子様は運がお強い)

藤吾は峠の頂に駆けあがった。見下ろすと、武士が乗った三頭の馬と、供が続く一行が小さく見えた。

(あれが御世子様に違いない)

藤吾は再び、走り始めた。

雨脚が強くなった。峠道がぬかるんでいく。

藤吾が一行に近づくにつれ、足下が覚束《おぼつか》なくなってきた。ぬかるみに足を取られて転倒した。

泥だらけになって起き上がった藤吾は、二町ほど先にさしかかった一行に向かって、

「このあたりに待ち伏せの者が潜んでおりますぞ。ご用心くだされ」

と大声で叫んだ。

藤吾の声が聞こえたのか、先頭の馬が止まった。山路内膳のようだ。二番目の馬には頭巾で顔を隠した男が乗っていた。

世子の政家だろう。内膳は頭巾の男に何事か伺いを立てている。その間に徒《かち》の者たちが藤吾の方に駆け寄ってきた。

藤吾も走ってその者たちに行き合うと、

「郡方《こおりかた》の坂下藤吾でござる。この峠にて襲われました。おそらくこのあたりで御世子様を狙う企《たくら》みがあるものと思われます」

と息を切らしながら告げた。

「なに、刺客が潜むと申すか」

供の者たちに緊張が走った。すぐに騎馬の方へ戻ろうとした時、ずだーん、と鉄砲の音が響いた。馬上で頭巾の男の体がぐらりと揺れた。そのまま、ずるずると滑り落ちる。

「御世子様――」

藤吾は悲鳴のような声をあげた。

供の者たちが馬から滑り落ちた男のもとに駆け寄った。山路内膳が馬から飛び下りて、

「鉄砲を撃った者を捕らえよ」

と命じた。応じて数人が走った。このあたりは片側が切り立った崖《がけ》になっており、撃った者が潜めるのは道沿いの林しかない。

雨脚が激しくなった。供の者たちは林に入って声をかけあいながら撃った者を捜しているが、鉄砲の音が再び聞こえることはなかった。内膳は林に鋭く目を向けながら、

「この雨だ。一発撃つのが精々だな」

とつぶやいた。

「山路様、さようなことより御世子様のお手当てを」

藤吾は腹立たしく思った。内膳が政家の命の心配より、刺客を捕らえるのを先んじたのが許せなかった。

ちらりと藤吾を見て内膳は言った。

「覚悟のうえのことだ」

「覚悟とは何のことでございますか」

藤吾は目を怒らせて訊《き》いた。

「篠原殿の覚悟のことだ。狙われるのを承知で御世子様の身代わりになったのだ」

痛ましそうな表情をして内膳は答えた。内膳の視線の先には、供の者に介抱される頭《ず》巾《きん》の男が横たわっている。藤吾は驚いて男の傍《そば》へ行った。

藤吾は息を呑んだ。頭巾の下からのぞく顔は篠原三右衛門だった。胸を撃たれたのか、

血が多量に流れ出て地面が赤く染まっている。

「篠原様――」

悲鳴のような声を小さくあげ、供の者を押し退けて藤吾はすがりついた。三右衛門は苦しげに目を開け、

「藤吾殿か」

と切れ切れな声をもらした。

「しっかりなさってくだされ」

藤吾は三右衛門の肩を抱いた。三右衛門は顔をゆがめてあえいだ。藤吾の顔に目を留めて震える手を伸ばした。

三右衛門は藤吾の肩をつかむと、顔を引き寄せ、耳元で囁《ささや》くように言った。

「榊原平蔵殿を斬ったのは、わしだ――」

三右衛門の言葉が雷鳴のように藤吾の耳に響いた。

「それはまことのことでございますか」

藤吾は声をひそめた。まわりの者に聞こえたのではないか、と案じたが、雨の音に消されて、三右衛門の声は他の者には届いていないようだ。

十六年前のあの夜、城の濠《ほり》に続く川岸で平蔵を待ち受けていたのだ、と三右衛門はかすれた声で言った。徐々に弱々しくなっていく声を振り絞りながら、三右衛門は話を続けた。

平蔵より先に采女がやってきた。三右衛門が土手に潜んでいると、采女に出会った平蔵が何事か罵《ののし》り始めた。采女は懸命に弁明していたが、平蔵はいきなり刀を抜いた。驚く采女に平蔵は斬りつけた。采女はかわすはずみに刀を抜き、平蔵の小手を斬った。

平蔵は一瞬怯《ひる》んだが、血に逆上したのか刀を振り上げると、狂ったように采女に向かっていった。采女は呆然《ぼうぜん》として動けない。

采女が斬られる、と思った瞬間、三右衛門は飛び出していた。抜き打ち様《ざま》に平蔵の首筋を斬り上げていた。采女は、虚《うつ》ろな目をして道に跪《ひざまず》いたままだった。やがて、目の前に倒れている平蔵を見て、はっとした。手にした刀を見て采女はやおら腹を切ろうとした。

三右衛門は驚いて止め、平蔵が奥平刑部や石田玄蕃に操られたあげく、すべての罪を背負わされたのだ、と告げたのである。

ここまで話して、三右衛門は大きく息を継いだ。

「だが、采女は平蔵殿を斬ったのは自分だと思い込んでおったようだ。わしは、剣を交えて采女にあの時のことを思い出させ、思い違いを正そうとしたが、果たせなかった」

三右衛門は苦しい息の下で言った。

「采女は鷹ヶ峰様と石田玄蕃を倒すことに凝り固まっておる。それを成し遂げたら死ぬつもりなのだ。あの男を死なせるな。これからの藩を、背負っていく男なのだ」

「なぜ御世子様の身代わりになられたのですか」

「わしが、蜻蛉組の組頭《くみがしら》だからだ」

藤吾は目を瞠《みは》った。

「御世子様を守るよう殿に命じられた。そのためには刺客に襲わせ、その罪を問うしかなかった」

三右衛門は目を閉じた。

「平蔵殿を斬ったのも、玄蕃に命じられたからではない。蜻蛉組としての仕事であった。だからこそ、源之進より先んじたのだ。源之進は最期まで、采女が平蔵殿を斬ったと思っていたはずだ。そなたを蜻蛉組に入れたのも、源之進の息子を守りたかったからだ」

三右衛門はうっと喉《のど》をつまらせた。息遣いが荒くなり、顔を横に向けて血を吐いた。顔面が蒼白《そうはく》になっている。藤吾はどうしていいかわからず、三右衛門の背をさすった。

少しの後、息を落ち着かせて三右衛門は続けた。

「わしは組頭になってから陰ながら采女を助けた。それだけに玄蕃に憎まれておる。玄蕃はいずれ蜻蛉組をつぶしにかかるだろう。その時、わしの家の者はどのようなことになるかわからぬ。そなたと美鈴の縁組を破談にいたしたのもそれを思ってだ」

三右衛門はかっと目を見開いて藤吾を見つめ、

「美鈴を、美鈴のことを頼む――」

と言うと、そのままがくりと頭《こうべ》をたれた。

「篠原様――」

藤吾は三右衛門の肩に手をまわして、気を確かに、と声をかけ続けた。しかし、雨に濡《ぬ》れた三右衛門の体はしだいに冷えていった。

「助からなんだか……」

内膳が近寄り、手を合わせた。藤吾は、

「篠原様は御立派な最期でございました」

と言って涙を流した。

「わしはさようには思わぬぞ。三右衛門は犬死にだ」

後ろで声がした。藤吾がはっとして振り向くと、新兵衛が悲痛な面持ちで立っていた。返り血を浴びた凄《すさ》まじい姿だった。

「瓜生殿、なにを言われるのですか」

藤吾は、新兵衛を睨《にら》んだ。新兵衛は内膳に顔を向けた。

「三右衛門が御世子の身代わりになるよう仕向けたのは采女であろう」

「そ、それは――」

内膳は顔をそむけた。

「やはり、そうか。采女はおのれの秘密を知る三右衛門を、石田派の刺客の手で殺させたのだ」

新兵衛の目には憤りがあった。

「違いますぞ。それは、違います」

藤吾は声を高くしたが、内膳に聞かれてはまずいと、それ以上のことは言えなかった。

雨が蕭々《しょうしょう》と降り続いている。


刺客が身代わりの一行を襲ったころ、世子政家は、忍び姿で城下の田中屋を訪れていた。供は采女のほか数人だけである。

あらかじめ報《しら》せを受けていた惣兵衛は、お忍びと聞き、店の土間で跪いて控えていた。

頭巾をかぶり、質素な木綿の羽織を着た政家は、無言のまま店に入り、さらに奥へ上がった。采女も黙してこれに続いた。

田中屋では惣兵衛と女房のみで出迎え、奉公人たちは遠ざけていた。

奥座敷に入って頭巾を脱いだ政家は、床の間を背に座り、紋付き袴《はかま》姿で平伏した惣兵衛に声をかけた。

「忍びじゃ。かしこまることは無用ぞ」

惣兵衛と采女だけが同座している。惣兵衛の女房が茶を出してすぐに下がった。

政家は気軽な様子で話を切り出した。

「きょう参ったのは他でもない。そなたと取り決めをいたすためじゃ」

惣兵衛は体を硬くして頭を下げたままである。政家は懐から折り畳んだ紙を取り出して、惣兵衛の前に置いた。

「これを見よ。鷹ケ峰殿がそなたに出した起請文であろう。そなたが鷹ケ峰殿に命じられて江戸に金を送っていることは承知いたしておる」

惣兵衛の体がわなわなと震えた。政家は鋭い目で惣兵衛を見つめた。

「この起請文を証拠に、そなたと鷹ケ峰殿を処罰することもできよう。だが、わしはそれをしたくない。そなたにしてもらいたいのは、ただひとつ。江戸へではなく、わしに金を渡すことじゃ」

惣兵衛はわずかに顔をあげた。

「お手許《ても》金になさるのでございますか」

政家はうなずいた。

「そうだ。わしはこれから武居村と高坂村に水路を造ろうと思っておる。どれだけ金がかかるかわからぬゆえ、重役連中は反対するに決まっておる。それゆえ、わしの手許金で賄いたいのだ」

政家の話を聞いて、惣兵衛はほっとした表情になった。惣兵衛にとっては金の送り先が変わるだけのことである。だが、気になることもある。

「仰せには従いまするが、鷹ケ峰様のご意向はいかがでございましょうか」

政家はにやりと笑った。

「なるほど。わしより鷹ケ峰殿の方が恐ろしいか」

政家が言うと、惣兵衛は頭を畳にこすりつけた。

「滅相もございません」

「まあよい。鷹ヶ峰殿とそなたは永年の交わりじゃ。弱い尻尾《しっぽ》もにぎられておろうでな」

政家はからからと笑うと、采女を見た。

「田中屋が臆病風《おくびょうかぜ》に吹かれてはあとが困る。あのことを話すが、構わぬか」

「御意《ぎょい》のままに」

采女は落ち着いた様子で頭を下げた。政家は、低頭したままの惣兵衛をじっと見つめながら口を開いた。

「田中屋、わしは国入りの前になすべきことはいたして参った。鷹ヶ峰殿のこともそうじゃ」

惣兵衛は低頭したまま政家の話に聞き入った。

「わしは、鷹ヶ峰殿の息子で旗本神保家を継がれた弾正殿に会って話をいたした。鷹ヶ峰殿は藩主になれなかったことをいまだに恨みとされておるらしい。どのように説いても聞く耳を持たぬであろうが、若い弾正殿なら違うのではないかと思ったのだ。まあ、これは采女が知恵をつけてくれたことだが」

政家は采女をちらりと見て笑った。

政家が神田駿河台《かんだするがだい》にある神保弾正家久の屋敷を訪れたのは、去年の七月のことだった。日差しの強い暑い日で、駕籠《かご》を降り、門をくぐった政家の背は汗ばんでいた。

庭の木立から蟬の鳴き声が喧《かまびす》しく降ってくる。奥座敷に通された政家は、額に汗を浮かべ、挨拶《あいさつ》もそこそこに、

「この暑さはたまりませぬ。親戚《しんせき》同士のことにて、たがいに羽織は脱ごうではござらんか」

と野放図に言った。わざと作法を無視することで腹蔵なく語り合おうという意図もあった。しかし、痩《や》せて青白い顔の家久は暑さをさほどに感じないのか、

「ご随意に」

と答えただけで羽織を脱ごうとはしない。居住まいを正して政家に対している。政家は閉口したが、大きな手で顔をなでてから話を切り出した。

「きょう参ったのは、田中屋が江戸に送っておる金の一件でござる」

家久は少しも表情を変えない。

「ご存じであろうが、それがしは来年国入りをいたす。さらに家督を継ぐことになりましょうが、そうなればいろいろ物入りでござる」

政家はにこやかに話した。家久は黙ってうなずいている。

「されば、田中屋が江戸に送っておる金を、それがしの手許金といたしたいと存ずる。よろしゅうござるか」

政家が決めつけると、家久は頬にかすかな笑みを浮かべた。

「先ほどからのお話は、わたしには何のことかさっぱりわかり申さぬ。お国の商人の金のことのようでござるゆえ、ご随意にとしか言いようがございませんな」

表情はやわらかいものの、家久の口調はひややかだった。

「これは、したり――」

政家は頭に手をやった。庭から聞こえる蟬の鳴き声が一層喧《やかま》しくなった。

政家は、懐紙で玉のように浮いた額の汗をふいた。全身が汗でしとどに濡れていた。うんざりした表情で政家は話を続けた。

「包み隠さず申すといたそう。何も、江戸にまったく金を送らぬなどと申しておるのではござらぬ。無体な国役《くにやく》など命じられぬよう、幕閣への手当ては欠かせませぬ。その分は藩庫より、きっちりとこれまで同様、お手許に届くようにいたす。それが、田中屋から出る金ではないというだけのことでござる」

「なぜ、そのようにまわりくどいことをされます」

「田中屋の金は表に出せぬものゆえ、どう動いておるのか藩内に知る者が少ないのでござる。田中屋や家老の石田玄蕃らのみが動きを握っておりましょう。言うなれば、そのような者たちが金を私《わたくし》する大義名分として弾正殿の名が持ち出されているのです」

「それを変えたいと言われるのか」

「それがしが家督を継いだなら、親政をいたす所存でござる。そのためには田中屋からの金の流れを明らかにせねば、淀《よど》み切った澱《おり》が流せません」

「澱でござるか。さしずめ、それがしの父などもその最たるものなのでしょうな」

家久は皮肉な笑みを浮かべた。

「その通りでござる」

政家はきっぱりと言い切った。

「澱とはよう言うたもの」

家久は苦笑いしたが、さほど不愉快そうではなかった。政家の顔をじっと見返してから訊《き》いた。

「もしわたしが、この話を不承知だと申し上げたらいかがなさる」

政家の顔に血の気が上り、見る見る赤くなった。

「この話を聞いてもらえぬまま家督を継ぐことになれば、藩内での争いは激しくなり、人死にが出るのは必定《ひつじょう》。されば、騒動が起きたことをご老中方に訴え申す。無論、多年にわたり、藩内の金が弾正殿に流れていたことも含めてでござる。千賀谷、神保どちらの御家も無傷ではいられますまい」

ここが正念場とばかりに政家は膝《ひざ》に置いた拳《こぶし》を握りしめ、家久を睨《にら》み据えた。

「脅されるか――」

家久も鋭い目で睨み返していたが、不意に表情をやわらげた。

「よろしゅうござる。左近将監（政家）殿が家督を継がれる祝いじゃ。金のこと承知仕《つかまつ》ろう」

家久は断言した。

おおっ、と政家は声をあげた。

「承諾いたしてくださるとはかたじけない」

政家の大きな体が感激で震えた。家久はそんな政家を冷めた目で見ながら、

「ただし、これは家督を継がれる引き出物ゆえ、あくまでそなた様が藩主となられてからのことでござる。それまでは、父にもこのことは申しませぬゆえ、お含みおきいただきたい」

と告げた。政家の顔に苦笑が浮かんだ。

「それがしが藩主になれぬとお思いか」

「いえ、そのようなことを申しておるのではありません。ただ、藩庫からそれがしに金を送るなどということは、扇野藩の財政に関わること。されば藩主となられた暁にしか、取り決めはできぬと思うのが道理でござろう」

家久の言葉はもっともなことだった。

「ま、ざっとこのような仔細《しさい》で話をつけたわけだ」

政家は得意げに話を終えた。惣兵衛は手をつかえて、

「畏《おそ》れ入りましてございます」

と言った。采女は膝を正して、

「御世子様の仰せにてよくわかったであろう。今後、思《おぼ》し召しに背くようなことがあってはならぬぞ」

と厳しい声で言い聞かせた。

「決して、さようなことはいたしませぬ」

惣兵衛は真剣な表情で答えた。むしろ嬉《うれ》しげでさえあるのは、公許紙問屋の地位を失わずにすむとわかってほっとしたからだろう。

政家はにこりとして采女に顔を向けた。

「田中屋はわかってくれたようだ。武居村を訪ねると偽ってまで、忍びで来た甲斐《かい》があったぞ」

「いかにもさようにございます」

采女が頭を下げると、政家は満足げにうなずいた。

「それにしても、父上は気苦労の多い方だ。わしが武居村ではなく、田中屋に参ると申し上げたら、武居村へ行くよう見せかけて身代わりを立てろと仰せになった」

「殿は御世子様の御身を案じておられますゆえ」

「病床にある父上のお言いつけゆえ、逆らうわけにもいかなんだ。わしの身代わりは蜻蛉組が務めておるそうじゃが、まことか?」

「そのように聞いております」

答える采女の顔を政家は興味深げに見つめた。

「父上に蜻蛉組を使うよう進言したのはそなただと聞いたが」

「御世子様の身代わりを務めるのは容易《たやす》いことではありませぬゆえ、蜻蛉組が適任かと思うたしだいでございます」

「そうか。しかし、もし刺客が現れたなら、身代わりの者はいかがいたすであろうか」

「いかがとは、いかなることでございましょうや」

「身をかばえば刺客を引き寄せられず、捕らえることができまい。さすれば、何度でも刺客はやって来よう。刺客を捕らえようと思えば、身代わりの者はあえておのれの命をさらすのではあるまいか」

政家は眉《まゆ》をひそめた。

「それが、お役目にございます。身代わりが刺客の目を引きつけねば、かように田中屋にお忍びで参られることも叶《かな》いませなんだ」

政家はため息をついて腕を組んだ。

「そうか、すべてはわしの思い立ちのためか」

口には出さなかったが、いまごろ、赤瀬峠で刺客が身代わりの一行を襲っているかもしれないと思い、采女は心が重くなった。

世子の身代わりは上士の身分の者が務めなければならない。蜻蛉組は軽格が多いだけに、身代わりになるのは篠原三右衛門かもしれない。

三右衛門は身を挺《てい》して刺客を捕らえようとするに違いない。一見、温和に見える三右衛門は、剛直さも持ち合わせている。

采女が平蔵と争った夜、平蔵の死体を前に、三右衛門は自分が蜻蛉組であるということを打ち明けた。そして平蔵が鷹ヶ峰様と石田玄蕃に利用されたのだ、と教えた。

采女はその言葉にすがった。平蔵を利用した鷹ヶ峰様と玄蕃を倒すことを生きるよすがとしたのだ。

（あの時、三右衛門が何も言わずに立ち去っていたら、わたしはあの場で腹を切っていた）

その後、ゆっくりとではあるが、着実に出世の階段を上り、世子政家と結ぶことで遂に鷹ヶ峰様と玄蕃を倒せるところまでこぎつけたのである。

神保家久の承諾を得て、田中屋から出る金の流れを断ち切れば、玄蕃は派閥を維持できなくなる。しかも家久が政家と手を結んだとなれば、鷹ヶ峰様こと奥平刑部は藩政に介入する意味が無くなる。

刑部にとって扇野藩を支配していくことは永年の悲願だったが、すでに旗本として幕府で出世しつつある家久にはそれほど関心のあることではない。金さえ送られてくればよいはずだと見て、政家に家久との談合を勧めたのだ。

すべては采女の考えた通りに進んでいる。しかし、このもくろみの中で若いころの友人であり、生き死にの瀬戸際を救ってくれた三右衛門を危地に追いやることになってしまった。

（やむを得ぬことなのだ）

采女は自分に言い聞かせるように胸の中でつぶやいた。その時、政家が、

「さて、しゃべりすぎた。喉《のど》が渇いたぞ」

と言いながら茶碗《ちゃわん》に手を伸ばした。

それを見て采女はわずかに眉をひそめた。何か言わねば、と口を開く間もなしに、政家は茶碗を手に取り、ごくり、と茶を飲んだ。

茶碗を置いた政家は、話を続けようとして采女に顔を向けた。言葉を発しかけて、何か喉につかえたのか咳《せ》き込んだ。ごほっ、ごほっと咳《せき》をしつつ、苦しげに胸をかきむしった。

ぐっ、と喉が詰まったような音がしたかと思うと、口を押さえた政家の指の間から血があふれ出た。赤い筋を引いて手の甲を血が流れ滴った。

「御世子様――」

采女は政家の肩を急いで抱きかかえた。何かしなければと思うものの、間断なくその口から血があふれ出る。

「誰ぞおらぬか。医師を呼べ」

采女が叫ぶと、廊下に控えていた供の者が襖《ふすま》を開けて駆け寄った。政家が血を吐いている様子に目を瞠《みは》ったが、采女に命じられるまま医師を呼びにいった。

采女は畳の上に転がった茶碗に目を遣《や》ってうめいた。

「しまった。毒か――」

城中では毒飼いを警戒して食事の際には必ず毒見役をつける。政家も日頃、毒見をした後でなければ食物に口をつけない。それは出先でも同じことで、神保家久の屋敷を訪れた際にも茶は飲まなかった。

すでに習慣となっており、田中屋でも何も口にしないものと采女は思っていた。ところが、田中屋との話を終えた政家は、ほっとしたのか、魔が差したように茶碗に手を伸ばしてしまったのである。

采女もそれに気づいたが、とっさに止められなかったのは、やはり田中屋との話をつけた直後で油断が生じたからなのか。

采女は歯《は》噛《が》みした。

「田中屋、その方――」

睨みつけられて、惣兵衛は蒼白《そうはく》になった。

「とんでもございません。わたしどもに、そのような大それたことができるはずもございません」

泣くような顔で言って恐れひれ伏す惣兵衛を見て、采女は目を閉じた。茶を持ってきたのは惣兵衛の女房だが、毒を盛るなどという大胆なことができるとは思えない。

(石田派の手が田中屋まで入り込んでいたのだ)

店の使用人として入り込んでいた者が奥へ運ばれる茶にひそかに毒を仕込んだのであろう。

石田派は、政家が武居村に向かわず、田中屋を訪れることも察知していたのだ。そして抜かりなく毒殺を仕掛けた――。

（してやられた。玄蕃めを甘く見過ぎた）

采女は悔いた。玄蕃が永年にわたって藩内に培ってきた派閥の人脈は広く根深かったのだ。采女の裏をかいて思いがけず厳しい手を打ってきた玄蕃はさすがに老獪《ろうかい》だった。

迷路

田中屋で世子《せいし》政家の身に異変があったという急報と、政家の身代わりになった篠原三右衛門が鉄砲で撃たれたという報《しら》せが城中に届いたのはほぼ同時だった。

報せを聞いて、家老の石田玄蕃はただちに政家を城中に運ばせるようひとを差し向け、惣兵衛はじめ田中屋の使用人すべてを捕縛し、入牢《じゅろう》させるよう町奉行に命じた。

また、政家に付き従っていた榊原采女に対しては城に戻ることを許さず、そのまま自邸で謹慎するよう伝えさせた。

三右衛門の遺骸《いがい》は検死を行わず屋敷に送り届け、病死として扱うよう申し付けた。鉄砲を撃った者の探索については「無用である」と言い渡した。

さらに案内役であった郡奉行《こおりぶぎょう》山路内膳に対しては、一行が襲われたことの責任を問い、あらためて沙汰《さた》すると告げさせた。

玄蕃が一通りの処置を言い渡すのに、半刻《はんとき》（約一時間）もかからなかった。それは、あたかもあらかじめ考え抜いていたかのようだった。

そのうえで玄蕃は、次席家老の滝川十郎兵衛、勘定奉行の佐々八右衛門を呼んだ。榊原采女、山路内膳が蟄居《ちっきょ》したいま、玄蕃を含めたこの三人ですべてを決していこうとしていた。

執政の間《ま》に十郎兵衛と八右衛門が揃うと、玄蕃は茶坊主に茶を持ってくるよう言い付けた。額に浮いた汗を懐紙でぬぐい、ふたりの顔をじろりと見たまま黙っている。

十郎兵衛と八右衛門は緊張した表情で目を伏せた。ふたりとも、政家が毒を盛られ、身代わりになっていた篠原三右衛門が狙撃《そげき》され一命を落とした事態に動揺していた。

永年、石田派に属してきたが、これほどの荒療治を玄蕃がするとは思っていなかった。あらためて玄蕃の底知れぬ恐ろしさを感じていた。やがて、茶坊主が持ってきた茶をひと口飲んで、玄蕃は不敵な笑みを浮かべて、

「どうした、ふたりとも元気がないではないか」

と声をかけた。十郎兵衛が顔をあげて、

「かほどの緊急のことに対し、ご家老の処置に遺漏がないのは、さすがと感じ入ってござる」

と追従《ついしょう》した。八右衛門もあわてて、

「ご家老の手際のよさに、ただただ感服いたしてござる」

と大仰に褒めた。

玄蕃は薄く笑った。

「ふたりとも、妙におとなしいではないか。それほど、わしが怖いか」

十郎兵衛はいやいやと手を振って、

「何を言われますことやら。われらは、もとより石田様に与《くみ》しておりますゆえ、ご家老を恐れるなどとんでもないことでございます」

と笑顔で応じた。八右衛門も大きくうなずいた。

「いかにも。今後ともお引き立てをたまわりたく存じております」

玄蕃は鼻で嗤《わら》ったが、それ以上のことは言わずに、

「御世子様は藩医の手当てを受けておられるが、ご容体は油断がならぬそうな。万一のことも考えておいた方がよいとのことじゃ」.

と淡々と表情を変えずに言った。十郎兵衛と八右衛門は青ざめた顔で玄蕃を見つめた。

藩主親家が病床にある中、世子が毒を盛られて人事不省に陥った以上、藩の行く末に重大な危機が生じるのは確かだ。

親家の容体が急変し、政家もまた藩主の座に就けないことにでもなれば、扇野藩が取りつぶされるかもしれないのだ。

さらに、世子の巡視と称した一行が鉄砲で狙撃され、お忍びで商家を訪ねた世子が毒を盛られたなどと幕府の耳に入りでもすれば、一大事になる。

だが、それほどの事態にも玄蕃は平然としている。鷹ケ峰様を通じて旗本神保弾正家久と結びついていることに自信があるのかもしれないが、危ない橋を渡っているのは疑いようがない。

十郎兵衛と八右衛門は玄蕃に言いようのない不気味さを感じていた。

玄蕃は膝《ひざ》を乗り出した。

「お主《ぬし》らは、わしのことをなにやら思うておるようだが、榊原采女はもっと恐ろしい男だということを忘れてはならんぞ」

「されど、榊原采女はもはや謹慎、蟄居の身でござる。なんら恐れることはありますまい」

十郎兵衛が恐る恐る言った。

「そういうことを言っておるのではない。実のところ、榊原平蔵を斬ったのは采女ではないか、とわしは疑っておるのだ」

「まさか、さようなことが」

十郎兵衛と八右衛門は顔を見合わせた。

「お主たちが驚くのも無理はない。わしとて、信じられなかった。正直に申して、永年、平蔵を斬ったのは坂下源之進だとばかり思い込んでおった」

十郎兵衛は無表情になり、八右衛門はごほんと咳《せき》をした。ふたりとも玄蕃が平蔵の暗殺を命じたことを知っていたからだ。

「ところが、源之進めに、勘定方《かんじょうかた》での使途不明金の責任を取らせようとしたところ、思いがけないことを言い出しおったのだ」

玄蕃は苦い顔をした。

二年前、玄蕃の屋敷で源之進は使途不明金の責任を取れと言われ、蒼白《そうはく》になった。

「すべて石田様のためにご都合いたした金でございます」

「わかっておる。だからいずれ、もとに戻してやる。しばらくの辛抱じゃ」

「それでは、それがしが公金を私《わたくし》いたしたことになりまする」

「それに違いはあるまい。派閥のために金を動かしたのは、おのれの立身のためであろう」

「されど、石田様がお命じにならなければ、さようなことはしなかったと存ずる」

源之進が抗弁すると、玄蕃は苛立《いらだ》った。

「ならば、そなたは、おのれが助かるために、わしに失脚しろというのか」

「さようなことでは――」

「わしが命じた、ということであれば、榊原平蔵を斬った一件はどうなる。あれだけでも、そなたは切腹を免れないのだぞ」

玄蕃は嘲《あざけ》った。源之進は、はっとした顔をしてうつむいたが、しばらくして、

「そのことで、それがしを脅すことはできませぬぞ」

と絞り出すような声で言った。

「なんだと――」

玄蕃はぎょっとして源之進の顔を見た。

「それがし、榊原平蔵殿を殺《あや》めはいたしませんでした」

「しかし、そなたは確かに、わしの命に従ったと申したではないか」

「さよう、榊原殿を襲おうといたしました。ところが、それがしが参った時には榊原殿は斬られて絶命しておられたのです」

源之進の思わぬ言葉に、玄蕃は戸惑った。用心深い目で源之進を見ながら、

「では、だれが平蔵を斬ったと申すのだ」

と訊《き》いた。源之進は激しく頭《かぶり》を振った。

「わかりませぬ。ただ、あの時、それがしは榊原采女が真っ青な顔で走り去るのを見ました」

「なに、采女が平蔵を斬ったというのか。それがまことなら、奴の首根っこを押さえられるぞ」

玄蕃は源之進の肩をつかんで揺すぶった。源之進は、ぎくりとして後悔の色を浮かべた。

「何ということを――」

眉根《まゆね》にしわを寄せ、唇を嚙《か》んだ源之進は、玄蕃に向き直ると、

「ただいま申し上げたのは、それがしが罪を逃れようとしての虚言にございます」

「それこそ、嘘であろう。采女が平蔵を斬ったのだな」

「いいえ、違います。榊原采女はさような男ではございません」

源之進はきっぱりと言うと、部屋を出ていった。玄蕃は、源之進がそのまま屋敷を出たと思っていた。だが間もなく、家士があわただしい様子で、源之進が玄関脇の小部屋で腹を切っていると注進に及んだ。

「源之進は使途不明金の罪を咎《とが》められることを恐れて腹を切ったのではない。榊原采女の秘密を守るために死んだのだ」

玄蕃は苦虫を嚙み潰《つぶ》したような顔で言った。

「なにゆえでござろう」

十郎兵衛が首をかしげ、八右衛門も、

「わかりませぬな」

とつぶやいた。玄蕃は口をゆがめた。

「お主たちにはわかるまいが、あれが、あの者たちの友としての情だったのであろう。しかし、恐ろしいのは榊原采女だ。あの男は、源之進に見られたとわかっておったはずだ。それなのに、源之進が何もしゃべらぬまま死んでも素知らぬ顔をしておった。そして蜻蛉組の組頭《くみがしら》だった篠原三右衛門も秘密を知っておったに違いない。采女はその三右衛門を御世子様の身代わりにして死なせたのだ。おのれの秘密を知る者の口封じにな」

「なんですと」

「まさか、そのような」

十郎兵衛と八右衛門は驚愕《きょうがく》した。

「榊原采女は恐ろしい男だ。お主らも、寝返ろうなどとすれば、利用されたあげくに、奈落《ならく》の底へ突き落とされてしまうぞ」

玄蕃は脅すように言った。十郎兵衛と八右衛門は震えあがって、

「決してさようなことはいたしませぬ」

「どこまでもご家老について参りまする」

と口ぐちに言った。玄蕃は鷹揚《おうよう》にうなずいた。

「ならば、よいのだ。これよりわしは、左近将監様のご養子として神保弾正様のご嫡男太郎丸様をお迎えいたすことを殿に進言して参るゆえ、さよう心得い」

玄蕃は袴《はかま》の裾《すそ》をさばいて立ち上がった。十郎兵衛と八右衛門は顔を見合わせた。まだ、政家が死ぬと決まったわけではない。本復することもありうるのに、養子の話を決めてしまうのは先走りすぎるように思える。だが、ふたりは、先ほどから玄蕃にさんざん脅されているだけに口を挟めなかった。

玄蕃はふたりが何も言えずにいるのを見て、そのまま廊下へ出ようとしたが、不意に振り向いた。

「そう言えば、かねて目障りであった蜻蛉組の組頭も死んだことゆえ、組も無くすよう、併せて殿に申し上げるといたそう。ご異存はあるまいな」

十郎兵衛と八右衛門は、観念したように手をつかえて、

「承知|仕《つかまつ》りました」

と声をそろえて答えた。

玄蕃は満足げに笑みを浮かべると、親家が臥《ふ》せっている奥へと向かった。

そのころ、藤吾は篠原家に向かっていた。

すでに夜がふけている。三右衛門の通夜に出て、美鈴を慰めるつもりだった。

三右衛門の最期を思うと気持が沈む。

美鈴に何と声をかけたらいいのだろう、と思いつつ、屋敷の前に立った。門扉が閉じられていて、通夜の客が出入りしている様子もない。

(どうしたことだ)

藤吾が門を叩《たた》いて訪《おとな》いを告げても、中からは何の返事も無かった。

「お願い申す。坂下藤吾でござる。美鈴殿はおられませぬか」

大声をあげるが、屋敷の中は不気味にしんと静まりかえったままだ。

藤吾があきらめて立ち去ろうとした時、

——もし、藤吾様

潜《くぐ》り戸の向こうからかすかに声が聞こえた。藤吾が振り向きかけると、

「この屋敷は見張られております。そのままでお聞きください」

美鈴の声だった。藤吾はさりげなくあたりを窺《うかが》った。夜の闇に包まれた道に人の気配

はないが、どこからか見張られているかもしれない。藤吾は通りに目を向けたまま低い声で訊いた。

「いったい、何があったのですか」

「父の通夜も葬儀もまかりならぬ、家の者だけにて密葬にいたせ、とのお達しがあったのみで、わたくしにも、何が起きているのかわからないのです」

「それはまた、あまりにも理不尽過ぎまするな」

藤吾が憤ると、美鈴は悲しみのこもった声で言った。

「まるで、罪人のような扱いでございます。父は何か恥ずべき行いをいたしたのでございましょうか」

「とんでもない。さようなことは決してありませんぞ。三右衛門様は、武士としてまことに立派なご最期でした」

「さようでございますか。それを伺い、安心いたしました」

美鈴は健気《けなげ》に答えた。

三右衛門が死ぬ間際に、

「わしは玄蕃に憎まれておる。わしの家の者はどのようなことになるかわからぬ」

と言っていたのを藤吾は思い出した。

「美鈴殿、これから思いもかけぬことが起こるやもしれませぬ。どのようなことがありましょうとも、わたしが必ず助けに参ります。気を確かにお持ちください」

藤吾が言うと、美鈴は一瞬黙ったが、声を詰まらせて、

「ありがとう存じます」

という言葉を残して、歩み去った。

あたりに気を配りつつ、藤吾はさりげなく潜り戸から離れた。美鈴を励ましはしたものの、石田玄蕃が次の手を打ってきた時、果たして自分は美鈴を守ることができるのだろうか。藤吾の胸に不安がこみ上げてくるのだった。


石田玄蕃は、藩主親家の寝所に入っていった。

親家は、小姓《こしょう》に抱きかかえられるようにして布団の上に身を起こし、脇息《きょうそく》にもたれた。

国入りした時よりも痩《や》せて、顔の色つやも悪く、息遣いが荒い。

玄蕃は一目見るなり、

(もはや、長くないのではないか)

と思った。さすがに表情には出さず、何食わぬ顔で手をつかえて言上《ごんじょう》した。

「御世子左近将監様の急病につき、万が一に備え、江戸の神保弾正少弼様に太郎丸君ご養子の件を内密にて願い上げ仕りたく存じます。また、蜻蛉組の組頭篠原三右衛門が急死いたしましたるうえは、蜻蛉組の解散を申し渡したく存じまするが、いかが仕りましょうや」

親家はやつれた顔を玄蕃に向けていたが、急に咳《せ》き込んだ。小姓が差し出した薬湯を

飲んで咳《せき》が治まると、鋭い眼差《まなざ》しで玄蕃を見た。

「都合よく急病になったり、死んだりするものだな」

親家の声はひややかだった。

「何を言われますことやら」

苦笑しつつ、玄蕃がなおも続けようとすると、親家は面倒臭げに手を振った。

「まあよい。その方の申し条は聞き届けよう。されど、政家が本復した暁には、養子の話は白紙に戻すと、弾正殿には念を押しておくことだな。ないことでもあるまいからのう」

親家の皮肉な物言いにも、玄蕃は表情を変えなかった。

城に運び込まれた政家は、石田派の者のみで介護している。たとえ回復できようと書状の遣《や》り取りすらままならない、〈押し込め〉同然の身の上だ。

政家が不穏な動きを見せた時は、また毒を飼えばいい。すでに、政家の動きを封じることはできたという自信が玄蕃にはあった。

ふてぶてしい玄蕃の顔をじろりと見て、親家は言い添えた。

「それから、蜻蛉組解散については、そなたの名で通達いたすがよい。かねて蜻蛉組にはかようなおりに際しての定めがある。そなたからの命があれば、然《しか》るべくいたすであろう」

玄蕃は勿体《もったい》をつけて頭を下げた。

「ならば、さように仕りまする」

屋敷に戻った藤吾は、篠原家の様子を新兵衛と里美に語った。弔問は許されず、家族のみの通夜だったと聞いて、

「そうか。命を捨てて藩のために働いた三右衛門に、そのような扱いをいたすとは」

新兵衛は腹立たしげに言った。里美は眉《まゆ》をひそめた。

「これは、やはり何かが起きているのですね。御世子様が城下で毒を盛られたという噂は、まことだったのですか」

藤吾はうなずいた。

「田中屋は、主人の惣兵衛から使用人の端々にいたるまで、牢《ろう》に入れられたそうですから、間違いないでしょう。榊原様も謹慎を命じられたと耳にしました。藩内の争いは石田様が勝たれたということでしょうか」

「采女は、謀ったつもりでおっただろうが、石田の古狸に一気に足をすくわれたというわけだ」

新兵衛は嘲《あざけ》るように言った。

「他人事《ひとごと》のように言ってはいられないのです。石田ご家老は蜻蛉組をつぶすお考えではないでしょうか。そうだとすると、篠原家が危ういことになります。わたしは美鈴殿に必ずお助けすると約束して参りました」

「それは、無理な約束だったかもしれんな」

新兵衛はあごをなでて気の重そうな顔をした。

「なぜでございますか」

「考えてもみろ。御世子は城中深く、石田派の手にあるも同然だ。たとえ、ご本復されようと身動きはできまい。采女も謹慎中で何の力もない。すべては石田玄蕃の思うがままだ。篠原家の者たちを守ろうとするなら、藩を敵にまわす覚悟がいるぞ」

「さようでしょうか」

藤吾は困惑した。新兵衛の言う通りなら、美鈴を守りたければ藩から逃げるしかない。それは、新兵衛と同じ浪々の身になるということだ。

（それだけは、嫌だ――）

新兵衛を見てあらためて思う。美鈴を助けるためには、どうしたらいいのか。

藤吾は思い悩んだ。すると、新兵衛がぽつりと言った。

「わしは近く采女に会いに行くぞ」

藤吾はぎょっとした。

「なぜ、いまさら榊原様をお訪ねになるのですか」

「あの自信家の采女がしくじって、高慢の鼻をへし折られたのだ。弱っておるところを見てやるのも面白かろうと思うてな」

「瓜生殿――」

藤吾はかっとして声をあげた。この期に及んで、この男は何ということを言うのだろう。

新兵衛は苦笑して手を振った。

「そんなに怒るな、冗談ではないか。わしは、ただ椿を見に行こうとしているだけだ。篠との約束ゆえにな」

「椿を──」

藤吾は里美と顔を見合わせた。新兵衛が篠から自分の代わりに故郷《くに》の椿を見て欲しいと言い残されたのは聞いていた。

「采女の屋敷では、椿ももう散り始めておるのではなかろうか。椿を見る時に、采女がこのようなことになっておるとは思いも寄らなかった」

新兵衛の声には、一抹の寂しさがこめられていた。

かつて平山道場四天王と呼ばれた者のうち、源之進と三右衛門はすでにこの世を去り、采女も逼塞《ひっそく》を余儀なくされた。新兵衛の胸に去来しているのは、どうにもならない虚《むな》しさなのではないか、と藤吾は思った。

「瓜生殿、わたしも同道いたしますぞ」

藤吾が勢い込んで言うと、新兵衛は笑った。

「そなたは篠原家の者たちを守らねばならぬのだろう。さように悠長なことをしている暇はあるまい」

「では、わたくしが参ります」

里美が静かに言った。

「里美殿が？」

新兵衛は顔をしかめた。

「姉上が見たいと願った椿です。わたくしも見とうございます」

新兵衛は顔をそむけて、

「一緒に参られるのは困る。わしのすることを邪魔してもらいたくない」

と言った。里美は新兵衛の横顔を見据えた。

「やはり、椿をご覧になるだけではないのですね」

「采女とは決着をつけねばならぬことがある。奴が石田玄蕃と争っている間は控えていたが、もはや遠慮はいらぬようだからな」

新兵衛の表情は暗く沈んでいた。


五日たった。

昨日まで降っていた小雨があがり、晴れ間がのぞいて春の柔らかい日が差し込む自室で、榊原采女は書状を認《したた》めていた。

政家の容体については、城中から何も聞こえてこないし、知る手立てもない。しかし重篤であるならもっと動きがあわただしいはずなので、危機を脱したのではないか、と采女は推察していた。〈押し込め〉同然の政家を救出するには、千賀谷家の親戚筋に働きかけるしかない。そのために采女は、江戸藩邸の中で政家に与《くみ》していた者を動かそうと思っていた。

書状を書いていたところ、縁側を踏み鳴らすような足音を立てて、滋野が部屋に入ってきた。

「采女殿、救い主がお見えになりましたぞ。これは、わたしの手柄じゃ。褒めてもらわねばのう」

「何のことでござる？」

采女は筆を置いて、滋野に顔を向けた。

「わたしは、そなたの失態を償うため親類筋よりご家老の石田様にお願いをいたしておったのじゃ。その努力が実って、ご家老がお忍びでお見えになった。これで、そなたの謹慎も解かれようほどに、粗相があってはなりませんぞ」

滋野が言い終わらぬうちに、玄蕃が家士の案内でやってきた。頭巾《ずきん》をかぶったままである。

「これは——」

采女は下座に座り直した。玄蕃は部屋に入るなり、床の間を背に座った。

「茶などはいらぬ。采女とのみ話さねばならぬゆえ、座をはずしていただこうか」

愛想を言いかける滋野に、玄蕃はつめたく言い放った。

滋野があわてて出ていくと、玄蕃は頭巾を脱いだ。采女をじろりと見て薄笑いを浮かべた。

「どうだ。少しはこたえたか」

采女は苦笑した。

「正直に申せば、かなりこたえました。御世子様に毒を盛られながら、なす術《すべ》もなかった、おのれの未熟さを恥じております」

「政事《まつりごと》の場ではよくあることよ。少しの気の緩みが命取りになる。そなたのしくじりはわしを見くびったことだ」

「いかにも、さようにございましたな」

「だが、まだあきらめてはおらぬであろうが」

玄蕃はにやりと笑った。

「さよう、まだあきらめてはおりませぬ」

采女は鋭い目で玄蕃を睨《にら》んだ。玄蕃はくっくっと笑った。

「さもあろう。それでこそ榊原采女だ」

「ならば、いかがされますか」

「まず、切腹させるのが順当だな。さすれば、わしは枕を高くして寝ることができるであろうが」

「と申されますと、そうされぬおつもりもあるということでございますか」

玄蕃はうなずきながら、中庭に目を転じた。庭の木々が春らしい若葉に輝き、奥の方に花の紅や白い色がちらほら見える。

「ほう、お主の屋敷の椿は見事だと聞いたがまことのようだな」

采女は聞こえぬ振りをして答えなかった。采女をじらして楽しもうという玄蕃の魂胆は見え透いている。

玄蕃は苦笑すると、

「この屋敷の一部は昔、坂下の屋敷だったのだな。そなた坂下源之進を気の毒だとは思わぬのか」

「源之進でござるか?」

「そうだ。坂下はわしに使途不明金の責を取らされそうになって腹を切ったのだが、死んだ理由はそれだけではない。そなたは知っておるはずだ」

「いえ、存じませぬが」

采女は顔に困惑の色を浮かべた。

「ほう、これは存外な。まことに知らぬようだのう。ならば、教えてやろう。源之進は、わしに命じられてそなたの父を斬ったと申しておったが、まことは偽りであったのだ。奴は斬っておらぬ。それに、榊原平蔵が斬られた場所からそなたが立ち去るのを見たそうだ」

「なんと――」

采女は息を呑《の》んだ。源之進に見られていたとは、まったく気づいていなかった。

「坂下はそのことをうっかりわしにもらした。そこで、わしが追及しようとすると、奴は腹を切りおった。おそらく、そなたに義理立てしたのであろう。そうは思わぬか」

玄蕃の言葉が采女の胸をしだいに締めつけていった。源之進が采女のことを話したくないがために死んだとは、初めて聞く話だった。だとすると、源之進と三右衛門は自分と関わったために死んだことになるではないか。

采女は、がくりと肩を落とした。過去の因縁がまとわりついて、息苦しくさせる。後悔の念が湧いてくる。

采女は目を閉じ、胸中でつぶやいた。

（許せ、源之進。わたしは何も知らなかった）

玄蕃は苦しむ采女の様子をつめたく見据えた。

「つまるところ、そなたは罪が深いということだ。いまさら忠臣面をしても始まらぬぞ。いい加減で、わしに従わぬか。明日には城に呼び出すゆえ、満座の中でわしに詫《わ》びを入れろ。さすれば許しもしようし、重く用いもしよう。それが嫌なら、御世子様の警護に怠りがあった咎《とが》で切腹を命じる。どちらを選ぶかはその方の勝手だ」

と言い捨てて立ち上がり、采女の返事も聞かずに部屋から出ていった。玄蕃が出ていくのを待っていたかのように、入れ替わりに滋野が部屋に入ってきた。盗み聞きをしていたらしい。

「まことにご家老様は温情深きお方じゃ。そなたをお見捨てにはならなかった。やれ嬉《うれ》しや」

「母上は、わたしが満座の中でご家老に詫びねばならぬと思われるのですか」

「そなたに失態があったのじゃ。やむを得まい。それとも、我を張り通して榊原の家をつぶすおつもりか。亡き父上に対し、これほどの不孝はありませぬぞ」

「さよう、不孝、不義でござるな」

あきらめたような采女の言葉を聞いて、滋野はほっとした顔になった。

「よろしいか。きょうは、ゆっくりと休まれるがよい。明日、またしくじるようなことがあれば、わたしは許しませぬぞ」

采女は何も言わずうなずいた。

翌朝――。

新兵衛は榊原采女の屋敷を訪ねた。里美がともに行くと最後まで言い続けたが、新兵衛は頭を下げて断り、ひとりで榊原屋敷に向かったのである。この日、非番だった藤吾は、気がかりそうな顔をして新兵衛を見送った。

藩内の情勢は急激に変化していた。昨日、神保家久の嫡男太郎丸を養子に迎えたいとの意を伝える使者が江戸表に出立した。さらに、蜻蛉組は解散を命じられたらしく、藤吾にも、

――上意

とだけ書かれた廻状《かいじょう》が届いていた。

蜻蛉組は、藩主が直々に動かしてきた組織だ。上意があれば、ただちに解散するというのが定めなのかもしれないが、それなら小頭《こがしら》の小杉十五郎から言い渡しがあってもいいではないか、と藤吾は思った。

数日前に平山道場を訪ねた時、十五郎の姿はなかった。門弟の少年が声をひそめて、

「小杉先生は禁足中だそうでございます」

と告げた。どうやら、蜻蛉組は石田玄蕃に動きを封じられたらしい。

不穏な空気の中、謹慎中の采女を新兵衛が訪ねることは危険極まりないと思ったが、藤吾は止めることができなかった。

新兵衛を見送って自室に戻ろうとするが、気持が落ち着かない。

新兵衛が日頃、使っている木刀を持ち出して振るってみようと藤吾は思い立った。

中庭に立って木刀を静かに構え、気息《きそく》を整える。心が徐々に澄んできた。新兵衛が国《くに》許《もと》に戻り屋敷に転がり込んできてからのことが思い出される。

殖産方《しょくさんかた》から郡方《こおりかた》に移されただけでなく、蜻蛉組に入れられもした。

いつの間にか石田派と御世子派の対立に巻き込まれ、親しかった庄屋《しょうや》の吉右衛門が斬り殺され、舅《しゅうと》になるはずだった篠原三右衛門が非業の死を遂げた。

さらに永年、憧《あこが》れてきた榊原采女は思いも寄らない失脚の憂き目にあっている。ひと

つひとつを思い出すにつれ、胸がいっぱいになってきた。

えいっ、えいっ。目に見えない敵を打ち据えるかのように思い切り木刀を振るった。

自分の力では打ち砕くことができない大きな敵を倒したい。

（だが、所詮《しょせん》、それは無理だ）

木刀を振るっても振るっても、虚空を切り裂くだけだった。

采女が勝てなかった相手なのだ。自分がどうにかできるわけがない。

だが、このままでは、三右衛門は無駄死にになってしまう。自分の無力さが口惜《くや》しかった。美鈴を救うこともできないのだろうか。

藤吾がなおも木刀を振るっていると、

「もし、坂下様――」

裏木戸から男の低い声がした。藤吾は驚いて振り向いた。蜻蛉組の小者が身を潜めるように立っていた。


榊原采女の屋敷に着いた新兵衛が訪《おとな》いを告げると、門番ははっとした表情を見せたが、すぐ奥へ伺いを立てに行った。やがて戻ってきて、

「旦那《だんな》様は中庭においでてございます」

と告げて、新兵衛を中庭に通じる蔀戸《しとみど》に案内した。

中庭に入っていくと、采女が椿の前で佇《たたず》んでいるのが見えた。

間もなく登城するつもりなのだろう。麻裃《あさがみしも》をつけ両刀を差している。

椿の花びらはすでに散り始めていた。庭一面に敷き詰められているかのように白、紅などの花びらが散っている。

新兵衛は、呑まれたようにしばらく黙って椿を見つめた。若かりしころの篠が佇んでいた光景を思い出す。

椿の花に見とれていた篠は新兵衛が来たのに気づくと、振り向いて恥ずかしげに微笑んだ。

（あのころ、わしは篠と何を話していたのだろう）

何も話さなかったような気がする。ただ黙って、ともに花を見ているだけで心が満ち足りた。

新兵衛が昔日の思いにひたっていると、采女が顔を向けた。

「どうしたのだ。わしに用があって来たのではないのか」

「いや、椿を見に来ただけだ」

「そうか――」

「もっとも、出世の階段を踏み外したお主の顔も見ておきたいと思ったのは確かだが」

「相変わらず、きついことを言う男だ」

采女は苦笑して、椿を眺めた。

「お主は謹慎中のはずだが、その身なりは登城でもするのか」

「石田玄蕃が登城するよう言ってきたのだ」

「いよいよ、玄蕃の軍門に降《くだ》るか」

新兵衛は采女を鋭く見つめた。

「さて、どうであろうな」

空を見上げて、采女は軽い口調で答えた。新兵衛の目に憤りが浮かんだ。

「三右衛門の死を無駄にするつもりか」

「無駄に死んだのは、三右衛門だけではない」

「どういうことだ——」

「坂下源之進はわしをかばって腹を切ったそうだ。玄蕃がそう話していきおった」

采女は目を伏せた。

「源之進がお主をかばって死んだだと？　それはまことか」

「思い当たることはあった。早くに気づいてさえいれば、死なせずにすんだかもしれぬ」

采女の声には後悔の思いが滲《にじ》んでいた。

「平山道場四天王のうち、ふたりがお主のために死んでしまったということか。しかも肝心のお主が石田派との抗争に敗れたとは、なんとも虚《むな》しい話だな」

「すべては、わしの罪だ」

「わしは、お主がそのように何もかもひとりで抱え込もうとするのが気にくわぬ。源之進や三右衛門が死ぬことになってしまったのも、それゆえだぞ」

　荒々しく言って詰め寄る新兵衛に采女は穏やかな顔を向けた。

「新兵衛、わしはお主が羨《うらや》ましかった。思うことをそのまま口にして生きるお主のようでありたい、と何度思ったか知れぬ」

「黙れ。お主の言いたいのは篠のことであろう。お主が恋い焦がれた篠をわしは妻にすることができた。だがな――」

　言いかけた言葉を呑《の》んで、新兵衛は椿をじっと見つめた。

「篠は最後に言い遺《のこ》した。この椿を見て欲しいという願いと、もうひとつ。それはお主のことだった」

「わしのこと？」

「そうだ。篠はお主からもらった文《ふみ》を大事に持っておった。そして、お主の助けになってやってくれとわしに頼んだ」

「…………」

「わしは、篠に一日としていい目を見させてやることができなかった。篠は、辛《つら》く苦しい思いの中で生き、この世を去った。だから篠の頼みなら、おのれにとってどんなに苦しいことであろうとも聞こうと心に決めたのだ」

「…………」

　采女は呆然《ぼうぜん》とした。

「願いを果たしたら褒めてくれるか、と訊《き》いたら篠は褒めると言ってくれたぞ。お主には事を成し遂げた時、褒めてくれるひとはおるまい」

言いながら、新兵衛は刀の鯉口《こいぐち》を切った。

「篠には、あの世で願いを果たせなかったと詫《わ》びることにする」

新兵衛はすらりと刀を抜いた。

「新兵衛、どうあってもか」

采女は刀の柄《つか》に手をかけたまま訊いた。

「くどい」

正眼《せいがん》に構えた新兵衛はそのまま間合いを詰めてくる。やむを得ぬ、と小声で言い、采女はわずかに後退《あとずさ》りつつ刀を抜いた。

「ようやくやる気になったか」

無拍子で突いて出る。新兵衛の剣先がすっと伸びた。

采女は一歩も退《ひ》かない。新兵衛の突きに合わせ、刀を巻き落としにかかる。がち、がち、と刃《やいば》を打ち合う音がして、ふたりは相手の息を感じるほど近寄った。

激しく睨《にら》み合った後、押さえ込もうとする采女の刃をはね上げた新兵衛は、鍔《つば》競《ぜ》り合いに持ち込んだ。

凄《すさ》まじい膂力《りょりょく》で刃を交えたと見えた瞬間、ふたりはぱっと離れた。

瞬時に、采女の刀が新兵衛の右小手に向かって伸びる。

――雷斬り

小手を斬り、すぐさま首筋を斬り上げる剣だ。采女の目に初めて殺気が走った。

「おうっ」

新兵衛は怒号して斬り込んだ。相手の剣先が迫るのに構わず、放胆に間合いを詰める。

采女も退かずに斬りつける。

白刃を振りかざして新兵衛は采女の首筋を狙った。動きに何の迷いもない。ふたりの応酬はあたかも剣の技をゆるやかに競うかのようであった。

すれ違いざまに斬り結んだふたりは、間合いをとって向かい合った。新兵衛は正眼、采女は上段に構えている。

張りつめた空気が漂った。新兵衛の拳《こぶし》と采女の首筋がそれぞれ薄く斬られていた。

采女が緊張をゆるめた。

「さすがに鬼の新兵衛は衰えておらぬな。首筋を斬られてはわしの負けだ」

「いや、お主の小手が先であった。お主が本気で斬りかかっておれば、わしの剣がお主の首に届くことはなかっただろう」

言い終える前に、新兵衛は刀を鞘《さや》に納めた。采女は、戸惑って新兵衛の動きを見つめた。

「なぜ刀を納めたのだ」

采女は窺《うかが》うように新兵衛を見た。

「三右衛門が死ぬ前に言い遺したことを伝えようと思ってな」

「なんのことだ」

　采女は怪訝《けげん》な顔をして刀を鞘に納めた。

「お主は〈雷斬り〉を仕掛けたであろう。わしはそれを見越していたゆえ、先にお主の首筋を狙ってみたのだ。榊原平蔵殿が斬られた時も同じだったからな」

「………」

「お主は平蔵殿と争いになり、小手を斬った。だが、その後で平蔵殿の首筋をはねたのは三右衛門だ。〈雷斬り〉の形になったのは偶然だが、お主は気が動転して、自分が〈雷斬り〉を使ったと思い込んだのであろう」

　新兵衛の言葉に采女は何も答えられなかった。あの時永福寺境内で三右衛門がなぜ立ち合いを挑んできたのかわからずにいた。三右衛門は、新兵衛と同じように采女の記憶を蘇《よみがえ》らせようとしたのだろうか。

　父が死んだ夜のことは、心の奥の闇に閉ざされたままだが、何かを見たという覚えは、かすかにあった。

（そうだったのか――）

　記憶にかかっていた霧がうっすらと晴れていくような気がする。三右衛門が平蔵の首筋をはねた瞬間、なす術《すべ》もなく呆然と見つめるだけだった。三右衛門が斬ったというより、自分が平蔵の小手を斬って、すぐさま〈雷斬り〉を使ったという感触があった。

三右衛門は采女の傍らに来て、自分が蜻蛉組であることを打ち明け、

「これは、お役目でいたしたことだ」

と言った。しかし、采女にはわかっていた。刀を抜いたあの瞬間に、自分には殺気があったと。父を死に至らしめたのは、やはり自分である。三右衛門に罪を負わせるわけにはいかないと思えた。だからこそ、平蔵を〈雷斬り〉で自分が殺した、と心の中で繰り返し言い聞かせてきたのだ。

「三右衛門の気持はありがたい。だが、父に刃を向けながら、わしに罪はなかったなどと言い逃れることはできぬ」

采女は悲痛な声で言った。

「お主が刀を抜いたのは、やむを得なかったのではないか」

新兵衛は諭すように言った。

「だからと言って、わしの背負った罪は消えぬ」

父が死んだ夜のことが思い出されて、采女は目を閉じた。

新兵衛は厳しい眼差《まなざ》しで采女を見つめた。

「では、なぜ三右衛門を御世子の身代わりに立てたのだ。死ぬ役目だとわかっていたのであろう。自分の罪を知る三右衛門を死なせたと疑われてもしかたあるまい」

目を見開き、本心を確かめるかのようにしばらくの間新兵衛を見つめ、采女は口を開いた。

「蜻蛉組としての役目だ。わしもまた蜻蛉組だからな」

「なに、お主が蜻蛉組だと？」

「そうだ。父は、玄蕃からも蜻蛉組からも、命を狙われていた。父が死んだ後、わしは蜻蛉組に入れられたのだ。藤吾と同じように監視するつもりだったのであろう。特に役目を与えられたわけではないが、時おり呼び出されては、わしが何をしようとしているのか問い質《ただ》された。そして、その都度、蜻蛉組であることを忘れるなと念押しされた」

「そうか。石田玄蕃がこれまでお主に手が出せなかったのは、後ろに蜻蛉組がいたからか」

新兵衛の目が鋭くなった。

「蜻蛉組は殿をないがしろにする鷹ケ峰様や石田玄蕃と対抗するためにわしをもり立ててきたのだ」

「では、三右衛門が御世子の身代わりになったのは――」

痛ましそうな顔をして新兵衛は口をつぐんだ。

「三右衛門が望んだことだ。蜻蛉組として御世子様を守り、石田玄蕃の野望をつぶすためにな」

「だが、お主はしくじった」

「その通りだ。三右衛門が命を懸けて助けてくれたのに、わしはそれを無にしてしまった」

唇を噛《か》んでうつむく采女に、新兵衛は哀しげな声でつぶやいた。

「お主はおのれを殺して生きようとする。それが他の者の生きる道を閉ざしてしまうこともあるのだ」

篠のことを言おうとしているのだと察した采女ははっとして顔をあげ、新兵衛を見た。

「若かりしころ、篠はお主に想いを懸けた。たとえ、滋野殿が邪魔立ていたそうとも、お主がしっかり篠を受けとめることができていたならば、篠は別な生き方ができたはずだ。わしと夫婦《めおと》になったばかりに、寂しく世を去らねばならなかったではないか」

悲しみを帯びた新兵衛の言葉に、采女はひややかな口調で答えた。

「新兵衛、お主、まださようなことを思っているのか。まさに大馬鹿者だな」

「なにを言う」

新兵衛は采女を睨みつけた。

「確かに若いころ、わしは篠殿に想いを懸けたことはある。だが、篠殿は違っていたのだぞ」

この男はとんでもないことを言う。采女の言葉を空々しいものと聞いて、新兵衛は顔をそむけた。

「いまさら何を言う。篠は亡くなる前に、椿の傍らで想いを懸けたひとに会いたいと申し、お主のことを案じていた。それに滋野殿は、お主と篠は破談になってからでもひそかに会っていたとわざわざ告げに来たぞ」

新兵衛は苦しげに言った。滋野が言い放った言葉は、いまも新兵衛の胸に深く突き刺さっていた。

「馬鹿な。さようなことはあるはずがないではないか。お主ほどの男がさような妄言に惑わされるとは情けないぞ、新兵衛――」

采女が言い募ろうとも、新兵衛は口を閉ざし、目をそらせたままだった。そんな新兵衛を黙って見つめていた采女が、ふと表情をやわらげて、

「お主に見てもらいたいものがある」

と言い、縁側の沓《くつぬ》脱ぎ石から座敷に上がった。間もなく、一通の文を手に戻ってきた采女を見て、新兵衛は訝《いぶか》しげな顔をした。

「なんだ、これは――」

采女が黙って差し出す文を受け取りながら、新兵衛は声を震わせた。篠が采女に宛てた文に違いない。

「わしとの縁組が破談になった時、わしが送った文への返状として篠殿からいただいたものだ」

恐る恐る新兵衛は文を開いた。そこには、

くもり日の影としなれる我なれば
目にこそ見えね身をばはなれず

と和歌が書かれていた。

「最初、わしはその歌の意を、もはや曇り日の影のごとく、自分は見えない身となったが、心はわしから離れないということだ、と思い込んでいた。しかし、それは、どうも違ったようだ」

と言う采女に、新兵衛は文に目を落としたまま答えた。

「わしには、お主が思った通りにしか受け取れぬぞ」

「そうではない。篠殿はお主の妻としての想いを歌に託したのだ。曇り日の影のごとく、目には見えなくとも、決してお主と離れずについていくつもりだ、それゆえ、気持は受け入れられぬ、とわしに告げたのだと思う」

「…………」

「先日、里美殿がこの屋敷に参られた時、わしはそのことにようやく気づいた」

「どういうことだ」

真剣な面持ちで新兵衛は質した。

「母上は、里美殿に篠殿が憑《つ》いていると言っておびえられた。里美殿もまた、篠殿が傍《そば》にいるような気がすると言われたのだ。そして、わしも──」

采女は、後の言葉を呑《の》み込んだ。あの夜、確かに里美の傍に佇《たたず》む篠の姿が見えた。

「お主、篠を見たのか」

新兵衛の問いに、采女は頭《かぶり》を振った。

「幻を見たのだと思う。だが、わしはその時にあの和歌の意味を悟ったのだ。形影相《けいえいあい》伴《ともな》うというではないか。仲の良い夫婦は、睦《むつ》まじく常に寄り添うものだ。篠殿の心はあのころ、すでにお主に寄り添っていた。それが、わしにはわからなかった」

采女は自嘲《じちょう》するようにつぶやいた。

「さように言われても、わしにはそうは思えぬ」

「新兵衛、お主は篠殿の後を追って死ぬつもりなのではないか」

「…………」

「やはり、そうか。篠殿は、お主を死なせたくなかった。だからこそ、わしのことを話し、助けてやれと言われたのだ」

「まさか、そのような――」

「篠殿は、お主を生かすために心にもないことを言わねばならなかったのだぞ。その辛《つら》さが、お主にはわからんのか」

采女の目には涙があふれていた。

面影

――一年あまり前。

京、地蔵院の庫裡《くり》で篠は療養していた。しかし、体調は優れないまま、日を追う毎に衰えていくのが自分でもわかった。

（もはや、わたしの命は長くないのではないか）

そう思うと、新兵衛のことが案じられてきた。自分が死んだ後、新兵衛はどうするだろうか。

新兵衛は愚直な男だ。扇野藩にいたころは、上司の榊原平蔵の不正が許せずに追及して、かえって自らが藩を追放された。

その後、江戸に出て旗本に仕官しようとしたが、うまくいかず、結局は剣術道場の師範代などで糊口《ここう》をしのいで十数年を過ごしてしまった。

その間には、新兵衛の人柄と器量を見込んで、旗本家や大名家の家臣、さらには剣術道場主などから婿養子の話を持ち込まれたこともあった。だが、新兵衛は、

「それがしには妻がございますれば」

と一顧だにしなかった。しかし、貧乏浪人が婿に望まれるなどめったにない幸運だ。妻を離縁してでも婿入りする者は珍しくない。婿入りの話が続けてあった時、

「あなたのご出世のためでございます。どうかわたくしを離縁してお話をお受けくださいませ」

と頼む篠に、新兵衛は、

「なにを馬鹿なことを」

と笑って相手にしなかった。篠が重ねて頼むと、

「わしが出世のために妻を捨てるような男と思うのか」

と怒り出したのである。篠はそれ以上言えず、口をつぐんだ。

新兵衛の気持が、嬉《うれ》しくはあったが、同時に不安でもあった。暮らしは貧しくとも、新兵衛とともに過ごしていく日々の清々《すがすが》しさは何物にも代え難いと思っていた。それだけに新兵衛がこのまま朽ちるのではないかと案じられたのだ。

国許《くにもと》を離れて何年経とうと扇野藩のことはなんとなく伝わってくる。新兵衛の友だった榊原采女が、順調に出世しつつあることも耳に入っていた。

新兵衛は素直にそのことを喜んでいるが、篠には複雑な思いがあった。

采女とはいったん縁組話が持ち上がり、結局は破談となった。そのおり、采女から想いを打ち明けられていたからだ。

若いころの篠には、采女へのほのかな想いがあった。歌集が返却された時、采女の歌

が添えられているのを見ると胸がときめいた。懸命に返歌を考え作った日々は楽しく、心満たされる思いがした。

采女との間に縁談が持ち上がった時は、正直嬉しかった。だが、その想いは、滋野によって間もなく断ち切られてしまった。父勘右衛門は滋野の暴言に憤って、すぐに新兵衛との縁組を決めてしまった。

当時、篠は戸惑うばかりだった。新兵衛も言わば幼馴染《おさななじみ》で、采女とともに坂下家をよく訪れていた。朴訥《ぼくとつ》な人柄だが、剣の腕前は平山道場の龍虎《りゅうこ》だとか四天王などと呼ばれていることは聞いていた。それでいて、新兵衛にはこまやかな心遣いとやさしさがあった。

縁談が持ち上がったころ、新兵衛は坂下家を訪ねてきて告げた。

「もし、篠殿のお気に添わずば、決して無理に話を進められませぬよう」

勘右衛門は驚いて訊《き》いた。

「瓜生殿はそれがしの娘がお気に召さぬのであろうか」

すると新兵衛は、大声で詩を吟じた。

関関《かんかん》たる雎鳩《しょきゅう》は
河の洲《す》に在り
窈窕《ようちょう》たる淑女《しゅくじょ》は
君子の好逑《こうきゅう》

雎鳩はみさごのことで、夫婦仲のよい鳥として知られている。『詩経』にある詩の一節で、自分にふさわしい妻に恵まれた男子の幸せを詠《うた》ったものだ。

漢詩人としても知られる勘右衛門は、漢籍の素養がさほどでない新兵衛が突然、漢詩を吟じたことを面白がった。

新兵衛は詩を口にした後、不意に顔を赤くしてそそくさと帰っていったのだが、勘右衛門は篠にこのことを話して、

「そなたは、君子の好逑だそうな」

と言ってほがらかに笑った。それから、

「瓜生新兵衛、あるいは拾い物かもしれぬ」

とつぶやき上機嫌になったのである。

篠は勘右衛門の話を聞いて、采女との縁組が破談になり、暗く閉ざしがちだった胸のうちに、ほのかな光が差してくるのを感じた。

篠のもとに采女から書状が届いたのは、輿入《こしい》れの日取りが決まって間もなく、初夏のころだった。

書状の内容は篠を当惑させた。そこには篠への想いが綴《つづ》られ、

「椿の傍らにて、もう一度、話がしたい」

などと書かれていた。

（わたしは、采女様がこのように訴えてこられるようなことを申し上げてきたのだろう

か）

顧みると、采女と歌を取り交わしたころ、篠の心に華やいだものがあった。それが采女の目にどう映っていたのだろう、と心苦しくなった。

（申し訳ないことをしてしまったのかもしれない）

そう思うと同時に、采女との縁談が壊れた時の落胆が遠いものになっていることに篠は気づいた。

その時は、そのわけがわからなかった。

書状を受け取って思い惑っていたある日、新兵衛がまた訪ねてきた。

すでに輿入れの日が近づいたころだけに、何か話があるのだろうと思っていると、新兵衛は中庭にまわった。笠《かさ》をかぶった着流しで、腰に脇差《わきざし》だけを差している。手に釣り竿《ざお》と大きな魚籠《びく》を持っていた。

それを勘右衛門に見せて、

「今朝がた川へ釣りに行きまして、大きなウグイが釣れましたのでお持ちしました」

と言った。城下近くの川ではいまごろ、ウグイがよく釣れる。新兵衛はきょうは非番だったのだろう。

勘右衛門は魚籠の中を見て、

「これは大物だ」

と素直に喜んだ。篠は控えているべきだと思ったが、なぜか新兵衛相手だと気軽にな

ってしまう。縁側まで出て、

「わたくしにも見せてくださいませ」

と声をかけて魚籠を覗《のぞ》き込んだ。中には腹部に赤い筋が入った八寸ほどのウグイが五、六匹入っていた。

新兵衛は照れ臭そうに頭に手をやったが、ふと、何かに気づいたのか、すっと縁側に近づき、抜く手も見せずに脇差を振るった。

きらっ、きらっ、と白刃が日に輝いたかと思うと、地面に小さい黒いものが落ちた。二匹の大きなスズメバチだった。

「蜂が巣をかけたようでござるな」

新兵衛は、少し緊張した顔をしてあたりを窺《うかが》った。それから植え込みなどを探していたが、軒下でスズメバチの巣を見つけたと言って、篠と勘右衛門に屋敷に入っているよう勧めた。新兵衛は筵《むしろ》を用意すると庭で焚《た》き火をした。さらに巣に棒を持って近づき、叩《たた》き落とした瞬間、筵にくるみ焚き火にくべてしまった。

「もう大丈夫でござる」

という声が聞こえて、篠が恐る恐る縁側に顔を出すと、新兵衛はにこりと白い歯を見せて笑った。その笑顔を見た瞬間、篠は、

(この方とともに生きよう)

となぜか素直に思えた。

篠は心をときめかしたわけではなかった。

だが、蜂を退治した新兵衛の顔を見た時、喉《のど》が渇いておられるのではないかと思い、お茶を差し上げねばと自然に体が動いていた。

さらに、どこか蜂に刺されはしなかっただろうか、お召し物が汚れはしなかったか、と身の回りのことを気遣っていた。

いつの間にか新兵衛のことをあれこれ心配している自分の心に篠は驚いた。そして、

（わたしがしっかりこのひとを見守らねば）

と思った。新兵衛はこれからも向こう見ずに蜂退治のようなことをするに違いない。そんな時には自分が傍《そば》についていなければ、と案じられる。

采女に〈くもり日の影としなれる――〉の和歌を返状として送ったのは、その翌日のことだった。

曇りの日の影が見えないように、自分は采女から遠い存在になったのだ、と思った。それだけに、采女がその後、縁談を断り続けていると耳にするたび、心苦しかった。

藩から追放になった時、

「身の落ち着き先が決まってから、そなたを呼び寄せようと思う。それまで里に戻ってはどうか」

と新兵衛は言ったが、篠はともに国を出ることを選んだ。そのころ坂下の家は妹の里美が婿に迎えた源之進が継いでいたが、そのせいではなかった。采女への気遣いもあっ

たが、何より、新兵衛に影のごとく添って生きようと心に決めていたからだ。

「それでよいのか」

新兵衛がためらいがちに訊くと、篠は笑って答えた。

「よろしゅうございますとも。苦しい時もともに歩んでこその夫婦《めおと》ではありませぬか」

国許《くにもと》を出てからは苦しい日々が続いた。だが、篠は新兵衛と心がふれあって過ごしていけるだけで満ち足りていた。子供がいないことは寂しかったが、篠が和歌や漢籍を学びたいと言えば、新兵衛はその道を開いてくれた。

京に出てから、篠は病がちではあっても、気分のよい時には『万葉集』などを繙《ひもと》きつつ心豊かに生きることができたのである。

しかし、自分の寿命が旦夕《たんせき》に迫ったと感じるようになると、日増しに新兵衛の行く末が心にかかってきた。

(このまま朽ち果ててよいひとではない)

とは思うものの、新兵衛は無欲なうえに篠とともに生きることを心の支えとしているように見受けられる。篠がこの世を去った後は、生きる張りを失うのではないだろうか。もしかしたら死を選ぶかもしれない、と篠は恐ろしかった。

采女は才を認められ、藩で重く用いられているという。新兵衛もまた、同様に用いられるに足るひとだ、と思う。妻の後を追うような道を歩ませてはならない。

篠は意を決して、新兵衛に願い事があると告げた。自分が死んだら、国許の椿を見に帰って欲しいと頼んだ。そして采女からの文《ふみ》を見せて、采女を助けてやって欲しいと言った。

自分が采女に心を寄せていたと新兵衛に思われるのは身を切られるように辛《つら》かった。だが、そう言わねば新兵衛は決して故郷《くに》に戻ろうとしないだろう。篠の話を黙ったまま聞き終えた新兵衛は、しばらくして、

「そうであったか。わしは何も知らなかった」

とつぶやいた。

「申し訳ございませぬ」

篠は胸がつまった。しかし、新兵衛は動揺の色も見せず淡々と応じてくれた。

「いや、よいのだ。それよりもひとつだけ訊《き》いておきたいことがあるのだが」

「なんでございましょう」

篠は新兵衛の顔を見つめた。

「わしはそなたに苦労ばかりさせて、一度もよい思いをさせたことがなかった。そなたの頼みを果たせたら、褒めてくれるか」

新兵衛の言葉に篠は胸がいっぱいになった。

「お褒めいたしますとも」

篠の目から涙があふれた。

涙を流しながらも、篠は新兵衛に微笑んだ。

（このひとを朽ち果てさせたくないとの思いは、わたしの言い訳ではなかっただろうか）

あるいは、新兵衛を世に出したいと願うのは自分の思いあがりなのかもしれない。新兵衛は自分なりの生き方を恥じることなく貫いてきた。それをいまさら賢《さか》しらに、新兵衛に力を振るってもらいたいと欲するのは、自分に見栄の心があるからではないか。新兵衛は篠に褒められることしか望んではいない。たとえ世間がどう思おうと、新兵衛は自分らしさを失わないで生きていくに違いない。

そのことは心底わかっていた。だからこそ、新兵衛が世間に容《い》れられなくとも、自分の傍にいてくれるだけで心が満ちていた。

だからいま、自分はただひとつのことを願っているだけなのだ。

新兵衛を死なせたくない、と。

少年のころと変わらず照れ臭そうに笑っていた新兵衛を、縁談が決まると唐突に訪ねてきて詩を吟じた新兵衛を、死なせたくない。

江戸に出てから、苦労を耐え忍んで篠のために生き抜こうとした新兵衛には、自らの命と引き換えてでも生きてもらいたかったのだ。

まことの心と裏腹な言葉を口にしつつ、篠は胸の中で、

「生きてくださいませ、あなた――」

と繰り返していた。

生きて、生き抜いてください。

それが、わたしにとっての幸せなのです。あなたが生き抜いてくださるなら、わたしの心もあなたとともにあるはずです。形に添う影のように、いついつまでもあなたの傍に寄り添えることでしょう。

そう願う篠の脳裏に、坂下家の庭に咲いていた椿の花が浮かんでいた。

白、紅の花びらがゆっくりと散っていく。あれは、寂しげな散り方ではなかった。豊かに咲き誇り、時の流れを楽しむが如き散り様《ざま》だった。

（わたしも、あの椿のように……）

篠は新兵衛に手をさしのべた。

その手を、新兵衛はかけがえのないものを扱うかのように両手で包み込んだ。

椿の花が一片《ひとひら》、はらりと散った。

舞い落ちる花びらを見つめながら、

「まことにそうであったろうか」

とつぶやく新兵衛に、采女は語りかけた。

「新兵衛、散る椿はな、残る椿があると思えばこそ、見事に散っていけるのだ。篠殿が、お主《ぬし》に椿の花を見て欲しいと願ったのは、花の傍で再び会えると信じたゆえだろう」

その時、縁側から、

「采女殿、また客人が来られましたぞ」

滋野の声がした。采女が振り向くと、

「そこな浪人者の連れであろう。坂下の後家じゃ」

滋野が憎々しげに言う。

「里美殿が？」

「何の用があるか知らぬが、先日はあれほど無礼な口を利いておきながら、臆面《おくめん》ものう、よう来られたものよ」

滋野は吐き捨てるように言うと、里美と顔を合わせたくないのかすぐさま踵《きびす》を返して奥に向かった。入れ違いに家士に案内されて、里美が縁側に来た。顔が青ざめている。

「何かありましたか」

采女が訊くと里美はうなずいて、新兵衛に顔を向けた。

「先刻、小杉十五郎と申される方より、藤吾に書状が届きましてございます」

「十五郎から？　どのような用件ですか」

新兵衛は顔をしかめて縁側に近づいた。

「藤吾は部屋に籠《こも》って書状を読むと、しばらくしてわたくしの部屋に参りました」

里美は、その時の様子を新兵衛に話して聞かせた。

藤吾は大刀を携え、緊張した面持ちで、

「小杉殿が急ぎ伝えて参りましたのは、篠原三右衛門様のご遺族に討手《うって》が差し向けられる、ということでございます」

　里美ははっとした。

「まさか、上意討ちではないでしょうね」

「いえ。あくまで石田ご家老からの討手とのこと。しかし、蜻蛉組の者はすべて禁足となり、しかも小杉殿は屋敷に見張りがついていて出られぬそうでございます」

「それでは──」

「さよう。助けに行けるのは、わたしだけだということです」

「いかがなされるつもりですか」

　里美はじっと藤吾の顔色を窺《うかが》い見た。藤吾は唇を湿らせて口を開いた。

「父上亡き後、わたしはひたすら出世を望んで参りました。何としても家禄《かろく》をもとに戻し、重職の座に連なるほど立身するのが、父上の無念を晴らすことになる、と思ってきたのです。されど──」

　言葉を途切れさせた藤吾に、里美は微笑んだ。

「されど、いまは違いますか」

「あの瓜生新兵衛殿のような、馬鹿げた生き方は決してするまい、と胸に誓っておりました。しかし、このように美鈴殿に危難が迫っていると聞くと、じっとしていることはできません」

「助けに行かれるのですね」

やさしい目で里美は藤吾を見つめた。

「新兵衛殿のように、腕に覚えもございませぬ。馬鹿なことだと承知いたしております。石田ご家老の討手を妨げれば、わが家は取りつぶされ、藩にもいられなくなりましょう。癪《しゃく》にさわりますが、新兵衛殿と同じ道を歩むことになるのです」

「確かに、そうなりましょうね」

「しかし、それでもわたしは、たいせつなひとを守り通したいのです。母上、申し訳ございません。わたしは、あの愚かな新兵衛殿と同じことをいたします」

藤吾は手をつかえて頭を下げた。

「それでよいのです。お行きなさい。そして美鈴殿を必ず、守るのですよ」

毅然《きぜん》と言う里美に、

「ご免――」

藤吾は一礼すると大刀を手に立ち上がった。緊張しつつ、急ぎ足で玄関に向かう藤吾の背は、ひと回り大きく見えた。

「それで、藤吾は篠原の屋敷に向かったのか。無茶だ。相手は相当の人数だぞ」

新兵衛はうなった。

「斬り死には覚悟しておりましょう。されど、できるものなら藤吾と美鈴殿を助けてやりたいのです」

　そう言って、里美は祈るような目で新兵衛を見つめた。

「新兵衛、行ってやれ。若い者にわしらのような思いをさせるな」

　采女の言葉に、新兵衛は武者震いした。

「ならば、行こう」

　新兵衛は里美にうなずいてから、采女に顔を向けた。

「お主との話はまだ終わってはおらぬ。藤吾のことが片付いたら、また来るぞ」

「わかっておる」

　采女は莞爾《かんじ》と笑った。門に向かいかけた新兵衛の背に、采女は声をかけた。

「生きろよ、新兵衛――」

　新兵衛は振り向いて采女を睨《にら》みつけたが、何も言わずに走り出した。その背を見送りつつ、采女は里美に言った。

「案じられますな。新兵衛が行けば大丈夫でござろう」

「されど、わたくしどもがご家老様に逆らえば、また家中に波風が立ち、榊原様にもご迷惑をおかけするのではございませぬか」

「なんの、それがしにも考えるところがござる。心配されずともよい」

　言い置いて、采女は縁側に上がり、渡り廊下伝いに離れに向かった。近頃、滋野は離れを居室としていた。采女は廊下に控え、障子越しに声をかけた。

「母上、ただいまより、登城いたしまする」

部屋の中から返事はない。采女は、威儀を正して頭を下げた。

「親子としての縁、まことに薄く、孝養を尽くすことができませなんだこと、お許しください」

なおも返事はなく、部屋はしんと静まり返っている。采女は立ち上がり、廊下から縁側に出て玄関に向かった。すると里美が見送るかのように従ってくる。

玄関に立った采女は、里美を振り向いて微笑んだ。

「里美殿にお見送りいただけるとは、思いがけないことでござった」

「お帰りをお待ちいたしております」

「わたしを待ってくださると言われるのか」

「姉がさようにいたすよう申しております」

里美は不思議な眼差《まなざ》しで采女を見つめた。采女は里美から目をそらさなかった。

「家で待つひとがいるというのは、まことによいものでござるな。それがしは、このように待ってもらうのは初めてのような気がいたす」

采女はしみじみ言うと、一礼して門に向かった。

采女を見送った里美は、榊原家の家士に、

「榊原様のお帰りをお待ちいたします」

と断りを言って、先ほどまでいた縁側に向かった。なぜ、采女を待とうと思ったのかわからないが、しきりに胸騒ぎがしたのだ。

藤吾のことも気にかかるが、新兵衛が行ったからには、まかせるほかない。何より自分はいまここにいるべきだ、という気がしてならない。

篠がそう囁《ささや》いているように思えた。篠は大きな哀しみと相まって采女を案じているようだ。

(何が起きるのだろうか)

不安を覚えつつ里美が縁側に行くと、ぽつんと座っている滋野の後ろ姿が見えた。寂しげな背中だった。里美が傍らに座ると、滋野はつぶやくように訊《き》いた。

「采女殿は、もう登城されたか」

「ただいま、お出かけになりました」

うなずいた滋野は、庭の椿に目を遣《や》った。

「もはや、采女殿はこの屋敷に戻られぬかもしれぬ」

「なぜにござりまするか。さようなことは申されませんでしたが」

里美は首をかしげて滋野の横顔を見た。

「先ほど、わたしの部屋の前で挨拶《あいさつ》するのが聞こえなんだか。采女殿はわたしに愛想をつかして出ていくつもりじゃ」

「采女様は、さような方ではございませぬ」

滋野は頭《かぶり》を振った。視線は椿に向けたまま言葉を継いだ。

「わたしは親戚《しんせき》に大身《たいしん》が多いものの、実家は軽格であったゆえ、幼いころから侮りを受けることが多かった。されば、平蔵殿の尻《しり》を叩《たた》いて出世の道を歩ませ、采女殿の妻も大身から迎えて出世の足がかりにしようとしたが、何事もうまくはいかず、平蔵殿は不正の汚名を負ったまま亡くなってしもうた」

滋野はため息をついた。

「わたしは焦り、苛立《いらだ》って、ことあるごとに采女殿に辛《つろ》う当たったのじゃ。采女殿はそれによう耐えてきたが、わたしを見限っても詮無《せんな》きことよ」

滋野の声には慙愧《ざんき》の念が籠《こも》っていた。

(この方も哀れな——)

里美は滋野の横顔から目をそらした。

庭に散った椿の花びらが鮮やかに輝いて、この世のものとも思えぬあでやかな色彩を帯びている。

篠原家に藤吾が駆けつけた時、屋敷はしんとしていた。門を叩いても応《いら》えはない。

藤吾は少し考えてから、あたりを窺い、塀沿いに屋敷の裏へとまわった。裏の潜《くぐ》り戸を押すと簡単に開いた。中に入ると同時に出くわした顔なじみの家士が、ぎょっとした顔で危うく声をあげそうになった。

「坂下藤吾でござる。表からの出入りを憚《はばか》って裏へまわりました」

声をひそめて言うと、家士は落ち着きを取り戻し、

「美鈴様と弥市《やいち》様は仏間におられます。ご位牌《いはい》にお別れをしておいでです」

と低い声で言った。弥市は十二歳になる美鈴の弟だ。まだ元服をすましていないが、三右衛門が亡くなった以上、家督を継がなければならないだろう。

「美鈴殿は、いずこかへ参られるのか」

驚いて訊くと、家士は頭を振った。

「わたしが申し上げるわけには参りません。美鈴様よりお聞きください」

と言いながら家士は潜り戸に手をかけ、外を窺《うかが》って、そっと閉じた。どうやら外の様子を確かめようとしていたところだったらしい。仏間へ案内した家士が藤吾の訪れを告げると、仏壇に灯明《とうみょう》をあげていた美鈴が驚いた顔で振り向いた。

「藤吾様――」

美鈴の目に喜びの色が浮かんだ。傍らの弥市が不安げな目で藤吾を見つめる。

「美鈴殿、石田ご家老よりの討手が差し向けられると、蜻蛉組の小頭《こがしら》が知らせて参りましたぞ」

藤吾がせわしなく近寄って言うと、美鈴はうなずいた。

「先ほど小杉様がそのことをお伝えくださいました。城下にいては危ういゆえ、円城寺《えんじょうじ》村《むら》の親戚を頼ろうかと思いまして」

円城寺村は藩の北端にあり、街道にも近い。村の名主が母方の親戚だという。

「円城寺村ですか」

藤吾は首をひねった。たとえ円城寺村に逃れようとも討手は追ってくるに違いない。しかし、他に行き場がない以上、そこに行くしかないだろう。そう思った時、門の方で大声がした。

「美鈴様、お逃げください」

家士の声だった。

悲鳴があがって、どしん、と何かが倒れる音がした。家士が斬られたのだろうか。続いて玄関からこちらに向かってくる足音が聞こえた。

「上意である。神妙にいたせ」

男が怒鳴りながら奥へ近づいてくる。

「美鈴殿、裏口から逃げましょう」

藤吾は声を落ち着かせて言いながら下緒(さげお)で襷(たすき)をした。広縁から中庭に下りて、美鈴と弥市を裏口に向かわせようとした、その時、

——待てっ

屋内に踏み込んだ数人の男たちが、座敷から広縁に出てきた。先頭に立っているのは宇野十蔵だった。十蔵は中庭に飛び下りた。

「坂下藤吾、なぜここにいるのだ」

十蔵は抜き身の刀を手にしていた。刃が血に染まっている。

「家士を斬ったのですか」

冷静に藤吾が訊くと、十蔵はにやりと笑った。

「この家の者たちを逃がそうとしたからな。邪魔をいたす者は容赦せぬ」

藤吾は刀の鯉口《こいぐち》に指をかけたが、十蔵の背後にいる男を見て、はっとした。

羽織袴《はおりはかま》姿の男は藩の剣術指南役のひとり、井ノ口伝内《いのくちでんない》だった。三十過ぎのひきしまった体つきで目が鋭くあごがはった顔は見間違いようがない。一伝流《いちでんりゅう》居合いの達人だ。藩校の道場で藤吾も何度か稽古《けいこ》をつけてもらったことがあった。「俊敏、隼《はやぶさ》の如し」といわれる剣を使う。

「井ノ口先生、あなたのような方まで、石田ご家老の手先になられたのですか」

藤吾が吐き捨てるように言うと、伝内は苦笑した。

「わしは、石田ご家老の命により、この者たちの見届け人になっただけだ。手出しはせぬゆえ、安心しろ」

十蔵が前に出て、

「先生のお手をわずらわすまでもない。われらで十分でござる」

言い捨てるや否や十蔵の背後の男たちが一斉に中庭に飛び下り、刀を抜いた。藤吾は鯉口を切った。そろりと横に動く。

美鈴と弥市も藤吾の動きに合わせて、背に隠れた。十蔵は、三人の動きを油断なく見つめながら間合いを詰めた。

「先ほど、玄関先で上意と言われましたな」

藤吾は十蔵を睨《にら》んだ。

「言ったが、それがどうした」

「殿はご病床にあられます。上意とは偽りでしょう」

「何をたわけたことを。ご家老は殿のご意向を受けて動いておられる。ご家老がお命じになれば、すなわち上意だ」

「それこそ、上意を騙《かた》ることではありませんか。家臣として許されぬ大罪ですぞ」

藤吾がひややかに言うと、十蔵はわめいた。

「うるさい。貴様も吉右衛門のように斬られたいか」

藤吾ははっとした。

「宇野殿。武居村の吉右衛門を斬ったのは、あなたですか」

十蔵は嗤《わら》うと、舌《した》舐《な》めずりして口を開いた。

「そうだ。山廻《やままわ》りをする際、わしは村々の庄屋《しょうや》から接待を受けておった。それが賄賂《まいない》になるなどと、吉右衛門はやかましいことを言いおったゆえ、斬り捨てた。吉右衛門は御《ご》世子《せいし》派でもあったからな」

「あなたというひとは——」

唖然《あぜん》として、藤吾は後の言葉が続かなかった。政争の陰で十蔵は私怨《しえん》をはらしていたのだ。吉右衛門の無念を思って憤りを感じた。

――死ねっ
十蔵が刀を振りかぶって斬りかかってきた。とっさに藤吾は抜き打ちに胴を払う。がきっ、という金属音がして刃が嚙《か》みあった。

十蔵は打ち返して踏み込んだが藤吾を侮ったのか、構えに隙が出た。藤吾は怯《ひる》まず突いて出た。片手なぐりに斬りかかろうとしていた十蔵の動きが止まった。

藤吾の刀が十蔵の腹に突き刺さっている。

「おのれ――」

十蔵は目を剝《む》いて、どうと倒れた。藤吾は十蔵の体からさっと刀を抜いて退いた。

「坂下、われらから逃れられはせんぞ」

取り囲んだ男のひとりが怒鳴った。十蔵が倒れても残りの男は伝内を入れて六人いる。

「あなたがたこそ、上意を騙った罪から逃れられませんぞ」

藤吾は刀を正眼《せいがん》に構えた。十蔵の腹から刀を抜いた際に飛び散った血が顔に点々とついて、凄《すさ》まじい形相になっていた。

男たちがじわりと包囲を縮めた。美鈴が藤吾の背に訴えた。

「藤吾様、これ以上ご迷惑はかけられませぬ。わたくしどもに構わず、お立ち去りくださいませ」

「いいえ。わたしは、あなたをお守りすると心に誓ったのです。自分の心を裏切るわけには参りません」

藤吾が言い終える前にひとりが斬りかかってきた。続いてふたりが斬りつけようと構える。斬りかかってきた刀を弾《はじ》き返すと同時に、別の男が下段から刀をはね上げてくる。これをかわして斬りつけようとした瞬間、新たに男が突いてきた。危うくかわして、突いてきた男の脚を薙《な》いだ。男が倒れるのと、さらにもうひとりの刀が藤吾に迫ったのは同時だった。

刀でなんとか受けはしたが、思いのほか相手の切っ先は伸びて、藤吾のこめかみに届いた。

すーっと血が流れ落ちるのがわかる。しかし、不思議に痛みを感じない。

体をまわして突き放しつつ、藤吾は相手の腕に刀を走らせた。手応《てごた》えはなかったが、相手はよろけて腕から血を滴らせた。

不意にがくりと藤吾は片膝《かたひざ》をついた。斬られた覚えはなかった。だが、突如、脚に力が入らなくなった。

「藤吾様――」

美鈴は叫んでとっさに懐剣を抜き、藤吾をかばうように前へ出た。弥市も震える手で脇差《わきざし》を抜く。

「ふたりとも下がりなさい」

藤吾が必死に声をあげるが、美鈴は悲しげに頭《かぶり》を振った。

「藤吾様は脚を斬られておられます」

藤吾は自分の脚に目を向けた。左の太股《ふともも》あたりの袴《はかま》が切れ、赤く染まっている。傷を目にしたとたん痛みが走った。焼けた鏝《こて》を押し当てられたような、激烈な痛さだった。

（しまった。これでは戦えぬ）

すでに十蔵を倒し、ふたりに傷を負わせているが、残る三人は無傷だ。

「坂下、もはやこれまでだな」

背の高い男が刀を正眼に構えた。

藤吾は刀を杖《つえ》にして、傷ついた脚をかばいながらゆっくりと立ち上がった。

「美鈴殿、ここはわたしがどうにかして食い止めます。すぐに弥市殿と裏口へ走ってください」

顔が血に染まっていく藤吾が言うと、美鈴は首を横に振った。

「そのようなことはできませぬ。わたくしもここでともに戦います」

「わたしは、篠原様から美鈴殿のことを頼まれたのです。あなたと弥市殿を助けなければ、武士としての一分《いちぶん》が立ちません」

肩で息をしながら刀を構えた藤吾は激痛に顔をゆがめた。それでも懸命に、

「早く、逃げるのだ――」

と声を振り絞り、向かい合った男に斬りかかろうとした。すかさず男が刀を振り上げた時、黒いつむじ風となって男が飛び込んできた。

新兵衛が刀を振りかざして、怒濤《どとう》の勢いで男たちに斬りかかった。刀を振り上げてい

た男が弾き飛ばされるように横倒しになった。脇腹を押さえてうめき声をあげている。

「貴様――」

「何奴だ」

残ったふたりが口々にわめいて斬りかかるのを、新兵衛はかわした。二閃《にせん》、白刃がきらめいた。ふたりの男はそれぞれ一太刀で肩先や脚を斬られて倒れた。

新兵衛は藤吾の傍らに膝《ひざ》をついた。

「藤吾、大丈夫か。よう、がんばった。どうやら武士らしゅうなったではないか」

「わたしは、別に武士らしくなりたいなどと思ってはおりません。まして、瓜生殿のようになるのだけは、ご免こうむりたい」

「そうか。だが、お主のやっておることは、わしがしたことと同じようなものだ」

「それゆえ、一生の不覚だと思っております」

破顔して新兵衛は言った。

「しかし、わしにお主のような息子がいたなら誇りに思うぞ」

「瓜生殿――」

新兵衛の思いがけない言葉に、藤吾は胸が詰まった。その時、庭先で傍観していた井ノ口伝内がおもむろに歩み出てきた。

新兵衛は伝内に顔を向けずに声を発した。

「貴殿は、他の者とは違って手を出さぬと思ったが、討手であったか」

伝内は薄く笑った。

「初めてお目にかかる。それがしは剣術指南役を務める一伝流、井ノ口伝内と申す」

「わしが藩を出てから召し抱えられた指南役だな」

「さよう。瓜生殿の噂は聞き及んでおり申したが、ただいまのお手並みを拝見いたし、聞きしに勝る腕前と感じ入ってござる」

新兵衛は立ち上がり、殺気を漂わせて近づいてくる伝内と向かい合った。

「それで、どうするつもりだ？」

「それがしはただの見届け人でござったが、お手前の腕を見た以上、このまま引き下がるわけには参らぬ仕儀となり申した」

伝内は腰を落として構えた。それを見て、藤吾が新兵衛に声をかけた。

「ご用心ください。井ノ口殿は居合いの名手でございますぞ」

新兵衛は無愛想に答えた。

「言われなくとも、見ればわかる」

同様に腰を落として居合いの構えを取った。伝内は新兵衛を窺《うかが》い見た。

「居合いならば、それがしに一日《いちじつ》の長《ちょう》があると存ずるが」

「それは、やってみねばわからぬぞ」

新兵衛が言い終わらぬうちに、伝内の腰から刀が走った。瞬時に新兵衛は鞘《さや》をつかんで刀を前に突き出し、鍔《つば》で伝内の刀を受けた。鋭い金属音が響いて火花が散った。

伝内はうなり声をあげて刀をまわし、斬りかかろうとする。すれ違い様《ざま》に居合いを放った新兵衛は過《あや》またず、伝内の脚を斬った。どっと倒れた伝内は、うめいた。

「なるほど、さすがに鬼の新兵衛だな」

「お主は使命をしくじったのだ。早々に立ち去らぬと、腹を切らねばならなくなるぞ」

新兵衛は諭すように言った。

その時、討手の供をしてきた小者たちが恐る恐る中庭に入ってきた。門前で控えていたが、屋敷内での争闘が止んだ気配を察したのだ。伝内が苦笑して、

「引き揚げるぞ」

と告げると、小者たちは歩くことができない主人たちに肩を貸し、倒れたままの十蔵を戸板に乗せて運び出した。伝内は頭を下げると、足をひきずりながら屋敷を後にした。

藤吾と、玄関先で倒れていた家士を、新兵衛が奥座敷に運んだ。家士は肩先を斬られていたが、浅手だった。

新兵衛は、美鈴が台所から持ってきた焼酎《しょうちゅう》を口に含んでふたりの傷口に吹きつけ、さらに油薬を塗って白い布を巻いた後、

「暗くなってから、医師を呼びに行こう。それまで辛抱しろ」

と言った。頭に白い布を巻かれた藤吾は横になったまま訊《き》いた。

「しかし、間もなく次の討手が来ると思われます。早くこの家から離れた方がよいのではありませんか」

「いったんは討手を退けたのだ。石田玄蕃も、次の討手をすぐには出せまい。それに怪我人が運び出される騒ぎで、隣近所も何があったか察しておろう。迂闊《うかつ》なことはできぬはずだ」

「さようでしょうか」

そう言いながら、藤吾は気を失いそうになった。すかさず、新兵衛は藤吾の頬を平手でぴしゃりと叩《たた》いた。

「しっかりせぬか。新たな討手は来ぬとは思うが、何が起きるかわからぬ。気など失っておられぬぞ」

新兵衛は何事か案ずるように言った。藤吾は顔をあげて訊いた。

「何か気がかりなことでもあるのですか」

「采女が石田玄蕃に登城を命じられたのだ」

「榊原様が？」

驚いて体を起こしかけた藤吾は顔をしかめた。美鈴が急いで体を支えようと傍《そば》に寄る。

「玄蕃め、采女を屈服させ、誰も自分に逆らえぬことを藩内に見せつけたいのであろう」

新兵衛が憂鬱《ゆううつ》そうに言うと、藤吾は眉《まゆ》をひそめた。

「榊原様が危のうございます」

「なぜ、そう思う」

「榊原様ほどのお方です。いったんは屈服されたように見せかけても、必ずや再起されるに違いありません。そのことがわからないご家老ではないはずです」

「ならば、采女はどうなる」

新兵衛の顔が強張《こわば》った。

「ご家老は榊原様に頭を下げさせ、敗北を認めさせたうえで詰め腹を切らせるつもりではないでしょうか」

「石田玄蕃が城内でさようなことをいたすであろうか」

「わたしの父の時がそうでした。石田様のお屋敷に呼び出され、詰問されたあげく腹を切ったと聞いております。おそらく切腹するよう無理強いされたのです」

藤吾は無念そうに唇を噛《か》んだ。

新兵衛は目をそらした。源之進の死に思いを致し、顔をゆがめる藤吾の心底を思うと胸が痛んだ。

石田玄蕃が土壇場で思い切った手を打ってくるのは、世子政家が田中屋で毒を盛られたことでも明らかだった。手強《てごわ》い政敵である采女を追い詰める手をゆるめないことは十分考えられる。

だが、たとえ采女の身が案じられようと、城内で起こることに手の打ちようはないのだ。

平山道場四天王のうち、源之進と三右衛門のふたりがすでにこの世を去り、いまや采女まで命の危機にさらされている。

（しかし、わしには何もできぬ）

新兵衛は無力な自分に虚《むな》しい思いを抱いた。篠は新兵衛を生かしたいがゆえに国許《くにもと》へ戻したのだ、と采女は言った。

ところが、ひさしぶりに戻った故郷《くに》で出合うのは旧友の死や苦境でしかなかった。

「わしは何のために戻ってきたのであろうか」

新兵衛は思わずぽつりとつぶやいた。篠はこんな思いをさせるために新兵衛に故郷に帰るよう頼んだわけではなかったはずだ。

思いわずらう新兵衛の顔を藤吾はじっと見つめた。

「さような愚痴をこぼされるとは、伯父上《おじ》らしくもありませんな」

新兵衛は耳を疑った。日頃、他人行儀に「瓜生殿――」としか呼びかけない藤吾が、

――伯父上
と呼んだのである。

「わしは愚痴など言ってはおらん」

目を瞬《しばた》かせながらそっぽを向いて負け惜しみを言う新兵衛に、藤吾は微笑を浮かべた。

「さようですとも。われらにはまだ、できることがあるはずです」

藤吾の声は、怪我人とは思えないほど力強かった。

新兵衛はその声を頼もしく聞いた。

里美は、榊原屋敷の縁側でひとり座していた。滋野が仏間に籠《こも》って経をあげる声がかすかに聞こえている。

滋野は采女が登城したと聞いた後、いきなり読経《どきょう》をすると言い出したのである。

「なぜ、読経を思い立たれたのでございましょうか」

里美が訊くと、滋野は戸惑った顔をした。

「わからぬが、采女殿になにやら悪しきことが起こるような気がするのじゃ。おかしいと思うであろうな。散々、采女殿を憎み、苦しめてきたわたしがかようなことを申すのは」

滋野は寂しげに笑った。

「さようなことはありませぬ。滋野様は采女様を幼い時からお育てなされた母上様ではございませぬか。子を気遣うは当然でございます」

「そなたのように、素直に生まれついた女人はそうであろう。じゃが、わたしは違うた。いとおしみ、案ずれば案ずるほど、そうする自分に腹が立ち、荒い言葉を投げかけてしまう。すると、わたしがいとおしんだ者の心は離れていく。それが憎くて、また、相手を責める言葉を吐き続けた。気がつけば、誰も傍におらんようになってしもうた」

滋野はふっふっ、と自らを嘲《あざけ》るように笑った。里美は滋野の言葉を聞いて胸が痛んだ。滋野の中にくすぶる、自身との折り合いがつけられなくてどうしようもない気持が自分の中にもない、とは言えない。

いとおしく思えば思うほど、裏腹な言葉を投げかけてしまうということは、誰の心にも潜んでいるのではないだろうか。

「せめて、御仏《みほとけ》に采女殿の無事をおすがりしようと思うてな。采女殿がもはやこの邸《やしき》に戻らずとも、無事であってくれれば、それでよいのじゃ」

そう言い残して滋野は仏間に入ったのである。滋野の読経を里美は哀しい思いで聞いた。

(あれほど采女様を苦しめた滋野様が、いまは母として息子の身を案じておられる)

その気持が采女に伝わればよいのだが、と思う。いや、そのためにこそ、自分がここにいるのだ。采女様にはわたしからお話しいたさねばならない。

なぜなのだろう。そう思う先から、胸に悲しみが湧いてくる。ひとが自分の想いを伝えることの難しさゆえだろうか。

中庭に目を遣《や》った里美は、はっと息を呑《の》んだ。椿の傍らに、篠が佇《たたず》んでいる姿が一瞬見えた。

篠は遠くを見つめていた。それは、かつて里美が見たのと同じ光景だった。ある日、里美が庭に出てみると、篠が物思いにふけるように立っていた。

(あれは、采女様との縁組が破談になったころだったろうか)

いや、そうではない。篠は表情に、初夏の輝きを溜《た》めたような光を宿し、立ち姿には期待に満ちた明るさが漂っていた。

里美が近づこうとした時、玄関から訪《おとな》いを告げる男の声がした。やがて、中庭にまわって来たのは新兵衛だった。新兵衛は、着流しで手に釣り竿《ざお》を持っていた。

(そう、あれは姉上と新兵衛殿の祝言の日取りが決まってからのことだった)

新兵衛は非番の日、釣りに行っては、釣果《ちょうか》があるといつも坂下家を訪ねてきた。月に一度あった非番の日はわかっていたし、朝から晴れていれば、釣りに行って訪ねてくることは察しがついていただろう。だから、篠は新兵衛がやって来る頃合いを見計らって庭に出て待っていたのだ。

しかし新兵衛は、それがいつも偶然に思えるらしく、篠と顔を合わせるたびに驚き、戸惑ったような表情で、いつでも代わりばえしない時候の挨拶《あいさつ》をするのだった。篠が待っていたのだとは決して気づかない。

そんな様子を微笑んで見つめる篠の横顔は美しかった。そして、先ほど里美が目にしたのは、あの時と同じ篠の姿だった。

(いまも姉上は、あの椿の傍らで新兵衛殿が来るのを待っておられるのだ)

里美は胸がいっぱいになって袖《そで》で顔をおおった。

たとえ、この世を去ろうとも、ひとの想いはこれほど深く生き続けるものなのか。

一陣の風が吹き、里美は顔をあげた。

篠が何かを語りかけてきたような気がした。

「姉上、何をおっしゃりたいのですか」

里美は思わず声をあげた。しかし、篠の姿はすっとかき消えた。里美は呆然《ぼうぜん》として椿を見つめた。

（姉上は何か伝えたいことがおありだったのではないだろうか）

椿の白い花びらが一片《ひとひら》、風に舞い散った。

椿散る

采女が屋敷を出て間もなく、総登城を告げる太鼓が打ち鳴らされた。しかし、采女が大広間に入った時、広間を埋める藩士は石田派の者で占められているように見えた。彼らが驚いてぎょっとする中を、采女は素知らぬ顔で歩を進めた。

玄蕃は裃《かみしも》姿で座っていた。次席家老の滝川十郎兵衛、勘定奉行の佐々八右衛門が脇に居並んでいる。

日頃、采女は上段に向かって左側の上席、つまりは玄蕃の斜向《はすむ》かいとなる場所に座っていた。

采女が着座すると藩士たちの間からひそひそと囁《ささや》きかわす声が聞こえてきた。

世子《せいし》政家が毒を盛られた責めを負って采女が謹慎させられていることは誰もが知っている。采女の登城に藩士たちの好奇の目が向けられたのだ。

「どういうことだ。榊原殿には、はやお許しが出たのか」

勘定方《かんじょうかた》の四十過ぎの男が声をひそめて隣に座る同僚に訊《き》いた。

「いや、そんな話は聞いておらぬ。御世子様はいまだ本復されておられぬゆえ、榊原殿の罪はまだ許されておらぬはずだが」

「だとすると、処分の申し渡しであろうか」

勘定方は恐れるような口振りで言った。

「かように皆がおる前でそれはあるまい」

同僚は頭《かぶり》を振った。通常、処分などの言い渡しは城内の御用部屋で執政より言い渡される。大広間で衆人環視の中、行われるということはない。

「しかし、かねて不穏な動きがあった榊原殿だ。ご家老も腹に据えかねておられるのではないか」

勘定方は上座の玄蕃を窺《うかが》うように見た。

「処分が申し渡されるのであれば、榊原采女はとんだ恥をさらすことになるやもしれぬな」

ふたりはなおもひそひそと話を続ける。

私語は小波《さざなみ》のように広がっていったが、玄蕃がごほんと大きく咳払《せきばら》いをすると、一度に静まった。

「滝川殿――」

玄蕃はうながすように声をかけた。十郎兵衛はうなずいてわずかに膝《ひざ》を乗り出し、声を発した。

「方々に申し上げる」

皆が一斉に十郎兵衛の顔を見た。

「このたびの総登城は、殿よりお達しがあってのことでござる。さりながら、殿はいまだ病が癒《い》えておられぬゆえ、われらより申し伝える。まずは、江戸の神保弾正少弼家久様のご嫡男太郎丸様を、御世子左近将監様のご養子としてお迎えすることとあいなったとのお達しである。このこと、すでに神保家へ使者が立てられたゆえ、各々、心得ておかれよ」

十郎兵衛はよどみなく告げた。

神保太郎丸を政家の養子に迎えると言い渡されて、藩士たちはざわめいた。

早々に養子を迎えると知らせなければならないほど政家の容体は思わしくないのであろうか。あるいは、政家がこのまま押し込められ、藩主の座は太郎丸に譲られてしまうのだろうか。藩士たちの困惑は増すばかりだった。

十郎兵衛は皆の動揺を静めるように見まわした。

「さらにいまひとつは、それなる榊原采女についてである」

名指しされても、采女は表情ひとつ変えなかった。端座《たんざ》して身じろぎもしない。

十郎兵衛は厳しい表情で話を続けた。

「御世子様に異変が起きたことは、方々も薄々存じておろう。榊原采女はその責を負って謹慎いたしおるところ、本日、登城を差し許されたのは、ご家老のお考えがあってのこと」

十郎兵衛の言葉に、藩士たちは緊張した。

「やはり、采女は切腹を命じられるのではないか」

「いや。家禄《かろく》没収のうえ、追放であろう」

と囁く声がもれた。

さざめく声に眉《まゆ》をひそめながら、十郎兵衛は窺うように玄蕃に顔を向けた。玄蕃を恐れ、その意向に添おうとしているのが表情に出ている。

玄蕃は傲然《ごうぜん》として目を閉じたままだ。何も言わず、非情な気配を漂わせている。藩士たちは息をひそめて、家老が口にする言葉を待った。

玄蕃は不意ににやりと笑った。

「滝川殿は、何やら、もったいぶりすぎるのう。まるで、わしが榊原を糾問いたすために登城を命じたように聞こえるではないか」

「いや、これは」

顔を見交わした十郎兵衛と八右衛門がぎこちない笑い声をあげると、藩士たちの間にもかすかに笑いが起きた。

玄蕃はじろりと皆を見まわした。

「御世子様のことだけでなく、近頃、城下や村方でも不穏なことが相次ぎ、わしは家老として深く憂慮しておる。これは、わしの不徳のいたすところではあるが、おのれが用いられないことに不満を持つ者が、いたずらに騒ぎを大きくしておるからでもある」

ひと息ついて腹立たしげに頭を振ってから、玄蕃は采女に目を遣《や》った。

「じゃが、わしは怨《うら》みに報いるに、徳をもってすべきではないかと考えた」

采女は表情をまったく変えない。またどよめきが起きた。

玄蕃は采女を許すつもりなのだろうか。そうだとすれば、藩内の争いは思わぬ展開になるかもしれない。采女が石田派に下れば、恐らく御世子派はその瞬間に壊滅するだろう。

玄蕃はじっと采女を見つめたまま、

「わしは、いらざる企てをして藩に騒ぎを起こそうとした者たちを許そうと思う。無論、その者が改心いたし、許しを請うならばの話だがな」

と言った。佐々八右衛門が大仰にうなずいた。

「ご家老は、なんとお心の広い方であろうか。皆々、そのことをよくわきまえよ」

十郎兵衛も負けじと声を張り上げて追従《ついしょう》した。

「それでこそ御家を守り、わが藩を安らかにいたすご英断じゃ」

藩士たちからも、

「いかにも、いかにも」

「さすがにご家老様であらせられる」

「ありがたいことじゃ」

と同意する声があがった。

采女がわずかに身じろぎして、玄蕃の方を向き、片手をつかえた。

「それがし、申し上げたき儀がございます」

采女の声が大広間に響いた。

「おお、なんじゃな。榊原、言いたいことがあれば申すがよい」

采女がいよいよ自分に屈服する日が来た、と思ったのか、玄蕃は相好《そうごう》を崩して言った。

「この場におられる方々にも申し上げる。先ほど、ご家老は用いられないことに不満を抱く者が騒ぎを起こすと申されましたが、あれは、それがしのことでござる」

采女は膝を正してきっぱりと言った。

采女のあまりにはっきりした物言いが、藩士たちを驚かせた。御世子派を率いていた采女が、これほどあっさりと自らの罪を認めたことが信じられなかったのだ。

玄蕃も不安を覚えたのだろう、

「榊原、さほどにおのれを責めずともよいのではないか」

と口にした。采女は頭を振った。

「さようではございません。それがしは、これまで藩の行く末を案じて参りました。されど、案ずるがゆえに藩に争いを招いていたと知ったのでございます」

采女の言葉は真摯《しんし》な響きを持っていた。

「それがしの旧友にて、瓜生新兵衛なる者がおります。かつて藩の不正を糺《ただ》そうといたしたため、かえって藩を追われ、浪々の暮らしを送っております。新兵衛が不正に立ち向かったおり、それがしは助力いたしもせず、おのれの保身を図りました」

玄蕃が顔をしかめた。

「榊原、さように昔の話を持ち出してどうしようと言うのだ」

「それがしは、藩政の腐敗の追及など一朝一夕にできるものではないと考え、ひたすら力を蓄えるべきだと思っておりました。しかし、それは間違いでございました。その時にこそ立つべきであった、とようやくわかったのでござる」

目を閉じて采女は新兵衛や三右衛門、源之進の顔を思い浮かべた。

自分には友とともに進むべき違った道があったのではないか。その道を歩む勇気があったならば、いま、このようなことにはなっていなかったはずだ。

玄蕃は不機嫌そうに口をゆがめた。

「聞いておると、何やら、わしが無理強いして、正しい道を歩ませなかったように聞こえるが」

十郎兵衛が膝を乗り出した。

「ご家老様は改心いたすなら許すと仰せなのだぞ。そうでないと申すのなら、いますぐに腹を切るべきであろう」

八右衛門が額に青筋を立てて怒鳴った。

「そのような雑言を吐くなら、たとえご家老様がお許しになろうとも、われらが勘弁いたさぬぞ」

采女は口辺《こうへん》に笑みを浮かべた。

「それがし、まことに自らを省みて恥じておるというだけのことでございます。方々、心配ご無用に存ずる。ご家老様にお詫《わ》びいたさねばならぬという気持に嘘偽りはございませぬ」

采女が言うと、玄蕃は苦笑して、

「まことにもって榊原らしい、ひねくりまわした物言いだな。重ねて訊《き》くが、詫びる気持に偽りはないのだな」

念を押すように質《ただ》した。

「申し上げた通りに違いございませぬ」

にこりとして答える采女の言葉にためらいはなかった。

「そうか。ならばよい」

言い捨てた後、玄蕃は一同を睨《ね》めまわした。

「皆の者、聞いたであろう。榊原采女はわしに詫びると申した。武士に二言はなかろうゆえ、わしは信ずることにいたす。だが、その代わり――」

玄蕃は、白扇を懐から取り出して目の前の畳を指した。

「ここにて手をつかえよ。そのうえで、わしに頭を下げて、二度と逆らわぬと誓い、助けて欲しいと命請いをいたすのじゃ。さすれば許してつかわそう」

玄蕃の目が残忍に光っている。藩士たちの前で死に勝る屈辱を采女に与えるつもりなのだ。そうすれば、たとえ采女に再起の心積もりがあろうとも頓挫《とんざ》するだろうと踏んでいた。命請いをしないのであれば切腹を命じるまでだ。

藩士たちは息詰まる思いで采女を見つめた。武士たる者がこれほどの辱めを受けるならば、死んだ方がましだと思えるではないか。

どうするつもりなのだろうかと居並ぶ者たちが見守る中、采女は平然と答えた。

「容易《たやす》いことでございます」

玄蕃は十郎兵衛たちと顔を見合わせ、

「やはり、命は惜しいようじゃのう」

と嗤《わら》った。

采女は立ち上がると、神妙な面持ちで玄蕃に向かって進み始めた。

――一歩、二歩

玄蕃の前に近づいても、采女の歩みは止まらなかった。だん、と畳を蹴《け》り、足を踏み出した時には脇差《わきざし》に手をかけていた。

「何をする――」

玄蕃の顔が青ざめた。

「お覚悟――」

ひと声叫ぶと同時に、采女は脇差を抜いて玄蕃の肩先へ斬りつけた。玄蕃は驚愕《きょうがく》の目を采女に向けた。

「愚か者め。かような真似をいたしおって」

うめく玄蕃の胸元が見る見る血に染まっていく。采女は哀しげに口を開いた。

「それがしがお詫びいたすと申したはこのことでござる」

「城中での刃傷《にんじょう》は切腹だぞ」

「承知のうえでござる。それがしの不覚は石田様を甘く見たことでござったが、石田様も殿を甘く見られたは、不覚でござりましたな」

目を瞠《みは》った玄蕃は、

「殿が、まさか――」

と言い、がくりと首をたれて倒れ伏した。

「乱心者じゃ」

はっと我に返ったように十郎兵衛が叫び声をあげた。まわりの藩士たちが脇差を抜いて采女を取り囲み、八右衛門も脇差を抜いて、

「斬れっ、斬るのだ」

とわめいた。采女は脇差を片手にぶらりと下げたままだ。取り囲んだ藩士たちが一斉に斬りかかるが、刃《やいば》を避けようとしない。肩衣《かたぎぬ》がはずれ、首筋に血が滲《にじ》んだ。藩士たちは容赦なく、棒立ちの采女に斬りかかる。衣服を斬り裂かれ、血だらけになりながら采女は立ち尽くすだけだった。

斬りかかった者たちは抗《あらが》わぬ采女にたじろぎ、恐れるように退いた。

採女は苦しげにしながらも口を開いた。

「それがしが刃傷におよんだのは、私怨《しえん》に非《あら》ず。上意でござる」

上意という言葉が藩士たちの耳を打った。

「殿は蜻蛉組の解散を自らはお命じにならず、ご家老の口から言うよう仕向けられた。これは蜻蛉組にご家老を討てという上意が下ったことに他ならなかったのでござる」

採女は喘《あえ》ぎながら言った。

「なんだと」

「まさか。そのようなことが」

十郎兵衛と八右衛門は震えながらうめいた。

「殿にはすべてをお伝えいたしており申す」

採女の顔は血の色を失い、足下に血溜《ちだま》りが広がっていく。言い終えてゆっくりと頽《くずお》れた。

十郎兵衛と八右衛門は飛び退《の》いて、畳の上に横たわる採女を気味悪そうに見つめた。

口辺にうっすらと笑みを浮かべ、虚《うつ》ろになっていく眼《まなこ》を宙に向けて採女は小さくつぶやいた。ふたりにはそれが、

――しの殿

と言ったように聞こえた。その時、

「御世子様のお成りでございます」

と小姓《こしょう》の声が響いた。藩士たちは、はっとして脇差を鞘《さや》に納め、その場に控えた。

政家が小姓に支えられながら、上段に出てきていた。

十郎兵衛と八右衛門は、まだ動けないだろうと思っていた政家の姿を見てうろたえた。

政家がこの場に出てきたということは、采女が言ったことが本当だった証《あかし》ではないか。

顔色も悪く、痩《や》せた政家は、肩で息をしつつよろよろと采女に近づき、

「遅かったか」

と言って目に涙を浮かべ唇を噛《か》んだ。うめき声をあげる玄蕃に目を向け、

「榊原采女のなしたることは、乱心に非ず。上意である。さよう心得よ」

と、やつれた外見に似合わぬ毅然《きぜん》とした声で言い渡した。呆気《あっけ》にとられて見つめていた藩士たちは一斉に平伏した。

十郎兵衛と八右衛門もあわてて手をつかえた。采女の命をかけた行動によって何もかもが逆転したことを悟った。

医師が呼ばれたが、采女は絶命していた。だが、玄蕃は息があり、助かりそうだった。

政家は親家の寝所へ采女の刃傷を告げに戻った。

親家は横たわったまま、政家の話を聞いた。

「そうか。采女がやりおったか」

親家は痛ましげに目を閉じた。

「憐《あわ》れなことをいたしました。玄蕃は命を取りとめましょう。采女はわざと止《とど》めを刺さ

なかったようでございます」

声に悔しさを滲ませる政家に、親家は何も言わなかった。

蜻蛉組には、藩主の直命が無ければ組を解くことを禁ずるとする定めがあった。もし、藩主に代わって組の解散を命じる者があれば、たとえ家老であっても、これを斬るべしとされていたのだ。この定めを知る者は蜻蛉組の小頭《こがしら》以上である。

親家は石田玄蕃の口から蜻蛉組の解散を命じさせ、上意討ちを仕向けたのだ。

きょう、大広間で石田玄蕃が藩士たちに養子の件の申し渡しをする、と聞いていた。日頃、用心深くまわりを護衛の者で固めている玄蕃が藩士たちの前に出てくる。蜻蛉組が玄蕃を討つには、その場しかないと親家は思っていたが、まさか采女がその役目を担うとは、想像だにしていなかった。

しかし、親家の意図は蜻蛉組に伝えられても、小杉十五郎をはじめ主だった者は見張られていて身動きがとれなかった。

だが、采女は蜻蛉組の解散を石田玄蕃が命じたことを知って親家の意図を悟った。そして自らが玄蕃を討つしかない、と決意した。采女が密書でその旨を言上《ごんじょう》してきた時、驚いた親家は止めるよう政家に伝えたのだ。

玄蕃が謹慎中だった采女に登城を命じたことは、奇《く》しくも采女に蜻蛉組としての使命を果たさせることになったのである。

「采女を死なせとうはなかった」

親家はため息をついた。

窺《うかが》うように親家の顔をじっと見つめていた政家が、膝《ひざ》を進めて、

「父上、このうえは鷹ヶ峰殿のこともひと思いに片をつけねばなりますまい」

と勢い込んで言った。親家は首を横に振って、厳しい声を発した。

「それはできぬ。奥平刑部は神保家を通して幕閣と通じておる。迂闊《うかつ》に手を出すわけにはいかぬ」

「されど、このままでは采女や篠原三右衛門が命を落としてまで為《な》したことが無になりまする」

政家が歯噛《はが》みすると、親家は日頃にないいかめしい顔つきで叱責《しっせき》した。

「それを無にせぬのが、藩主たる者の務めじゃ」

親家の言葉を政家はうなだれて聞いた。

政家の膝に置いた手にぽとりと涙がこぼれ落ちた。書状の交換を通し、また江戸屋敷では膝を突き合わせて論じ合ったこともある。采女とともに藩政の改革を話し合い、藩の行く末への夢を語った日々への惜別の涙だった。

采女の刃傷は、幕府への聞こえを恐れて公《おおやけ》にされず、城内で急病による死亡とされた。

玄蕃は屋敷で傷の養生をしたが、御役御免となり隠居した。

このため采女を斬った藩士たちは処罰を免れたが、滝川十郎兵衛と佐々八右衛門は家《か》

禄《ろく》半減のうえ、隠居を命じられた。

采女の刃傷で大揺れに揺れた藩内は平静を取り戻したかに見えた。

しかし、藩を陰から操ってきた奥平刑部はまだ健在だった。

藩士たちは息を詰めて成り行きを見守っていた。

ひと月後──。

月が山の端にかかった深夜。奥平刑部は鷹ケ峰の屋敷の座敷でひとり酒を飲んでいた。山麓《さんろく》にある屋敷は藩主の住まいに劣らぬほど広大だった。それだけに夜は闇が深く、庭も黒々として不気味に思えるほど静かだった。

石田玄蕃が城内で榊原采女に斬られるという思いがけないことが起きてから後、刑部には不本意なことが続いていた。

玄蕃が中心となって進めていた神保太郎丸を政家の養子とする話は立ち消えになり、藩主親家から刑部のもとに、

「玄蕃が御役御免となったいま、養子の件はお忘れになって然《しか》るべし」

との書状が届いていた。石田派は壊滅し、刑部のもとに藩内の動きを知らせる者は誰もいなくなった。さらに田中屋は牢《ろう》から出されたものの、隠居して代替わりをした。これまでのように江戸に送金することはできなくなるだろう。だが、刑部はあきらめたわけではなかった。

（あと、ひと息のところだった。采女が玄蕃を斬るなどしなければ、扇野藩はわしの物

になっていた）

　そう思うと口惜《くや》しさが一層募るのだ。

　――采女め
　刑部が思わず吐き捨てるように声に出して言うと、

「お呼びでござろうか」

　襖《ふすま》の陰からいきなり男の声がした。小姓の声とは違う野太い声だ。しかも、どことなく不遜《ふそん》な響きがあった。

「誰じゃ」

　叱りつけてやろうと思って声がした方を振り向き、刑部はぎょっとした。襖がすっと開き、頭巾《ずきん》をかぶった武士が入ってきた。鋭い目だけが頭巾からのぞいている。

　背が高くがっちりした体つきの男だ。続いて同じように頭巾で顔を隠したふたりの武士も入ってきた。

「無礼者。何奴だ」

　刑部はひきつったような甲高い声で叫んだ。背の高い武士は含み笑いをもらすと、頭巾に手をかけて顔を露《あら》わにした。

「それがしでござる」

　瓜生新兵衛だった。

「貴様、なにゆえここに――」

刑部は目を剝《む》いた。

「田中屋でお目にかかって以来でござるが、今宵《こよい》はいささか談合いたしたきことがあって参上いたした」

新兵衛は刑部の前に片膝《かたひざ》をついた。いつでも抜き打ちに斬りつけることのできる構えだ。

「その方と話すことなどない」

刑部は立ち上がり、縁側の障子を開けて、

「出合えっ。曲者《くせもの》だ」

と叫んだ。だが、応じる家臣の声はなかった。ぎょっとして、刑部は新兵衛を見た。額に汗が浮かんでいる。

新兵衛はにやりと笑った。

「宿直《とのい》の者らは、蜻蛉組が眠らせてござる。大声でお呼びになろうと誰も参りませんぞ」

「なんだと」

刑部は新兵衛の背後に立つふたりの武士に目を遣《や》った。頭巾で顔はわからないが、ひとりは大柄で腰が据わっている。もうひとりはほっそりとした体つきで、まだ若いようだ。

いずれにしても蜻蛉組の者たちが屋敷内を制圧してしまったらしい。

刑部は諦《あきら》めて座った。杯《さかずき》に酒を注ぐと口に運びながら、

「申したいことがあるのなら、申せ」

とひややかに言った。

「では申し上げまするが、もはや、これ以上の謀《はかりごと》はおやめくだされ」

刑部は杯の酒を一気に飲み干して、ふっと息を吐いた。

「やはり、さようなことか。その方らには、兄でありながら母の出自が卑しいとして家督を継ぐことを許されなかったわしの気持などわかりはせぬ」

「いかにもわかり申さぬ。ひとには自《おの》ずと宿命がござる。それが嫌ならば家を捨て、国を出て生きるしかござりませぬ。欲しいものが手に入らぬからといって、無闇に謀をめぐらすのは武士のすることではござりますまい」

「わしは、大名の家に生まれた。その方らとは違う」

刑部が吐き捨てるように言った瞬間、新兵衛の腰から刀が抜き打ちにされた。空を斬ったかと見えたが、瞬時に鞘《さや》に納まっていた。

「無礼者めが、何をいたすか」

刑部が悲鳴のような声をあげて仰《の》け反《ぞ》った。すると、手にしていた杯は真二つに割れてぽとりと落ち、畳に酒が染みていく。

新兵衛は目にも留まらぬ速さで居合い抜きをしていたのだ。

「おのれ、わしが主筋であることを忘れたか」

「それがし、一介の浪人でござれば、非礼の段はご容赦願いたい。されど、家臣としての忠節を尽くした者たちが、いかなることにあいなったかご存じでござろう」

新兵衛は刑部をひややかな目で見返した。

「なに――」

「それがしの旧友でござった坂下源之進、篠原三右衛門、さらには榊原采女までことごとく非業の最期を遂げてござる。このことをいかが思《おぼ》し召す」

新兵衛の声には悲しみが籠《こも》っていた。刑部は顔をそむけ、かすれた声で答えた。

「家臣が忠義であるのは、当たり前じゃ」

新兵衛は鋭い気を発した。刑部はぶるっと体を震わせた。

ただならぬ殺気が漂ってくる。この男はわしを斬るつもりだ、と刑部は初めて身の危険を感じた。こんな夜半に藩主の一門の屋敷に忍び込み、藩主の兄を脅しているのだ。新兵衛が命を捨ててかかってきているのは見て取れる。

刑部はごくりと唾《つば》を飲み込んだ。

「主君が魚であるとすれば、家臣、領民は水でござるぞ。水無くば、魚は生きられませぬ。このことをおわかりくださらねば、いたしかたござらぬ」

新兵衛が刀の鯉口《こいぐち》を切るのを見て、刑部は青ざめた。

「待てっ。わしが悪かった。今後は、企《たくら》みなどはいたさぬゆえ、許せ――」

新兵衛は膝《ひざ》を乗り出して語気鋭く迫った。

「相違ござらぬか」

「神明に誓って嘘偽りはない」

刑部はあえぐようなか細い声で答えた。新兵衛は後ろを振り向き、頭を下げた。

「かように申されております。よろしゅうございましょうか」

新兵衛の言葉に応じて、大柄の武士がしっかりとした足どりで前に出た。頭巾を取った顔を見て、刑部はあっと息を呑んだ。世子の政家がまなじりを決した表情で刑部の前に座った。

「伯父上《おじ》。かような荒療治をいたしたこと許されよ。されど、ここまでいたさねば、伯父上の野心が止むことはあるまい、と思うたのだ」

政家は底響きする声で言った。

刑部は気が抜けたように、がくりと肩を落とした。

「これで、それがしの覚悟はおわかりいただけたかと存ずる。今後何かあれば、自ら蜻蛉組を率いてお手前を討ち果たす所存じゃ。そのことをしかと肝に銘じられよ」

重々しく言い置いて政家は再び頭巾をつけ、膝を立てた。

「待たれよ」

刑部がせわしなく声をかけた。政家が座り直すと、刑部はおびえた顔で訊《き》いた。

「これより後、わしがおとなしくいたせば、江戸の家久への手当てはこれまで同様にいたしてくれようか」

「そのこと、弾正殿とも談判済みなれば、承知いたしてござる。何事も持ちつ持たれつでありますゆえ」

政家は口許《くちもと》を緩め軽く辞儀してさっと立ち上がり、玄関へと向かった。新兵衛ともうひとりの頭巾の男も後に続く。玄関先には塗駕籠《ぬりかご》が待っていた。脇に小杉十五郎が立っており、他に十数人の蜻蛉組も控えている。

政家は駕籠に乗り込もうとしてふと空を見上げた。星が降るように輝いている。

政家は顔を上に向けたまま、

「坂下藤吾。今宵のことはよう思いついた。これほどのことをせねば、鷹ケ峰殿を封じ込めることはできなかったであろうぞ」

と声をかけた。

政家に離れず随従していた頭巾の男、藤吾が片膝をついて頭を下げた。

「畏《おそ》れ入ってございます。榊原采女様ならばかようなおり、このようになされるであろうと慮《おもんぱか》ったしだいにございます」

「そうか――」

政家はうなずいた。蜻蛉組によって刑部を糾問すべきだ、という藤吾の献策は山路内膳を通じて政家に届けられた。

自身の本復を待って、政家は奥平刑部に対して断固たる処置を取ることにしたのである。

蜻蛉組だけでなく新兵衛を表に立たせ、自らも鷹ケ峰の屋敷に乗り込んだのは、政家の決断だった。

政家は駕籠に乗り込みつつ、新兵衛に目を遣った。

「先ほど、主君は魚、家臣、領民は水である。水が無ければ魚は生きられぬと申したが、あれは、わしに聞かせるつもりで言ったのであろう」

「さようにございまする」

きっぱりと言い切る新兵衛に、政家は苦笑した。

「思ったことをそのまま口にいたすとは、憎い奴じゃ」

新兵衛は頭を下げた。

「生まれついての性分にござればご容赦くだされませ」

政家はしんみりとした表情で、

「采女も耳の痛いことを遠慮なく申しおった。先ほどの言葉は采女の言葉と思って聞き置いたぞ」

と言い残し、駕籠の中に身を置いた。

「お発《た》ちである」

声をあげ足軽《あしがる》をうながした十五郎は新兵衛に向かい、

「瓜生殿にはお世話にあいなり申した。鷹ケ峰様にまことのことが言える者は瓜生殿をおいてなかったと存ずる」

と頭を下げた。新兵衛は首を横に振って言った。

「いや、それがしは三右衛門の代わりをしたまででござる」

これを聞いて十五郎は瞑目《めいもく》したが、すぐさま振り向いた。

「いざ、発ちませい」

よく通る声が響き渡り、十五郎の先導で、一行はゆるゆると闇の中を動きだした。遠ざかる行列を見遣《みや》りながら、

「鷹ヶ峰様はともかく、御世子様にまであのようなことを申され、肝が冷えましたぞ」

藤吾が笑みを含んだ声で言った。

あの時、新兵衛は心底、腹を立てていたと藤吾は感じていた。もし政家が無礼を咎《とが》めたら、新兵衛は何をしでかすかわからないと、藤吾は内心恐れていた。

新兵衛は星を見上げた。

「あれぐらい言ってやらねば、死んだ者は浮かばれぬ」

新兵衛は哀悼の念を籠《こ》めてつぶやき、じっと星を眺め渡した。


本復した政家が家督を継いだのは、この年、夏のことだった。

政家は毒殺を企てた元石田派に対してことさら詮議《せんぎ》めいたことはせず、郡奉行《こおりぶぎょう》の山路内膳を中老に進める人事を行っただけだった。そのうえで今後は親政を行うと宣言し、代替わりの手始めとして武居村と高坂村の水路造りに着手する旨を明らかにした。

篠原家は弥市が家督を継ぐことを許され、坂下家は九十石から元の百八十石に戻された。

采女の死後、後顧の憂えなく藤吾はすぐに美鈴と祝言をあげた。

跡取りがいない榊原家は家禄《かろく》を召し上げられ、滋野は親類に身を寄せることになっていたが、しばらくして政家は意外な裁定を行った。

政家の前に召し出された藤吾は、

「采女の家をつぶすわけにはいかぬ」

として、美鈴とともに榊原家の夫婦養子となることを命じられたのである。

榊原家は四百五十石で、藤吾にとっては思いも寄らぬ出世となる。

政家から直《じか》に言い渡された藤吾は、驚きのあまりしばらく口が利けなかった。呆然《ぼうぜん》としながらも思い切って訊《たず》ねた。

「されど、坂下の家はどうなるのでありましょうか」

「当面、坂下家の家禄は召し上げることになろうが、そなたの子に継がせようと思うておる。それでよかろう」

政家は平然と言った。

「ならば、それがしは榊原家と坂下家を継がせるため男子をふたり儲《もう》けねばならぬことになりまするか」

藤吾が当惑したように言うと、政家は、

「励め」

ひと言だけ言い置いて座を立った。

青天の霹靂《へきれき》のような話に、否応《いやおう》はなかった。藤吾は美鈴とともに榊原屋敷に移った。

「采女の母御は大層、喧《やかま》しいらしい、若い夫婦だけでは収まりがつくまい」

との政家の勧めで、追って里美と新兵衛も移り住んだのである。

秋が深まり、紅葉で錦《にしき》織り成す庭の木々は葉を落とし始めていたが、寂《さ》びた風情がかえって家移りしたひとびとの心を落ち着かせた。

ひさしぶりに昔の屋敷に戻った里美は感慨深かった。

造作は変わったとはいえ、敷地内のあちらこちらを見てまわると娘であったころの記憶が蘇《よみがえ》り、父や母、そして姉の面影をしのぶことができた。

数日後、里美は、離れを隠居所としている滋野のもとを訪れた。

滋野から挨拶《あいさつ》は家移りが落ち着いた後ゆるりと参られよ、と伝えられていた。

滋野は里美をもてなすため茶を点《た》てた。気性の激しさに似ない落ち着いた点前《てまえ》だった。

茶を喫して楽茶碗《らくぢゃわん》を膝《ひざ》前に戻しながら里美は口を開いた。

「このたびのこと、滋野様のお計らいによるものと拝察いたしておりますが」

榊原家を残すため、政家はひそかに滋野の要望を訊いたのではないか、と里美は推し測っていた。そうでなければ、自分までが榊原屋敷に移ることになるはずはない。

里美の問いかけに素知らぬ顔で、

「わたしは与《あずか》り知らぬことじゃ」

と答える滋野の顔を、わずかに開いた明かり採りの窓から差し込む日差しが穏やかに照らした。

「したが、采女殿はこたびのことを喜んでおられよう。篠殿の血縁の者がこの屋敷に入り、榊原家を継ぐことになった。望んでも得られなかったものが、ようやく手に入ったとお思いではなかろうかのう」

言葉静かに話し終え、滋野は自らの茶を点ててゆっくりと喫した。庭の紅葉へ目を向けた滋野の横顔には、いまも采女への哀惜の念が消えていないように見受けられる。

（滋野様はお寂しさから、わたしたちをお呼びになったのであろう）

自分たちがこの屋敷に住むことになったのは、滋野の言葉通り采女が望んだことなのかもしれないが、不思議なめぐり合わせの深い縁《えにし》だと思わずにはいられない。

里美は辞儀をして、離れを後にした。渡り廊下に差しかかった時、中庭に散り敷いた赤や黄の落ち葉に目を留めた里美は訝《いぶか》しげに眉《まゆ》をひそめた。

新兵衛が手甲脚絆《てっこうきゃはん》をつけ、草鞋《わらじ》履きの旅姿で黙然と椿に見入って立ち尽くしていた。

「新兵衛殿――」

里美が声をかけると、新兵衛はおもむろに振り向いた。

「そのお姿は何ゆえでございましょうか」

「また旅に出ようと思うたまででござる」

新兵衛は屈託なげに言った。

「されど、殿には新兵衛殿を剣術指南役にとの思《おぼ》し召しではございませんか」

そのことは昨夜、藤吾から告げられていた。

将来は勘定奉行にという含みのある御沙汰《ごさた》でこのほど郡方から勘定方にまわされた藤吾は、日々張り切っていた。昨日、下城してからただちに新兵衛と里美に、

「お喜びください。伯父《おじ》上の帰参がかなうことになりましたぞ」

とほがらかな声で告げた。

采女は石田玄蕃を討つ旨の親家への密書の中で新兵衛について、

――帰参をお許し候わば必ず、お役に立つ者にて、なにとぞお許し願いたく候
と願い出ていたのである。これに剣術指南役の井ノ口伝内が、

「あれほどの達者は江戸でもまれにて、得難い人物にござる」

と口添えしたという。藤吾は興奮して、

「これにて瓜生家も再興され、泉下の伯母《おば》上も安堵《あんど》いたされましょう。殿はこの屋敷の傍らに伯父上の屋敷を建てよと仰せでございます」

と満面の笑みで言った。

この屋敷の敷地に、かつては坂下家と瓜生家の屋敷があった。新兵衛の屋敷が建てられれば、昔の三家に戻ることになる。そうすることで、榊原平蔵の死から続いてきた藩内の騒擾《そうじょう》に決着がつけられる、と政家は考えたのだろう。

だが、その話を聞いた新兵衛は穏やかな笑みを浮かべるだけで、何も言わなかった。

新兵衛は帰参するつもりがないのかもしれない、と里美は気になっていたのだ。

「新兵衛殿、わたくしどもがこの屋敷に戻ることができたのも、瓜生家を再興させたいとの殿のお考えがあってのことではないかと存じますが」

里美の言葉に新兵衛は首を横に振った。

「さようではあろうが、わしは藩に留《とど》まるわけにはいかぬ」

「なぜにございますか」

里美は新兵衛に一歩近づいた。このままでは新兵衛がいなくなってしまう気がする。

「争いの中で手にかけた者もおれば、怪我を負わせた者もおる。わしが帰参いたせば、藤吾にまで恨みが及ぼう」

目をそらせて言う新兵衛に、里美は真剣な表情で言った。

「それを申せば、わたくしの夫源之進だけでなく三右衛門様や采女様も、争いの中で命を落とされました。武家の争いに生死を賭《か》けるは覚悟のうえのことでありましょう」

「里美殿はお強い。だが、実際となると、そうもいくまい。それに――」

新兵衛は言葉を呑《の》んで椿を眺めた。

里美も誘われるように椿に目を遣った。年が明けて春がくれば、この椿は変わらず花をつけるだろう。その時、新兵衛とともに花を愛《め》でることはできないのだろうか。

「玄蕃を討つ前、散る椿は残る椿があると思えばこそ見事に散っていけるのだ、と采女は言い残した。あの言葉は篠の心を語ったものとばかり思うておったが、実はわしへの遺言だったと後になって気づいたのだ」

新兵衛の口にするひと言、ひと言が里美にはせつなく聞こえる。

「残る椿……でございますか」

采女が屋敷を出ていった時の後ろ姿を、里美はありありと思い出す。

采女は死を覚悟して城へ向かったのであろうが、心乱れた様も見せず、落ち着いた物腰で玄関を出た。どのような決意を胸に抱いて屋敷を後にしたのだろうか、と思うと涙があふれそうになる。

「采女はわしに生きろ、とも言った。そのために篠はわしを国許《くにもと》に戻したのだ、と。しかし、篠の心の中に采女を案じる気持は、やはりあったと思う」

新兵衛は淡々と語った。

「それは――」

新兵衛の言葉に胸を突かれて里美は口をつぐんだ。篠の遺《のこ》した着物の袖《そで》から采女の文《ふみ》を見つけた日のことが思い出される。篠に采女を慕う気持は無かったであろうが、それでも采女の文はたいせつなものではあったのだ。

「新兵衛殿は姉の気持がおわかりだったはず」

里美が口にすると、新兵衛は微笑した。

「わかっておる。だからこそ、采女を助けられなかったことが口惜《くや》しいのだ。わしは篠の最期の頼みを果たせなかった」

「さようなことはございません。姉は新兵衛殿に生きていただきたいとひたすら願っていただけでございます」

里美には篠の気持が痛いほどわかる。

「だから死にはせんと心に決めておるが、ここに留まることもできぬ。わしはすでに散った椿だ。残る椿は藤吾だけでよい。藩の行く末にかけた采女の想いは、藤吾が引き継いでくれるであろう」

新兵衛はそう言うなり、手にした塗笠《ぬりがさ》をかぶった。

里美はうろたえた。新兵衛は本心からここを出ていこうとしているのだ。

「お待ちくださいませ。もうお発《た》ちになるのですか。藤吾が城から戻りましたら、悲しみましょう」

出仕した藤吾が帰宅するのはいつも夜遅くのことである。新兵衛が去ったことを知れば、呆然《ぼうぜん》とするに違いない。

「会って別れを告げれば、引き留められるに相違なかろう。藤吾はなかなかの弁口《べんこう》達者ゆえ、納得させるのは、わしの手にあまるからな」

新兵衛は笑いながら裏木戸へ向かおうとする。里美はすがるように声をかけた。

「藤吾は新兵衛殿を父のように慕っております」

源之進の死後、若者らしい心を失いかけていた藤吾が自らの道を信じることができるようになったのは、新兵衛が戻ってきてくれたからだ。

「そう言われると離れ難いが、そうはできないのだ」

背を向けたままわずかに会釈して新兵衛は歩き始めた。里美は思わず追いすがった。

「お慕い申しているのは、藤吾だけではございませぬ」

里美の声に切実な響きがあった。

「わたくしの胸の内には姉がおります。姉が新兵衛殿にここに留まっていただきたい、と申しております」

里美はあふれそうになる想いを初めて口にした。

何度も篠の幻影を見るうちに気づいていた。自分にも篠と同じ気持が芽生えているのだと。

篠を思い出すたび、新兵衛を慕う想いが深くなっていった。

新兵衛を託したい、と幻が囁《ささや》きかけたゆえの想いなのだろうか、と時に戸惑いを覚えたこともあったが、いまは自らの気持だとはっきり言える。

源之進への想いとは別の、この胸から湧き出る慕情は、篠の心が自分の中に宿ったためばかりではない。

新兵衛とともに生きたい。それがいまの里美の願いだった。

篠に申し訳なく思う気持もあるが、辛《つら》く苦しい年月を生き抜いてきた新兵衛にはせめてこの後、幸せな日々を送って欲しいのだ。

篠は微笑んでうなずいてくれるだろうか。

（姉上、わたくしの想いをお許しください）

新兵衛が不意に立ち止まり、振り向いた。塗笠の下に目の表情を隠し、白い歯を見せて笑った。

「里美殿の言われることは、よくわかる。国許に戻ってから、里美殿が篠に見えたことがたびたびあったゆえな」

「ならば――」

里美は想いを籠《こ》めて新兵衛を見つめた。

新兵衛は微笑したままゆっくりと首を横に振って、

「だからこそ、出ていかねばならんのだ」

言い終えるや踵《きびす》を返した。妻へ殉じる想いをひたすらに守ろうとしている新兵衛の背に迷いは感じられなかった。

「また椿の花を見たいとお思いにはなられませぬか」

里美が懸命に言うと、新兵衛は歩みを止め、

「いずれ、そのような日が来るやもしれぬな」

と背を向けたまままつぶやいた。

「この屋敷でその日が来るのをお待ちいたしております」

新兵衛は何も答えず、裏木戸から出ていった。里美は後を追えず、袖で顔をおおって立ち尽くした。しばらくの後、はっとした里美が裏木戸から外へ出て新兵衛の姿を捜す

が、どこにも人影は見当たらない。

秋の日に照らされた、目に鮮やかな紅葉が、道に影を落とすばかりであった。

解説　「散り椿」の意味するもの

中江有里

小説を読みながら、時々不思議になる。なぜ小説は生まれたのか。どうして小説を欲するのか。

作り事の物語に感情移入し、心で泣いたり笑ったり、憤ったり怯《おび》えたりしながら同時にその感情の揺れを楽しんでいる自分がいる。

小説世界にも、現実世界と違わない生きづらさを抱え、なんとか逆境を跳ね返そうとする人がいる。実際には存在しない人々に共感したり、慰められたりしながら、本を閉じる。

目には見えない、手の届かない世界がたしかにあるのだと思うだけで、生きる力が湧いてくる。

『散り椿』はまさにそんな小説だ。

瓜生新兵衛は、かつて上司の不正を訴えたが認められずに、藩を追われた。しかしそのせいで妻・篠とともに故郷を離れることになった。それから十八年後、新兵衛は故郷へ戻ってきた――亡き妻の願いを叶《かな》えるために。

新兵衛の甥《おい》にあたる坂下藤吾の父・源之進は使途不明金を糾問され、無実を主張したが聞き入れられず突如自害した。藤吾は失った家禄《かろく》を取り戻し、出世しようと励んでいる。

本書の登場人物は、誠実であろうとする。しかし今も昔も誠実がゆえに、生きづらさを抱え込む人が多い。誠実でありたい、と思っても世の中を渡るには、その誠実さが邪魔になることもある。

正反対の新兵衛と藤吾は、ある意味擬似親子だ。新兵衛に反発を覚えながらも藤吾はいつのまにか影響を受けていく。

著者の直木賞受賞作『蜩ノ記』にも切腹を控えた戸田秋谷と、秋谷を監視する檀野庄三郎が心通わせていく様子が描かれているが、『散り椿』は新兵衛と藤吾という擬似親子のあいだに生まれる絆《きずな》、新兵衛と篠の夫婦愛、藤吾と美鈴の初々しい恋、一刀流平山道場の四天王と呼ばれた仲間との友情など、互いが互いを想う気持ちが複雑に絡み合い、政争も含めた人間模様を描いていく。

物語には主に二つの謎がある。ひとつめは新兵衛が藩を追われて三年後、かつての上司であり、四天王のひとり榊原采女の父である榊原平蔵が何者かに斬られて亡くなった件。平蔵を斬ったのは新兵衛ではないか、と疑われていた。

もうひとつは、藤吾の父・源之進の自害の真相について。源之進は無実を主張したというのに、なぜ自害したのか。みな本心を秘め、簡単に真相は見えてこない。誰もが怪しげで、腹に一物を抱えているように思えてくる。

特に長年家老として藩の実権を握り続けてきた石田玄蕃は恐ろしい。藩を栄えさせてきた自負や名目をあげているが、要は自己保身であろう。自らの立場を守るためには手段を選ばない。

蜻蛉組の存在も興味深い。急に蜻蛉組に入れられ、隠し目付という役目を負った藤吾は、藩で生き延びるために否応なく果たすことになるが、そのせいで美鈴の父・篠原三右衛門から破談を言いわたされてしまう。しかしこのことが美鈴と気持ちを確かめ合う機会となり、藤吾はどんなことがあろうと美鈴を迎えようと決意する。


「散る椿は残る椿があると思えばこそ見事に散っていけるのだ」

人間の運命を示唆するセリフは、登場人物全てに重ね合わせられる。

誰もが自らの命を散らせるのは、残る椿があるから。それぞれが散り椿として、残る椿が命の限り花を咲かせることを願っているのだ。

勝手な想像だが、本書の真の主人公は篠ではないだろうか。彼女の想いが新兵衛を動かし、はるか昔の時まで振り返らせ、事件の真相を明かすことにつながる。やがてそれぞれが胸に秘めていた想いを気づかせる。篠は新兵衛を故郷へ促し、やがて散っていく。

くもり日の影としなれる我なれば
目にこそ見えね身をばはなれず

篠は采女からの文の返状に和歌をしたためた。篠が想いを込めて詠んだ歌の意味を新兵衛に語りながら、采女は涙を流す。その時、新兵衛はどんな表情をしていたのだろうか。あえて描かれない新兵衛の顔が瞼《まぶた》の裏に浮かんだ。

人が人を想うとき、ただ素直に気持ちを伝えられたらどれほど楽だろう。誠実であろうとしてもそうなれないのと同じく、人を想う気持ちを伝えようとしても、なかなかうまくゆかない。自分の気持ちを誰かに伝えることによって、相手の運命を変えてしまうことがあるからだ。

篠の本心が、新兵衛と采女にとって正反対の意味であったように、相手の気持ちを知ることが自分の今生の喜びになることもあれば、絶望となることもある。言うなれば、どんなに大きな事件も、瑣末《さまつ》な出来事も人の心が産んだ結果である。だからといって人はいつも自制し、想いを秘めておくことはできない。

冒頭で「目には見えない、手の届かない世界」と書いたが、それが小説そのものであり、人の心のことだとも思う。

現実に見えない世界を選び抜かれた言葉で掬《すく》いとり、読者の前にそっと置く。わたしたちは言葉から反射するものを心で受け取っているのだ。

『散り椿』から反射される光は、人が生きていくことの尊さと厳しさを照らし出す。

本書は、二〇一二年三月に小社より刊行された単行本を文庫化したものです。

散《ち》り椿《つばき》

葉室《はむろ》 麟《りん》

平成26年 12月25日　初版発行
平成30年 10月20日　30版発行

発行者●郡司 聡

発行●株式会社KADOKAWA
〒102-8177　東京都千代田区富士見2-13-3
電話 03-3238-8521（カスタマーサポート）
http://www.kadokawa.co.jp/

角川文庫 18921

印刷所●旭印刷株式会社　製本所●本間製本株式会社

表紙画●和田三造

ISBN978-4-04-102311-2　C0193

角川文庫発刊に際して

角川源義

第二次世界大戦の敗北は、軍事力の敗北であった以上に、私たちの若い文化力の敗退であった。私たちの文化が戦争に対して如何に無力であり、単なるあだ花に過ぎなかったかを、私たちは身を以て体験し痛感した。西洋近代文化の摂取にとって、明治以後八十年の歳月は決して短かすぎたとは言えない。にもかかわらず、近代文化の伝統を確立し、自由な批判と柔軟な良識に富む文化層として自らを形成することに私たちは失敗して来た。そしてこれは、各層への文化の普及滲透を任務とする出版人の責任でもあった。

一九四五年以来、私たちは再び振出しに戻り、第一歩から踏み出すことを余儀なくされた。これは大きな不幸ではあるが、反面、これまでの混沌・未熟・歪曲の中にあった我が国の文化に秩序と確たる基礎を齎らすためには絶好の機会でもある。角川書店は、このような祖国の文化的危機にあたり、微力をも顧みず再建の礎石たるべき抱負と決意とをもって出発したが、ここに創立以来の念願を果すべく角川文庫を発刊する。これまで刊行されたあらゆる全集叢書文庫類の長所と短所とを検討し、古今東西の不朽の典籍を、良心的編集のもとに、廉価に、そして書架にふさわしい美本として、多くのひとびとに提供しようとする。しかし私たちは徒らに百科全書的な知識のジレッタントを作ることを目的とせず、あくまで祖国の文化に秩序と再建への道を示し、この文庫を角川書店の栄ある事業として、今後永久に継続発展せしめ、学芸と教養との殿堂として大成せんことを期したい。多くの読書子の愛情ある忠言と支持とによって、この希望と抱負とを完遂せしめられんことを願う。

一九四九年五月三日

角川文庫ベストセラー

乾山晩愁

葉室　麟

天才絵師の名をほしいままにした兄・尾形光琳が没して以来、尾形乾山は陶工としての限界に悩む。在りし日の兄を思い、晩年の「花籠図」に苦悩を昇華させるまでを描く歴史文学賞受賞の表題作など、珠玉5篇。

実朝の首

葉室　麟

将軍・源実朝が鶴岡八幡宮で殺され、討った公暁も三浦義村に斬られた。実朝の首級を託された公暁の従者が一人逃れるが、消えた「首」奪還をめぐり、朝廷も巻き込んだ駆け引きが始まる。尼将軍・政子の深謀とは。

秋月記

葉室　麟

筑前の小藩、秋月藩で、専横を極める家老への不満が高まっていた。間小四郎は仲間の藩士たちと共に糾弾に立ち上がり、その排除に成功する。が、その背後には本藩・福岡藩の策謀が。武士の矜持を描く時代長編。

この命、義に捧ぐ
台湾を救った陸軍中将根本博の奇跡

門田隆将

中国国民党と毛沢東率いる共産党との「国共内戦」。金門島まで追い込まれた蔣介石を助けるべく、海を渡った日本人がいた――。台湾を救った陸軍中将の奇跡を辿ったノンフィクション。第19回山本七平賞受賞。

冬ごもり
時代小説アンソロジー

編／縄田一男
著／池波正太郎、宮部みゆき、松本清張、南原幹雄、宇江佐真理、山本一力

本所の蕎麦屋に、正月四日、毎年のように来る客。彼の腕にはある彫ものが……／「正月四日の客」池波正太郎ほか、宮部みゆき、松本清張など人気作家がそろい踏み！　冬がテーマの時代小説アンソロジー。

角川文庫ベストセラー

武田家滅亡　伊東　潤

戦国時代最強を誇った武田の軍団は、なぜ信長の侵攻からわずかひと月で跡形もなく潰えてしまったのか？　戦国史上最大ともいえるその謎を、本格歴史小説界の俊英が解き明かす壮大な歴史長編。

山河果てるとも　天正伊賀悲雲録　伊東　潤

「五百年不乱行の国」と謳われた伊賀国に暗雲が垂れ込めていた。急成長する織田信長が触手を伸ばし始めたのだ。国衆の子、左衛門、忠兵衛、小源太、勘六の4人も、非情の運命に飲み込まれていく。歴史長編。

北天蒼星　上杉三郎景虎血戦録　伊東　潤

関東の覇者、小田原・北条氏に生まれ、上杉謙信の養子となってその後継と目された三郎景虎。越相同盟による関東の平和を願うも、苛酷な運命が待ち受ける。己の理想に生きた悲劇の武将を描く歴史長編。

忘れ扇　髪ゆい猫字屋繁盛記　今井絵美子

日本橋北内神田の照降町の髪結床猫字屋。そこには仕舞た屋の住人や裏店に住む町人たちが日々集う。江戸の長屋に息づく情を、事件やサスペンスも交え情感豊かにうたいあげる書き下ろし時代文庫新シリーズ！

雁渡り　照降町自身番書役日誌　今井絵美子

日本橋は照降町で自身番書役を務める喜三次が、理由あって武家を捨て町人として生きることを心に決めてから3年。市井に生きる庶民の人情や機微、暮らし向きを端正な筆致で描く、胸にしみる人情時代小説！

角川文庫ベストセラー

切開
表御番医師診療禄1

上田秀人

表御番医師として江戸城下で診療を務める矢切良衛。ある日、大老堀田筑前守正俊が若年寄に殺傷される事件が起こり、不審を抱いた良衛は、大目付の松平対馬守と共に解決に乗り出すが……。

江戸裏御用帖
浪人・岩城藤次㈠

小杉健治

居酒屋の2階で女を人質に立てこもる事件が起きた。同心・新之助が男の説得を試みるが、男は聞く耳を持たない。その時、近くを通りかかった浪人・藤次を見付けた新之助は、彼に協力を仰ぐが……。

町医 北村宗哲

佐藤雅美

芝神明前の医院はいつも大繁盛。腕利きであるうえ義に厚い宗哲だが、訳あって人を斬り逃亡していた過去を持つ。そのためか、つい厄介な頼み事まで引き受けてしまう。人情とペーソス溢れる人気シリーズ第1弾。

新選組興亡録

司馬遼太郎・柴田錬三郎・北原亞以子 他
編／縄田一男

「新選組」を描いた名作・秀作の精選アンソロジー。司馬遼太郎、柴田錬三郎、北原亞以子、戸川幸夫、船山馨、直木三十五、国枝史郎、子母沢寛、草森紳一による9編で読む「新選組」。時代小説の醍醐味！

新選組烈士伝

司馬遼太郎・津本 陽・池波正太郎 他
編／縄田一男

「新選組」を描いた名作・秀作の精選アンソロジー。津本陽、池波正太郎、三好徹、南原幹雄、子母沢寛、司馬遼太郎、早乙女貢、井上友一郎、立原正秋、船山馨の、名手10人による「新選組」競演！

角川文庫ベストセラー